देश-देश
की
लोककथाएँ

देश-देश की लोककथाएँ

रेनू सैनी

प्रतिभा प्रतिष्ठान, नई दिल्ली

प्रकाशक : प्रतिभा प्रतिष्ठान,
694–बी (निकट अजय मार्केट), चावड़ी बाजार, दिल्ली–110006
सर्वाधिकार : सुरक्षित / संस्करण : प्रथम, 2024 / पेपरबैक मूल्य : तीन सौ रुपए
मुद्रक : आर–टेक ऑफसेट प्रिंटर्स, दिल्ली ISBN 978-81-19032-51-8

DESH-DESH KI LOKKATHAYEN

Stories by Smt. Renu Saini ₹ 300.00 (PB)
Published by **PRATIBHA PRATISHTHAN**
694-B (Near Ajay Market), Chawri Bazar, Delhi-110006

प्राक्कथन

प्राचीन काल से ही मनुष्य मनोरंजन के नए-नए साधन ढूँढ़ने का प्रयत्न करता रहा है। मनुष्य ने आदिकाल से ही अपने विकास के साथ-साथ मनोरंजन के भी अनेक तरीके खोजे। उस समय मनोरंजन का सबसे सशक्त माध्यम बनीं—देश-देश की कथाएँ। हर देश की अपनी एक अलग भाषा, संस्कृति, वेशभूषा, रिवाज और खान-पान होता है। इस संस्कृतियों की विभिन्न बातों में संदेश और जीवन की गहनता प्रबल होती है। हर किसी देश के जीवन की संस्कृति और गहनता को उनकी कहानियों के माध्यम से सरलता से समझा जा सकता है।

'लोककथा' ऐसी कथाओं को कहा जाता है, जो एक पीढ़ी से दूसरी पीढ़ी तक चलती ही जाती हैं। आज भी हमारे घरों में अकसर ऐसा सुनने को मिलता है कि यह प्रथा हमारे पुरखों के जमाने से चली आ रही है। ठीक ऐसे ही लोककथाएँ भी हमारे न जाने कितने पुरखों के समय से चली आ रही हैं। हाँ, कुछ कथाओं में समय और भाव को देखते हुए परिवर्तन अवश्य हो जाते हैं, परंतु मूल कथ्य अपनी जगह पर विद्यमान रहता है। लोककथाओं से सजी अनेक पुस्तकें सदियों से मनुष्य का आकर्षण भी रही हैं। 'कथा सरित्सागर', 'ईसप की लोककथाएँ', 'मिस्र की लोककथाएँ', 'भारत की लोककथाएँ', 'एशिया की लोककथाएँ', 'बोधकथाएँ' आदि ऐसी ही पुस्तकों के स्वरूप हैं।

लोककथाओं का ऐतिहासिक पक्ष होता है, पर हाँ, उनमें समकालीन दृष्टिकोण भी अवश्य विद्यमान रहना चाहिए, क्योंकि समकालीन परिस्थितियाँ ही बच्चों को लोककथाओं की ओर आकर्षित करती हैं। वर्तमान समय में यह

बहुत जरूरी है कि बच्चे लोककथाएँ पढ़ें और उन्हें सुनें। इसलिए अकसर हमें यह देखने को मिलता है कि कई लोककथाओं को बच्चों के स्तर को ध्यान में रखते हुए सरलता से लिखा जाता है, ताकि बच्चों को पढ़ने में रोचकता का आभास हो और उन्हें ज्ञान व संदेश भी मिल जाए।

लोककथाओं के उद्गम और अंत के बारे में नहीं कहा जा सकता। ये कथाएँ कहीं भी, कभी भी जन्म ले लेती हैं और फिर एक जगह से दूसरी जगह पर फैलती जाती हैं, बिना पैरों के। कथाओं के पैर नहीं होते, फिर भी ये पैरवाले मनुष्य और प्राणियों से अधिक तेजी से दौड़ती हैं और लोगों के मन-मस्तिष्क पर छा जाती हैं।

जब मानव विकास की ओर अग्रसर था तो उस समय जाति, वर्ग आदि का भेद नहीं था, लेकिन मानवता जब विकास की ओर बढ़ती गई तो मनुष्य रंग, जाति, वर्ग आदि में बँटते चले गए और इसी के अनुसार उनके रीति-रिवाज जन्म लेते गए। नई-नई प्रथाएँ उदित होती गईं। ये सभी बातें लोककथाओं का विषय बनती गईं और समाज को एक सूत्र में बाँधती गईं।

आज अनेक ऐसी आधुनिक कथाएँ भी सामने आती हैं, जिनमें लोककथाओं की महक छिपी रहती है और उन्हीं के माध्यम से कथा-संसार आगे बढ़ता है। ये आधुनिक कथाएँ सफल रहती हैं और पाठक को अपने से जोड़ते हुए जीवन का बहुत गहरा संदेश भी देती हैं।

कई देशों की लोककथाओं में समानता महसूस होती है। ऐसा इसलिए है, क्योंकि लोककथाएँ विभिन्न देशों से होती-होती कभी यहाँ पहुँच जाती हैं, तो कभी यहाँ से वहाँ पहुँच जाती हैं। इसलिए स्पष्ट रूप से यह निर्णय करना कठिन हो जाता है कि कौन सी लोककथा का उद्गम किस देश में हुआ है।

लोककथाओं का उद्गम जहाँ भी हुआ हो, पर एक बात तो तय है कि हर लोककथा एक ऐसा संदेश देती है, जो आज भी मानव को ईमानदारी, विनम्रता, प्रेम, दया, ममता, करुणा और साहस का पाठ पढ़ाती है। हर लोककथा के मर्म में यही संदेश छिपा है कि प्रारंभ में अच्छा व्यक्ति चाहे कितनी ही परेशानियों को झेले, कितने ही दुःखों का सामना करे, लेकिन

अंततः जीत उसी की होती है और बुराई को हारना पड़ता है, बार-बार और हर बार। कितना अच्छा संदेश है न ये हमारी लोककथाओं का! ये कहानियाँ बच्चों से लेकर बड़ों को बहुत महत्त्वपूर्ण बात सिखाती हैं कि "संघर्ष ही जीवन है।" इसलिए कभी भी संघर्ष करने से घबराना नहीं चाहिए और न ही पीछे हटना चाहिए।

कई लोककथाएँ चमत्कारों पर आधारित होती हैं तो कई साधारण जीवन पर। चमत्कारों पर आधारित लोककथाएँ जहाँ व्यक्ति को स्वप्न देखना सिखाती हैं, वहीं साधारण लोककथाएँ व्यक्ति को हर विपरीत परिस्थिति में पैर जमाए रखने का गुर सिखाती हैं।

पुस्तकें और कथाएँ व्यक्ति की सबसे अच्छी मित्र होती हैं। जब व्यक्ति को कहीं से भी कोई मार्ग न दिख रहा हो तो वह चुपचाप पुस्तकों और लोककथाओं को अपना साथी बनाकर देखे, कोई शक नहीं कि इन्हें पढ़ते समय उसे अपना सुगम मार्ग न मिल जाए। इसीलिए तो आज भी लोककथाएँ बच्चों से लेकर बड़ों तक में लोकप्रिय हैं और सदियों तक रहेंगी।

इस पुस्तक में बावन देशों की विभिन्न लोककथाएँ हैं। हर लोककथा दूसरी से बेहद अछूती एवं विविध है। इस पुस्तक में ऐसी लोककथाओं को रचने का प्रयास किया गया है, जो एक-दूसरे से जुदा हों और व्यक्ति के अंदर कल्पना, यथार्थ, दुःख-सुख व प्रेम, सभी तरह के भाव विकसित करने में सक्षम हों। इन कथाओं को पढ़कर आप रोमांचित होंगे और अपने जीवन-पथ पर हर बाधा को पराजित करने का संकल्प ले लेंगे। ऐसा मेरा पूर्ण विश्वास है।

—रेनू सैनी

अनुक्रम

आमरी की बहादुरी

सदियों पुरानी बात है। आईचुरी जनजाति के लोग भारत के पश्चिमी कोने में रहते थे। हमारा देश प्राचीन काल से ही विविध भाषा-भाषी रहा है। यहाँ पर अनेक बोलियाँ, उपबोलियाँ हैं। अनेक क्षेत्रीय एवं कबीलाई भाषाएँ हैं। हर जाति के अपने रीति-रिवाज हैं। कई जनजातियों में महिलाएँ अत्यंत सशक्त हैं। आईचुरी जनजाति की महिलाएँ भी बहुत सशक्त थीं। इस जनजाति में लड़के-लड़की में कोई भेद नहीं होता था। इसमें लड़की की महत्ता अधिक थी। इसलिए जब किसी भी कबीले में लड़की पैदा होती थी तो मंगलगान गाए जाते थे, नृत्य किए जाते थे और अग्नि जलाकर पक्वान्न बनाए जाते थे, फिर लड़की का नामकरण किया जाता था। जैसे ही लड़की बड़ी होती थी, उसे चाकू चलाना, तीर-कमान चलाना आदि सिखाया जाता था। सात-आठ साल की होते-होते लड़की इन सबमें प्रवीण हो जाती थी।

आमरी नौ साल की थी। वह हर काम में अत्यंत कुशल हो गई थी। आईचुरी कबीले के सभी लोग उसे बहुत प्रेम करते थे। सबको यही लगता था कि आने वाले समय में आमरी इतिहास रचेगी। जब वह तीर-कमान चलाती थी तो उसका निशाना सदैव अचूक बैठता था। एक दिन वह जंगल में फल चुनने गई, तभी उसने जंगली जानवर की गर्जना सुनी। आमरी समझ गई कि वह छलाँग लगाकर भी भागे तो उसका शिकार बन जाएगी। दुर्भाग्यवश उस दिन उसके पास तीर-कमान या कोई अन्य औजार भी नहीं था। ऐसे में उसने तेजी से इधर-उधर निगाह दौड़ाई। उसकी नजर एक पेड़ की लंबी शाखा

पर पड़ी। उसने जल्दी से उस शाखा को तोड़ा और उसे घिसकर नुकीला बनाया। जैसे ही खूँखार शेर उसके पास आया, उसने उस नुकीली शाखा को उसकी ओर उछाल दिया। अचूक निशाना शेर पर लगा और वह वहीं ढेर हो गया। इस घटना के बाद से तो आमरी सभी की चहेती बन गई। अब आमरी किशोरावस्था में पहुँच गई थी। पंद्रह साल की आमरी का सौंदर्य दिन-प्रतिदिन चाँद की तरह निखर रहा था।

आमरी की माँ भामरी उसकी सुंदरता को निखारने के लिए उसके गले पर तीन बिंदु लगा देती थी। उसके हाथ और पैरों में भी ऐसे ही बिंदु लगे रहते थे। एक दिन आमरी नदी में स्नान करने के लिए निकली। जब वह वहाँ पहुँची तो उसने देखा कि कुछ अपरिचित से लोग आपस में बातें कर रहे थे। वह उनकी भाषा से तो सर्वथा अपरिचित थी, लेकिन उनके हाव-भाव से वह समझ गई कि ये लोग सही प्रवृत्ति के नहीं हैं। एक व्यक्ति की नजर आमरी पर पड़ी। वह उसे पकड़ने के लिए दौड़ा, लेकिन आमरी बिजली की सी फुरती से वहाँ से ओझल हो गई।

वे सभी लोग शिकारी थे। उन्होंने जब आईचुरी जनजाति के लोगों की संपन्नता को देखा तो वे आपस में उन्हें लूटने की योजना बनाने लगे। वे सभी लोग बेघर थे। जंगल-जंगल घूमना, जंगली जानवरों का शिकार करना ही उनका कार्य था। एक बसी-बसाई जाति को देखकर उनके मन में हिंसक भाव जाग उठे। उनका मुखिया कबाई बोला, "हमें आईचुरी जाति की सभी महिलाओं को बंदी बना लेना चाहिए। ऐसा करने से वे लोग हमारे समक्ष घुटने टेक देंगे।" सभी ने उनकी बातों पर सहमति जताई। उन लोगों को यह ज्ञात नहीं था कि आईचुरी महिलाएँ शारीरिक एवं मानसिक रूप से अधिक शक्तिशाली हैं।

वे उन पर हमले की योजना बनाने लगे। उधर आमरी ने घर पहुँचकर हिंसक एवं अनजाने लोगों के वहाँ पर होने की बात बताई। आमरी बोली, "हम सभी को बहुत सतर्क रहना होगा। वे लोग यहाँ आए हैं तो उनका मकसद लूटपाट करना ही होगा, इसलिए अब हमें हर कदम फूँक-फूँककर

रखना है। हमें अपने पास बाण एवं अन्य हथियार हर समय साथ रखने होंगे।" सभी पुरुषों एवं महिलाओं ने इस पर हामी भर दी।

कुछ ही दिन बाद कबाई ने अपने आदमियों के साथ आईचुरी के लोगों पर हमला बोल दिया। वे सभी पहले से तैयार थे। महिलाओं की ताकत देखकर कबाई एवं उनके सभी साथी दंग रह गए।

सबसे आगे आमरी तीर-कमान लेकर अपने शत्रुओं को घायल किए जा रही थी। उसे देखकर अन्य महिलाएँ भी तेजी से शत्रु पर हमला करने के लिए तैयार थीं। कबाई समझ गया कि आमरी ही इनकी नेता है। अत: इसे मार गिराना होगा, तभी बाकी लोगों को परास्त करने में सरलता होगी। आमरी कबाई के कुत्सित इरादों को भाँप गई। वह कबाई के लोगों के बीच घुस गई और उन्हें ताबड़तोड़ मारने लगी। कबाई के आदमी भय से काँप गए। ऐसी चपलता, वीरता आज तक उन्होंने किसी और में भी नहीं देखी थी। आमरी पलक झपकते ही शत्रुओं को गिरा देती थी। कबाई और आमरी की मुठभेड़ देखकर आईचुरी जाति के सभी लोग दंग रह गए। उन्होंने कबाई के लगभग सभी आदमियों को मार गिराया। कबाई पर जीत होने ही वाली थी कि अचानक घायल मोत्सी व्यक्ति आदमी ने आमरी के सीने में खंजर घुसा दिया। आमरी ने पीछे से वार करने वाले मोत्सी की गरदन एक झटके में ही तोड़ दी, पर उसकी छाती से रक्त की धारा बह निकली। वह मूर्च्छित सी होने ही वाली थी। वह मूर्च्छित होती, उससे पहले ही उसने खंजर अपने सीने से निकालकर कबाई के सीने में उतार दिया। कबाई बिलबिलाकर गिर पड़ा।

आमरी नीचे गिरने ही वाली थी कि उसे उसके माता-पिता ने आकर सँभाल लिया। माता-पिता के साथ ही आईचुरी जाति के हर व्यक्ति की आँखों से आँसुओं की धारा बह निकली। कुछ लोग जड़ी-बूटी तलाशने के लिए वनों की ओर दौड़ पड़े।

आमरी उन सभी को रोते हुए देखकर बोली, "मेरे लिए अपना जी छोटा मत करो। मरना तो एक दिन सभी को है, लेकिन अगर वह मौत बहादुरी से आए तो फिर कहना ही क्या! मुझे खुशी है कि मैंने ऐसी जाति में जन्म लिया,

जहाँ पर महिलाओं को कमजोर नहीं समझा जाता। इसलिए आज हमारे लोगों की जीत हुई है। मेरी बस यही अंतिम इच्छा है कि इसी तरह हर लड़की को बहादुरी की शिक्षा दी जाती रहे। उन्हें हर कामों में प्रवीण बनाया जाए। उन्हें शिक्षित करने के भी प्रयास किए जाएँ। बस शिक्षा की कमी ही अभी हमारी जाति में है।" यह कहकर उसने अपनी आँखें मूँद लीं।

आमरी की अंतिम श्वास पर सभी लोगों की हिचकियाँ बँध गईं। आमरी उन सभी की जान थी। उसे बड़े प्रेम से अंतिम विदाई दी गई। माता ने आखिरी बार अपनी बेटी का शृंगार किया।

आज भी आईचुरी जनजाति की महिलाएँ सबसे ताकतवर मानी जाती हैं और अब वे केवल वीरता और अन्य कार्यों में ही नहीं, बल्कि शिक्षा के क्षेत्र में भी अपनी पहचान बना चुकी हैं।

इस जाति के लोग आमरी को याद करते हैं। आमरी मरी नहीं है, बल्कि वह हर ताकतवर महिला के हृदय में जीवित है।

□

बदली घमंडी तितली

एक थी तितली। बहुत ही सुंदर, बहुत ही प्यारी। उसके रेशमी पंख जो देखता, बस, देखता ही रह जाता। इंद्रधनुष के रंग समाए थे उसके पंखों में। तितलियों की वह रानी थी। सभी तितली रानी की बहुत प्रशंसा करते थे। अपनी प्रशंसा सुनकर तितली सातवें आसमान पर पहुँच गई थी। कई बार उसका मन करता था कि वह अपने आपको देखे कि वह कैसी दिखती है। एक दिन वह नदी के पास लगे पेड़-पौधों पर घूम रही थी। नदी के जल में उसका प्रतिबिंब नजर आ रहा था। अपना प्रतिबिंब देखकर वह दंग रह गई। बहुत खूबसूरत रंग उसके पंखों में भरे थे। उसके पंखों के रंगों का तालमेल ऐसा था, जो बहुत कम देखने से मिलता है। पंखों की रेशमी बनावट उसे और आकर्षक बना रही थी। आज वह समझी कि सब उसकी प्रशंसा क्यों करते हैं! अब तो उसे यह महसूस होने लगा था कि उसमें अवश्य कोई विशेष बात है, जो अन्य तितलियों में नहीं है। इसीलिए तो हर जगह पर सिर्फ और सिर्फ उसे ही आमंत्रित किया जाता है, ताकि वह अपनी सुंदरता से कार्यक्रम में चार चाँद लगा सके।

एक दिन वह फूलों पर बैठी मकरंद पी रही थी। तभी एक चिड़िया उड़ती हुई वहाँ आई। चिड़िया को ऊँचाई तक उड़ते देख, वह उसे निहारती रही। चिड़िया वहीं पास आकर बैठ गई। वह हाँफ रही थी। तितली उसे देखकर बोली, "तुम हाँफ क्यों रही हो?" चिड़िया बोली, "मुझे लंबी दूरी की यात्रा करनी है। अभी मैं तेजी से उड़ते हुए जा रही थी, इस कारण थक

गई। थोड़ा सुस्ताने के लिए मैं यहाँ आकर बैठ गई हूँ। मुझे दूर पार जाना है। वहाँ मेरी बहनें मेरा इंतजार कर रही हैं। हम सभी चिड़ियाँ एक मंगल गान गाएँगी। मुझे भी वह गान गाना है। वहाँ के राजा के दरबार में उस गान का प्रस्तुतीकरण किया जाएगा।" यह सुनकर तितली को लगा कि राजा के दरबार में उसे तो सबसे पहले जाना चाहिए और अपने रेशमी पंखों से उसे मोहित करना चाहिए। वह बोली, "मैं भी तुम्हारे साथ दूर तक चलती हूँ। मैंने कभी लंबी यात्रा नहीं की।" तितली की बात सुनकर चिड़िया व्यंग्य से बोली, "अरे, तुम्हारे ये नाजुक से पंख भला इतनी लंबी यात्रा कहाँ कर पाएँगे? जरा सी बारिश या तूफान आया तो तुम तो गई समझो! तुम यहीं बैठकर पुष्प का मकरंद पियो। ज्यादा दूर तक जाना तुम्हारे बस की बात नहीं।" तितली को चिड़िया का व्यंग्य पसंद नहीं आया। वह चुपचाप उसके पीछे-पीछे उड़ चली। चिड़िया जल्दी ही दूर आकाश में चली गई। तभी बादल घिर आए और बारिश की बूँदें धरती को भिगोने लगीं। तितली बारिश को देखकर भय से पीली पड़ गई। एक तेज हवा के झोंके और बारिश की बूँदों के साथ वह एक घोड़ागाड़ी में जा गिरी। घोड़ागाड़ी में वह एक कोने में दुबक गई, ताकि बारिश से उसका बचाव हो सके। तभी घोड़ागाड़ी में से दो गाड़ीवान निकले। पहला बोला, "मालिक, बारिश रुकने तक आराम करने चले गए हैं। यही सही समय है, जब हम अपने आदमियों को यह सूचना दें कि मालिक के पास बहुत धन है। वे उसे रास्ते में जंगल में घेर लें और उसे मारकर सारा धन अपने कब्जे में ले लें। उस धन को हम बराबर बाँट लेंगे।" इस पर दूसरा गाड़ीवान बोला, "हमारा मालिक कुछ ज्यादा ही दयालु है। वह अपनी मेहनत से कमाए गए धन को जरूरतमंदों में बाँटकर बेवकूफी करता है। इस बार उसके इस धन को हम लूट लेंगे और उसका काम भी तमाम कर देंगे। फिर हमें उसके यहाँ नौकर बनकर नहीं रहना पड़ेगा।" यह सुनकर तितली दंग रह गई। पंख गीले होने से वह बेहद घबरा गई थी। उसे ऐसा लगने लगा था, जैसे कि उसका अंतिम समय आ गया हो। लेकिन गाड़ीवानों की बात सुनकर वह दंग रह गई।

उन गाड़ीवानों में से एक गाड़ीवान ने एक ऐसी वस्तु निकाली, जिसमें

प्रतिबिंब नजर आता था। उसने अपनी पगड़ी बदली और अपने साथियों को सूचित करने चला गया। प्रतिबिंब दिखाने वाली वस्तु को उसने उस ओर रख दिया, जहाँ तितली चिपकी हुई बैठी थी। वह वस्तु दरअसल एक दर्पण था। दर्पण में तितली ने स्वयं को देखा तो दंग रह गई। बारिश में भीगने के कारण उसके पंख बदरंग से लग रहे थे। पंखों की रेशमी झिलमिल गीले पंखों में कहीं नजर नहीं आ रही थी। यह देखकर तितली की आँखों में आँसू आ गए। वह समझ गई कि वह व्यर्थ ही स्वयं पर अभिमान करती थी। अब वह सिर्फ एक बात सोच रही थी कि इन धोखेबाज और धूर्त गाड़ीवानों से दयालु मालिक की जान कैसे बचाई जाए। तभी एक मधुमक्खी उड़ती हुई वहीं आ पहुँची। तितली को देखकर वह बोली, "अरे, तुम भी बारिश से बचने के लिए यहाँ आई हो! मैं भी।" मधुमक्खी की बात सुनकर तितली बोली, "हाँ बहन, मैं बारिश से बचने के लिए ही यहाँ आई हूँ। मेरे पंख गीले हो चुके हैं, यदि वे टूट गए तो मेरा भी अंत हो जाएगा।" यह सुनकर मधुमक्खी बोली, "अरे, तुम घबराओ मत! मैं तुम्हारी मदद करूँगी। मैं तुम्हें मरने नहीं दूँगी।" उसकी बात सुनकर तितली बोली, "मुझे अब मेरे मरने की चिंता नहीं है, बल्कि घोड़ागाड़ी में सफर कर रहे उस दयालु धनवान मालिक की चिंता है, जिसे उसके धूर्त और मक्कार गाड़ीवान मारकर उसका धन लूटना चाहते हैं।" फिर उसने मधुमक्खी को सारी बात बताई। मधुमक्खी बोली, "बहन, तुम चिंता मत करो। यहीं पास में ही पेड़ पर मेरा छत्ता है। मैं मधुमक्खियों की रानी हूँ। मैं अन्य मधुमक्खियों को बुलाकर इन गाड़ीवानों और इनके धूर्त साथियों को ऐसा सबक सिखाऊँगी कि ये जीवन भर कभी किसी का धन लूटने की कोशिश नहीं करेंगे। पर तुम्हारे पंख…।" तितली बोली, "अब तो बारिश बंद हो गई है। ठंडी-ठंडी हवा चल रही है। मेरे पंख हवा से सूख जाएँगे, मैं फिर पहले जैसी हो जाऊँगी। इस समय हमें मालिक को बचाना है।" बारिश बंद होते ही मालिक घोड़ागाड़ी में बैठ गया। दूसरा गाड़ीवान भी अपने साथियों को सूचना देकर आ पहुँचा था। जैसे-जैसे गाड़ी आगे बढ़ती रही, वैसे-वैसे घना जंगल आता गया। मधुमक्खी ने अन्य मधुमक्खियों को खबर कर उन्हें जंगल में भेज दिया था। जैसे ही

गाड़ीवान और उनके साथियों ने मालिक पर धावा बोला, वैसे ही मधुमक्खियों ने उन्हें डंक चुभो दिए। मधुमक्खी के डंक से हथियार दूर जा गिरे। मालिक को अब तक अपने धूर्त और बेईमान गाड़ीवानों की हकीकत का पता चल गया था। मधुमक्खियों के डंक से सभी कराह रहे थे और बेहोश हो गए थे। मधुमक्खियों के डंक से बदमाशों के बेहोश होने पर मालिक ने मधुमक्खी का हृदय से धन्यवाद किया। अब तक तितली के पंख सूख चुके थे। वह भी बाहर निकल आई थी। मालिक मधुमक्खी और तितली दोनों को साथ देखकर समझ गए कि आज उनकी जान तितली और मधुमक्खी के कारण ही बची है। वह उन दोनों की ओर देखकर बोले, “आज तुम दोनों के कारण ही मेरी जान बची है। आज से हम सब दोस्त हैं।” फिर उन्होंने तितली को अपनी कलाई पर बैठाया और उसे हल्के से सहलाकर उसका धन्यवाद किया। अब तितली के पंख पहले की तरह रेशमी होकर चमक रहे थे। आज तितली बहुत खुश थी, लेकिन इसलिए नहीं कि वह सुंदर थी, बल्कि इसलिए कि आज उसने एक नेक और दयालु मनुष्य की जान बचाई थी। मालिक के सकुशल वहाँ से जाने के बाद तितली मधुमक्खी से बोली, “आज मेरे घमंड का अंत हो गया है और साथ ही मुझे तुम्हारे रूप में एक बहुत अच्छी दोस्त भी मिल गई है। मुझसे मिलने आती रहना।” मधुमक्खी ने मुसकराकर सहमति जताई। इसके बाद तितली वापस अपनी सखियों की ओर लौट चली, एक नई मुसकान और उमंग के साथ।

□

पत्थर क्या सोचता है

एक था पत्थर। वह चट्टान के छोर पर अटका हुआ था। अचानक मूसलाधार बारिश होने लगी, बिजली कड़कने लगी और तेज हवाएँ चलने लगीं। तेज हवाओं से पेड़, पत्ते और पत्थर हिलने लगे। वह पत्थर तेज हवा के बहाव से नीचे जा गिरा। एक मुसाफिर तेज बारिश में वहाँ से निकल रहा था। पत्थर उसके सामने आकर गिरा। उसने गुस्से में उस पत्थर को उठाया और तेजी से उसे दूसरी ओर उछाल दिया। यह देखकर पत्थर सोचने लगा, 'इससे तो मैं अपने स्थान पर ही ठीक था। कम-से-कम अपने मित्रों के साथ तो था। यहाँ तो मुझे हर कोई एक स्थान से दूसरे स्थान पर फेंकता रहेगा।' वह चुपचाप अपनी मूक पीड़ा पर आँसू बहाता रहा। बारिश, बिजलियों की गड़गड़ाहट बंद हो गई। पत्थर रात भर सोचता रहा कि अब उसका क्या होगा? सुबह होने पर एक व्यक्ति वहाँ से गुजरा। उसके पास एक थैला था। थैले में चावल भरे हुए थे। थैले में नीचे से एक पतला सूराख था। उस सूराख में से चावल गिरते जा रहे थे। कुछ चावल उस पत्थर पर भी गिर गए। पत्थर सोचने लगा, 'अरे, क्या मेरे मुँह, हाथ और पेट हैं, जो ये चावल मेरे किसी काम आएँगे? इससे तो कोई प्राणी यहाँ आ जाता, तो कम-से-कम इन चावलों से उसका पेट तो भर जाता!' अभी वह यह सोच ही रहा था कि चींटियों की कतार पत्थर पर आ चढ़ी। वह चावलों को अपने मुँह में भरकर वहाँ से ले जाने लगी। यह देखकर पत्थर खुश हो गया। चींटियाँ पत्थर से बातें करने लगीं और चावल अपने-अपने घरों को ले जाने लगीं।

तभी एक व्यक्ति वहाँ से गुजरा, उसने पत्थर को उठाया और वह पत्थर के साथ खेलने लगा। वह पत्थर को दूर तक उछालता, इसके बाद उसके पास पहुँचकर दोबारा से उसे उछालता। इस कार्य में पत्थर व्यक्ति की चोट से लुढ़कता-पुढ़कता दूसरी ओर जा गिरता था। व्यक्ति की हरकत देखकर पत्थर सोचने लगा, 'मैंने तो इस राहगीर को कोई तकलीफ भी नहीं पहुँचाई, परंतु फिर भी यह मुझे नुकसान पहुँचा रहा है।' उधर पत्थर उछलने से चींटियों के मुँह का निवाला उनसे छिन गया था। पत्थर को यह देखकर बहुत दुःख हुआ। तभी पत्थर पर से गिरे चावलों को देखकर चिड़ियाँ वहाँ आ गईं और चावल के दानों को चुगने लगीं। एक चिड़िया पत्थर के पास से गुजरी। पत्थर ने उसे आवाज देकर बुलाया और कहा, "चिड़िया बहन, यह आदमी मुझे इधर से उधर फेंक रहा है। इसने चींटियों का भोजन भी उनसे छीन लिया। मुझे तो ऐसे व्यक्ति बिल्कुल पसंद नहीं हैं, जो बेवजह किसी को नुकसान पहुँचाते हैं। वैसे नुकसान पहुँचानेवाला चाहे कोई भी हो, वह किसी को भी पसंद नहीं आता, फिर चाहे वह मेरे जैसा बेजान पत्थर ही क्यों न हो! मेरा तो कोई दोस्त भी नहीं है, जिससे मैं मदद के लिए कहूँ?" यह सुनकर चिड़िया बोली, "आप ऐसा क्यों कहते हैं कि आपका कोई दोस्त नहीं है। आज से मैं आपकी दोस्त हूँ। आपका कहना बिल्कुल सही है। किसी को भी बेवजह परेशान करना गलत है। मैं अपनी सखियों को बुलाकर चींटियों के बिल के पास चावल के दाने रख आती हूँ।" पत्थर चिड़िया की बात सुनकर खुश हो गया। चिड़ियाँ चावल के दानों को उठाकर चींटियों के बिल के पास रख आईं। चींटियों ने उनका धन्यवाद किया और उनमें दोस्ती हो गई। चींटियाँ बोलीं, "धन्यवाद बहन, आज आपके कारण हमें हमारा भोजन मिल पाया।" चिड़िया मुसकराकर वहाँ से चली गई। अब तक उस मुसाफिर का पत्थर को बार-बार उछालकर खेलने से मन भर गया था। पत्थर को उसके बार-बार उछालने से बेहद तकलीफ हुई थी। मुसाफिर छायादार पेड़ के नीचे बैठ गया और अपने साथ लाया खाना खोलकर खाने लगा। जिस पेड़ के नीचे वह बैठा था, उस पेड़ पर ही वह चिड़िया रहती थी, जो अब पत्थर की दोस्त बन गई

थी। उसने मुसाफिर के खाने में घास-फूस डालकर उसे गंदा कर दिया। यह देखकर मुसाफिर को बहुत गुस्सा आया। उसने उसी पत्थर को चिड़िया की ओर उछाल दिया। पर पत्थर तो किसी को भी बेवजह नुकसान पहुँचाने के पक्ष में नहीं था, फिर वह अपनी मित्र चिड़िया को कैसे नुकसान पहुँचा सकता था? पत्थर ने अपनी दिशा बदली और वह राह में आ रहे एक घुड़सवार राजा से टकरा गया। पत्थर लगने से घुड़सवार राजा का संतुलन गड़बड़ा गया और वह जमीन पर गिर गया। उसे बहुत चोट पहुँची। राजा को जब यह ज्ञात हुआ कि वहाँ बैठे मुसाफिर के पत्थर फेंकने के कारण उसे चोट पहुँची है, तो उसने अपने सैनिकों से मुसाफिर को गिरफ्तार करने के लिए कहा। मुसाफिर को गिरफ्तार कर लिया गया। यह देखकर चिड़िया मुसकराकर बोली, "आखिर मेरे दोस्त को नुकसान पहुँचानेवाले व्यक्ति को सजा मिल ही गई!" अब राजा और मुसाफिर वहाँ कोई न था। पत्थर उसी स्थान पर पड़ा हुआ था, जहाँ पर उसे मुसाफिर ने फेंका था। पत्थर को उदास देखकर चिड़िया उसके पास चली आई और बोली, "क्या सोच रहे हो?" पत्थर बोला, "बहन, मैं यह सोच रहा हूँ कि भला मेरा भी कोई जीवन है, सदा दूसरों के थपेड़े खाता हूँ और एक दिन मिट जाता हूँ?" यह बोलकर पत्थर गमगीन हो गया। चिड़िया बोली, "आप गलत कह रहे हैं। अरे, आप हैं तो दुनिया है। लोग आपका प्रयोग कर घरों में निवास करते हैं, मूर्तियों में जान आपके कारण डलती है, यहाँ तक कि मंदिर, मसजिद, गुरुद्वारे और चर्च सब जगह आप हैं। आप तो धर्मनिरपेक्षता का बहुत खूबसूरत उदाहरण पूरे विश्व के सामने प्रस्तुत करते हैं। आपसे तो उन देशों और व्यक्तियों को शिक्षा लेनी चाहिए, जो अपने-अपने धर्म का नारा लगाकर व्यक्तियों का खून बहाते हैं। आप कण-कण में हैं, धूल का रूप आप हैं, शिला का रूप आप हैं और देवताओं का निवास भी आप हैं।" चिड़िया की बातें सुनकर पत्थर झूम उठा। वह बोला, "हाँ नन्ही चिड़िया, आज तुमने मेरी नकारात्मक सोच को सकारात्मक बना दिया है। आज तुमने मुझे इस बात का अहसास दिला दिया है कि मेरा जीवन बहुत महत्त्वपूर्ण है। अब मैं कभी ऊटपटाँग बातें नहीं सोचूँगा, हमेशा अच्छी बातें सोचूँगा और नेक

काम करूँगा।" यह सुनकर चिड़िया ने अपने पंख फड़फड़ाए और बोली, "आपकी यह नन्ही दोस्त हर समय आपके साथ रहेगी।" पत्थर यह सुनकर मुसकरा दिया। आज वह स्वयं को पाषाण नहीं, बल्कि सजीव महसूस कर रहा था। पत्थर को ऐसा प्रतीत हो रहा था, मानो चिड़ियारूपी कलाकार ने उसमें प्राण फूँक दिए हों!

□

बांग्लादेश

छातों की हड़ताल

बरसात का मौसम आया और बीत गया। इस बार भी बारिश का मौसम आने वाला था। इस बार छातों ने लंबी नींद ली। पिछली बारिश के बाद वे अभी तक सोए ही हुए थे। उन्हें जगाने की नौबत भी नहीं आई थी, क्योंकि अभी तक बारिश जो नहीं आई थी। लेकिन एक छाते की नींद अपने आप टूट गई। उसे बहुत तेज जुकाम हो गया था। वह बार-बार छींकता और उसकी नींद टूट जाती। उस छाते को जुकाम इसलिए हो गया था, क्योंकि उसके मालिक ने उसका प्रयोग करने के बाद उसे गीला ही बंद करके एक ओर रख दिया था। छाते की सीलन दूर नहीं हुई थी और उसमें से बदबू भी आ रही थी। गीलेपन के कारण उसे जुकाम और सिरदर्द हो रहा था, साथ ही सीलन की बदबू से उसका दम भी घुट रहा था। वैसे यह शिकायत केवल इसी छाते की नहीं, बल्कि बहुत सारे छातों की थी। कइयों के मालिक उनका प्रयोग करने के बाद उन्हें बिना सुखाए ही बेदर्दी से बंद कर एक ओर पटक देते थे। धीरे-धीरे छातों की नींद खुली और उन्होंने अपने साथी छाते के बारे में बात की, जो जुकाम, सिरदर्द और पीड़ा से तड़प रहा था। एक छाता बोला, "हमें मनुष्य को सबक सिखाने के लिए हड़ताल कर देनी चाहिए।" दूसरा छाता बोला, "हड़ताल! भला वह कैसे संभव है ?" तीसरा छाता बोला, "बिल्कुल संभव है। इस बार बारिश आने पर जब लोग हमें प्रयोग करने के लिए खोलेंगे तो हम खुलेंगे ही नहीं। जब उन्हें तकलीफ होगी तो उन्हें हमारी अहमियत पता चलेगी।" सभी इस बात से सहमत हो गए।

बारिश का मौसम आया और झमाझम बारिश होने लगी। ऐसे मौसम में बाहर जाने के लिए मालिकों ने अपने-अपने छातों को उठाया और उन्हें खोलने का प्रयास किया। पर यह क्या! बार-बार खोलने पर भी छाते नहीं खुले। अब तो बड़ी परेशानी हो गई। कई मालिकों ने सोचा कि शायद लंबे समय तक बंद होने के कारण छाते जाम हो गए हैं। वे दुकानों पर गए और नए छातों की माँग की। लेकिन यह क्या, नए छाते भी बंद के बंद रहे! दुकानदार के लाख प्रयास करने पर भी वे नहीं खुले। यह देखकर कई लोग भय से ग्रसित हो गए। कई लोग दबी जबान में बोले, "लगता है, छातों में भूत आ गया है, जो छाते खुल नहीं रहे।" उधर छाते खुश थे। उनकी हड़ताल पूरी तरह सफल रही थी। लोग भीगकर बेहाल हो रहे थे और जुकाम व सिरदर्द से पीड़ित हो रहे थे। तेज बारिश में एक बूढ़ा व्यक्ति अपनी बेटी के साथ घर से बाहर निकला। उसने अपने साथ रखे छाते को खोला, लेकिन छाता नहीं खुला। आखिर वह बारिश में ही बेटी को लेकर चलने लगा। वह बेटी से बोला, "बिटिया, लगता है, सारी छतरियों में भूत घुस आए हैं। अब हमारी छतरी को ही देखो न, यह खुल ही नहीं रही है।" यह सुनकर बिटिया बोली, "बाबा, भला छतरियों में भी कहीं भूत घुस सकते हैं? मुझे तो ऐसा नहीं लगता। जरूर कोई और बात है।" तभी एक बीमार व्यक्ति बारिश में भीगते हुए अस्पताल की ओर जाता हुआ मिला। लड़की बीमार व्यक्ति को देखकर बोली, "अंकल, आप भीग जाएँगे, बारिश थमने के बाद अस्पताल चले जाते।" बीमार व्यक्ति बोला, "बेटा, मुझे ज्यादा तकलीफ हो रही है। इसलिए जाना जरूरी है।" यह सुनकर लड़की छाते की ओर देखती हुई बोली, "उफ्फ, बेचारे अंकल भीगकर और बीमार पड़ जाएँगे। काश! मैं इनकी कोई मदद कर पाती!" लड़की की बात सुनकर छाते को अपनी गलती का अहसास हुआ। उसे लगा कि कुछ लोगों की गलती की सजा सबको देना ठीक नहीं है। उसने अपने अन्य साथी छातों से बात की और कहा, "हम सबको सजा देकर गलत कर रहे हैं। हमारे कई मालिक ऐसे भी तो हैं, जो हमें सम्मानपूर्वक प्रयोग करते हैं और उसके बाद सम्मान के साथ ही दूसरे स्थान पर रख देते हैं।" यह सुनकर कई छाते बोले,

“हाँ, तुम्हार कहना ठीक है।” वह छाता बोला, “मैं अब उस बीमार व्यक्ति के पास जा रहा हूँ। तेज बारिश हो रही है। उसे मेरी जरूरत है।” इसके बाद लड़की ने उस छाते को अपने पिता से माँगा। उसने उसे प्रेम से खोलने का प्रयास किया तो इस बार छाता आराम से खुल गया। यह देखकर बूढ़े पिता व बीमार व्यक्ति दोनों दंग रह गए। लड़की ने छाता बीमार व्यक्ति को पकड़ा दिया। अब बीमार व्यक्ति भीगने से बच गया था। लड़की अपने पिता से बोली, “बाबा, मुझे लगता है कि सभी छाते हमें अपना महत्त्व बताना चाह रहे थे। अकसर कई लोग छाते का प्रयोग करके उसे बिना सुखाए ही बंद कर एक कोने में पटक देते हैं। इससे छाते में सीलन, बदबू और जंग लग जाती है। शायद इसलिए सब छातों ने मिलकर हमें सबक सिखाने के लिए हड़ताल पर जाने का फैसला लिया था और अब हमारी बातें सुनकर इनका दिल पसीज गया है।” बूढ़ा व्यक्ति बोला, “तुम सही कहती हो बिटिया! अब से मैं हमेशा छाते का प्रयोग अच्छी तरह से करूँगा और प्रयोग करने के बाद भी उसका ध्यान रखूँगा।” यह सुनकर लड़की मुसकरा दी। बाबा की बात सुनकर सभी छाते भी मुसकरा दिए और बोले, “चलो, अब लोग हमें प्रयोग कर बेदर्दी से नहीं फेंकेंगे।” दूसरा छाता बोला, “हमारी हड़ताल सफल रही। पर आगे से हम कभी हड़ताल पर नहीं जाएँगे, क्योंकि इससे सभी लोगों को परेशानी होती है। हम हमेशा अच्छे और मददगार बनकर रहेंगे, क्योंकि नेक और मददगार बनने से ही जीवन सफल होता है।” सभी छातों ने एक-दूसरे की हाँ में हाँ मिलाई और अपने-अपने मालिकों की मदद करने के लिए चल पड़े।

□

जर्मनी

पाँचवीं चतुराई

एक गाँव में एक व्यक्ति अपने चार बेटों के साथ रहता था। वह अपने बेटों को बहुत प्यार करता था। उन सभी में आपस में बहुत प्रेम था। व्यक्ति ने बचपन से ही अपने चारों बेटों को अच्छे संस्कार दिए थे और परिवार का महत्त्व बताते हुए कहा था कि 'बेटा, तुम चारों साथ रहकर दुनिया को हिला सकते हो, लेकिन जहाँ तुममें दूरियाँ हुईं या तुम अलग-थलग हुए तो फिर दुनिया तुम्हें हिला देगी। इसलिए निर्णय तुम्हारे हाथ में है कि तुम्हें एक साथ रहना है या फिर अलग-थलग।' पिता की बात बेटों ने ध्यान से सुनी और उसे अपने जीवन का अंग बना लिया। चारों भाइयों में आपस में बहुत प्रेम था। कभी उनमें एक-दूसरे के लिए छोटे-बड़े की भावना नहीं आती थी। एक दिन चारों भाई पिता से बोले, "पिताजी, अब हम बड़े हो गए हैं। हम चारों को कोई-न-कोई हुनर का काम सीखना चाहिए। नहीं तो हमारा सारा जीवन गरीबी में ही बीत जाएगा।" पिता ने बच्चों की बात से सहमति जताई और उन्हें जाने की अनुमति प्रदान कर दी। चारों भाई चल दिए। एक चौराहे पर उन्होंने आपस में कहा, "आज से तीन महीने बाद हम यहीं मिलेंगे।" इसके बाद चारों भाई चार कोनों की ओर चल पड़े। पहले भाई को एक ऐसा व्यक्ति मिला, जो सफाई से किसी भी व्यक्ति या वस्तु को उठाना जानता था। उसने उसे वे सारे गुर सिखा दिए। दूसरा भाई एक खगोलशास्त्री से मिला। खगोलशास्त्री ने उसे दूर-दूर तक की वस्तुओं को जानने की कला सिखाई और साथ ही उसे एक ऐसा यंत्र प्रदान किया, जिससे दूर-दूर की चीजें देखी

जा सकती थीं। तीसरे भाई को एक शिकारी मिला। उस शिकारी का निशाना अचूक था। शिकारी ने तीसरे भाई को अचूक निशानेबाज बना दिया। चौथे भाई को शहर में एक दर्जी मिला। वह दर्जी बहुत अद्‌भुत था। अपने हुनर से वह हर टूटी-फूटी चीज को कुशलता से सिल सकता था। उसने चौथे भाई को हुनर सिखाने के साथ ही उसे एक सुई भी प्रदान की। उस सुई से किसी भी चीज में टाँके लगाकर उसे पहले की तरह बनाया जा सकता था।

तीन महीने बाद चारों उसी स्थान पर मिले, जहाँ से वे अलग हुए थे। वे चारों अपने पिता के पास पहुँचे। पिता ने चारों बेटों की कला देखी। उनकी अद्‌भुत कला देखकर वह बहुत प्रसन्न हुए और बोले, "आज से तुम चारों बेटे चार चतुर हो। मैं तुम्हारी चतुराई और कला से बहुत प्रभावित हुआ हूँ।" अपने पिता को खुश देखकर चारों भाई बहुत खुश हुए और काम करने लगे।

एक दिन जब चारों भाई काम कर रहे थे तो उन्होंने राजा के द्वारा करवाई गई घोषणा सुनी। हर ओर यह मुनादी की जा रही थी कि राजा की एकमात्र राजकुमारी को ड्रैगन उठाकर ले गया है। जो कोई भी राजकुमारी को उस ड्रैगन के चंगुल से मुक्त कराएगा, उससे राजकुमारी का विवाह कर दिया जाएगा। यह सुनकर चारों भाई अपने पिता के पास पहुँचे और वहाँ जाकर सारी बात बताई। पिता ने चारों भाइयों को आदेश दिया कि वे चारों राजकुमारी को ड्रैगन से बचाकर सकुशल उसे राजा के पास पहुँचा दें। दूसरे भाई ने यंत्र में देखकर पता लगाया कि ड्रैगन राजकुमारी को कहाँ लेकर गया है! राजकुमारी को ढूँढ़ने के बाद पहला भाई बेहद सतर्कता से वहाँ पहुँचा और राजकुमारी को उठाकर ले आया। ड्रैगन को उसके आने की आहट तक न हुई। चारों राजकुमारी को लेकर नाव में बैठ गए। तभी ड्रैगन उड़ता हुआ उनकी ओर आने लगा। यह देखकर निशानेबाज भाई ने अपना निशाना ड्रैगन की ओर लगाया। तीर ड्रैगन के गले में जा धँसा। वह मरकर सीधा नाव पर आ गिरा। नाव ड्रैगन का भार सहन नहीं कर पाई और चूर-चूर हो गई। यह देखकर चौथे भाई ने जल्दी से सुई की सहायता से नाव को सिल दिया। इसके बाद चारों राजकुमारी को लेकर राजा के पास पहुँचे और उसे राजा के पास

छोड़ दिया। अपनी बेटी को सही-सलामत देखकर राजा बहुत खुश हुआ। वह खुशी से बोला, "तुमने राजकुमारी को बचाकर बहुत नेक काम किया है। पर तुम चार हो और राजकुमारी एक। मैं अपनी बेटी का विवाह तुममें से किसके साथ करूँ? इसका फैसला कैसे होगा?" राजा की बात सुनकर चारों भाई एक-दूसरे की ओर देखने लगे। उन्होंने आपस में कुछ बातें की और राजा से अनुरोध करते हुए बोले, "महाराज! राजकुमारी को पाने के लिए हम आपस में लड़ना नहीं चाहते। हमने उन्हें ड्रैगन से बचाकर अपना फर्ज अदा किया है। हमें राजकुमारी से विवाह नहीं करना।" चारों युवकों की बात सुनकर राजा बहुत खुश हुआ। उसने उन चारों भाइयों को ढेर सारे इनाम दिए। घर लौटकर चारों ने अपने पिता को सारी बात बताई। सारी बात जानने के बाद पिता मुसकराकर बोले, "तुम चारों ने अपना-अपना काम किया, फिर यह पाँचवीं चतुराई तुमने कहाँ से सीखी?"

"आपसे, और किससे?" यह कहकर चारों अपने पिता से लिपट गए।

□

सदा प्रसन्न राजकुमार

एक था शहर। वहाँ की सुंदर और भव्य इमारतें सबका ध्यान आकर्षित करती थीं। लेकिन भव्य और बड़ी 'सदा प्रसन्न राजकुमार' की प्रतिमा लोगों के आकर्षण का विशेष केंद्र थी। राजकुमार की प्रतिमा बड़ी और भव्य होने के कारण शहर के सुख-दुःख देखती रहती थी। प्रतिमा पर सोने का पतरा चढ़ा हुआ था। उसकी दोनों आँखों में कीमती रत्न जड़े थे और तलवार की मूठ पर एक लाल रत्न दमकता रहता था। सब लोग उस प्रतिमा को 'सदा प्रसन्न राजकुमार' के नाम से पुकारते थे।

एक दिन एक बच्चे ने अपनी माँ से चाँद लाने की जिद की, तो माँ 'सदा प्रसन्न राजकुमार' की प्रतिमा दिखाते हुए बोली, "बेटा, तुम्हें सदा प्रसन्न राजकुमार की तरह रहना चाहिए। वह किसी से कुछ नहीं माँगता और हमेशा मुसकराता रहता है।" यह सुनकर बच्चा चुप हो गया।

एक दिन एक नन्ही चिड़िया वहाँ उड़ती हुई आई। उसके संगी-साथी मिस्र की ओर उड़ान भर चुके थे। वह पीछे रह गई थी। वह अपने संगी-साथियों का इंतजार करने लगी और वहाँ की प्राकृतिक शोभा को निहारती रही। रात बढ़ने के साथ-साथ वातावरण में ठंडक बढ़ने लगी थी। चिड़िया रात बिताने के लिए सब ओर देखने लगी। आखिर वह 'सदा प्रसन्न राजकुमार' की बड़ी सी प्रतिमा को देखकर उड़कर वहाँ आ गई। वह राजकुमार के पैरों के बीच आ बैठी। वह सुरक्षित स्थान था और उसे ठंडक व हवा से बचा रहा था। तभी एक बूँद चिड़िया के पंख पर आकर गिरी। आसमान साफ था,

बादल नहीं थे। चिड़िया ने यह सोचकर आसमान की ओर नजर उठाई तो आसमान तारों से भरा नजर आया। तभी दूसरी बूँद भी उसके ऊपर आकर गिरी। चिड़िया हैरानी से इधर-उधर देखने लगी। यह क्या रहस्य था···तभी उसकी नजर राजकुमार की आँखों पर पड़ी तो वह दंग रह गई। राजकुमार की आँखों के आँसू ही उसके पंखों पर गिर रहे थे। 'सदा प्रसन्न राजकुमार' की आँखों में आँसू! चिड़िया बोली, "आप तो सदा प्रसन्न राजकुमार हैं? आपको तो हमेशा खुश रहना चाहिए।" राजकुमार की प्रतिमा बोली, "हाँ, जब मैं जीवित था तो सदा खुश रहता था, लेकिन मरने के बाद जब मेरी प्रतिमा यहाँ लगा दी गई तो मैंने जाना कि जीवन में लोगों के पास बहुत दुःख हैं। मैं यहाँ से लोगों के दुःख देखता हूँ तो मेरी आँखें भर आती हैं। अभी मैंने देखा कि शहर में एक सँकरी गली में एक खँडहर मकान है। उसमें एक महिला अपने बेटे के साथ रहती है। वह सिलाई करके अपना पेट भरती है। उसका बेटा बहुत बीमार है और उसके पास इलाज के लिए पैसे नहीं हैं। मैं उसकी सहायता करना चाहता हूँ, पर मैं यहाँ से हिल नहीं सकता। प्यारी चिड़िया, नन्ही चिड़िया क्या तुम मेरी मदद करोगी?" चिड़िया बोली, "कैसे राजकुमार?" राजकुमार ने कहा, "मेरी तलवार की मूठ का लाल रत्न उसे दे आओ। इससे वह महिला अपने बेटे का इलाज कराकर जरूरत का सामान खरीद लेगी।" चिड़िया बोली, "राजकुमार, मुझे मिस्र जाना है। मेरे संगी-साथी मेरा इंतजार कर रहे होंगे। पहले ही बहुत देर हो चुकी है।" राजकुमार बोला, "प्यारी चिड़िया, नन्ही चिड़िया, बस आज रुक जाओ।" राजकुमार को विनती करते देख चिड़िया बोली, "ठीक है, मैं आज रुक जाती हूँ और उन लोगों की मदद करती हूँ। मुझसे भी लोगों का दुःख नहीं देखा जाता।" इसके बाद चिड़िया ने तलवार की मूठ का लाल रत्न अपनी चोंच से निकाला और उसे उस महिला के घर में छोड़ आई। राजकुमार अब प्रसन्न था। अगले दिन सुबह राजकुमार की सोने की प्रतिमा धूप में चमचमा रही थी। चिड़िया बोली, "अलविदा राजकुमार!" यह सुनकर राजकुमार बोला, "प्यारी चिड़िया, नन्ही चिड़िया, बस आज—आज और रुक जाओ। मेरी अभी एक ऐसे व्यक्ति पर नजर पड़ी,

जिसके कपड़े फटे हुए हैं, वह ठंड से काँप रहा है, उसे एक नाटक लिखकर देना है, पर उसके पास लकड़ियाँ नहीं है, जिन्हें जलाकर वह ठंड में काम कर सके।" चिड़िया बोली, "अब क्या करना है ?" राजकुमार बोला, "मेरी आँखों में दो हीरे जड़े हैं। तुम एक हीरा निकालकर उस व्यक्ति को दे आओ। इससे उसका काम चल जाएगा।" चिड़िया उछलकर बोली, "नहीं···नहीं राजकुमार, तब तुम उस आँख से कैसे देखोगे ?" राजकुमार बोला, "मैं एक आँख से भी सब देख पाऊँगा।" चिड़िया के बहुत मना करने पर भी राजकुमार नहीं माना और चिड़िया ने दुःखी मन से राजकुमार की एक आँख का हीरा निकालकर उस व्यक्ति तक पहुँचा दिया। अगले दिन चिड़िया ने अपनी उड़ान भरने की तैयारी की। वह बोली, "अलविदा राजकुमार! यहाँ ठंड बढ़ती जा रही है। अब मुझे जाना होगा।" राजकुमार बोला, "नन्ही चिड़िया, बस आज-आज और रुक जाओ। मैंने अभी शहर के चौक पर एक नन्ही बच्ची को देखा है। वह ठंड से काँपती हुई रो रही है। उसकी माचिस गीली हो गई हैं। अब उसकी गीली माचिस कौन खरीदेगा ? तुम मेरी दूसरी आँख का हीरा निकालकर उसे दे आओ।" चिड़िया सिर हिलाते हुए बोली, "नहीं राजकुमार, मैं दूसरी आँख बिल्कुल नहीं निकालूँगी। फिर आप बिल्कुल नहीं देख पाओगे।" राजकुमार बोला, "मुझे दूसरों का दुःख दूर कर प्रसन्नता होती है।" बहुत ही दुःखी मन से चिड़िया ने राजकुमार की दूसरी आँख निकालकर बच्ची की मदद की। वह राजकुमार के पास भरे मन से लौटी और राजकुमार की दशा देखकर रो पड़ी। अगले दिन चिड़िया के पंखों की फड़फड़ाहट सुनकर राजकुमार हैरानी से बोला, "अरे नन्ही चिड़िया, तुम अभी तक गई नहीं। तुम्हारे संगी-साथी तुम्हारा इंतजार कर रहे होंगे!" चिड़िया बोली, "मैं अब तुम्हें छोड़कर कहीं नहीं जाऊँगी। अब मेरे सिवाय तुम्हारा कोई नहीं है।" यह बोलकर वह राजकुमार को दूसरे देशों की कथाएँ सुनाने लगी। यह सुनकर राजकुमार बोला, "धन्यवाद प्यारी चिड़िया, तुम वास्तव में मेरी दुःख-सुख की साथी हो। अब तुम मेरे शहर में उड़कर जाया करो और मुझे लोगों के दुःख-दर्द और तकलीफें बताया करो।" चिड़िया शहर में उड़कर जाती और लोगों के

दुःख-दर्द राजकुमार को बताती। लोगों की दुःख-तकलीफें सुनकर राजकुमार का मन बेहद द्रवित हो उठता था। एक दिन वह चिड़िया से बोला, "तुम मेरी सोने की परत को काटकर गरीब लोगों में बाँट दिया करो। इससे उनके दुःख कम होंगे।" चिड़िया राजकुमार की बातें मानती रही। फिर एक दिन ऐसा भी आया, जब राजकुमार के पास बाँटने के लिए कुछ न बचा। अब सर्दी काफी बढ़ गई थी। चिड़िया थर-थर काँपती रहती थी, फिर भी वह राजकुमार को छोड़कर नहीं गई। एक दिन ज्यादा ठंड को महसूस कर राजकुमार बोला, "नन्ही चिड़िया, अब तुम मिस्र जा सकती हो। यहाँ ठंड बहुत बढ़ गई है।" चिड़िया का बदन ठंड से अकड़ गया था। उसके पंखों में बर्फ जम गई थी। वह राजकुमार के कंधे पर बैठी थी। वह बोली, "अलविदा राजकुमार!" और राजकुमार के पैरों पर गिरी। राजकुमार समझ गया कि नन्ही चिड़िया ने उसे सदा प्रसन्न रखने के लिए अपने प्राण कुरबान कर दिए हैं। अपनी नन्ही दोस्त की मौत से राजकुमार का हृदय धक् से रह गया और वह फटकर दो टुकड़ों में बँट गया। रोने और दुःख प्रकट करने के लिए अब 'सदा प्रसन्न राजकुमार' के पास न ही भाव बचे थे और न ही शरीर।

□

डेनमार्क

बुलबुल

एक था राजा। वह सोने-चाँदी के बने महलों में रहता था। उसका राज्य बहुत खुशहाल था। दूर-दूर से व्यापारी वहाँ अपना कीमती माल लाकर बेचते थे। राजा को लगता था कि उससे सुखी राजा पूरी दुनिया में कोई नहीं है। एक दिन एक व्यापारी राजा के पास आया और बोला, "महाराज! मैंने सुना है कि आपके राज्य में एक विचित्र बुलबुल है। वह बहुत ही मधुर गीत गाती है। जो कोई भी उस बुलबुल का गीत सुनता है, वह अपनी सुध-बुध खो बैठता है।" राजा हैरानी से बोला, "नहीं, मेरे यहाँ तो ऐसी कोई बुलबुल नहीं है।" व्यापारी के जाने के बाद राजा के दिमाग में यह बात घूमती रही। उसने अपने मंत्री को बुलाया और इस बारे में पता करने के लिए कहा। मंत्री राजा के आदेश का पालन करने के लिए सैनिकों को साथ लेकर चल दिया। पर यह काम बेहद कठिन था। अब बुलबुल किसी मकान में तो रहती नहीं थी, जहाँ से उसे तुरंत पकड़कर लाया जा सकता! घने जंगलों में बुलबुल को ढूँढ़ना बहुत मुश्किल था। बुलबुल की खोज में कई सैनिक लगे हुए थे, परंतु अभी तक बुलबुल का कुछ भी सुराग नहीं मिल पाया था। दिन बीतने के साथ-साथ राजा का गुस्सा बढ़ता जाता था। महल के रसोईघर में एक लड़की काम करती थी। वह एक दिन बातों-बातों में बोली, "मुझे पक्का तो नहीं पता, लेकिन जंगल में एक झील के पास मैंने एक बुलबुल को गाते हुए सुना है। उसका गायन बहुत ही मीठा है। हो सकता है, यही वह बुलबुल हो जिसकी चारों ओर चर्चा है।" यह सुनकर मंत्री लड़की को साथ लेकर झील के पास

जा पहुँचे। उनके हाथों में हथियार थे। बुलबुल उस समय गा रही थी, लेकिन सैनिकों को उस बुलबुल में कोई विशेष बात नहीं दिखी। पर मंत्री ने सोचा कि इस बुलबुल को ही राजा के पास ले जाने से सबके प्राण बच जाएँगे। वह बुलबुल को पकड़ने के लिए जाने लगे तो लड़की बोली, "बुलबुल को यदि कैद करने की कोशिश करोगे तो वह कभी आपके पास नहीं आएगी। उससे प्रेम से निवेदन करके ही हम उसे अपने साथ ले जा सकते हैं।" मंत्री बोले, "ठीक है, तो तुम ही बुलबुल से निवेदन करो।" लड़की ने बुलबुल से साथ चलने का निवेदन किया, लेकिन बुलबुल ने मना कर दिया। इस पर लड़की बोली, "बुलबुल! यदि तुम हमारे साथ नहीं चली तो राजा कई निर्दोष लोगों को दंड देगा और उन्हें कारागार में डाल देगा। लोगों की जान बचाने के लिए तुम्हें हमारे साथ चलना ही होगा।" लड़की की यह बात सुनकर बुलबुल बोली, "अगर ऐसा है तो मैं तुम्हारे साथ चलती हूँ, लेकिन मैं कैद में नहीं रहूँगी।" यह सुनकर मंत्री और सैनिक सभी खुश हो गए। बुलबुल के आने की खुशी में राजा ने उसके लिए सोने का झूला लगवाया। बुलबुल ने आते ही अपनी मधुर आवाज में गीत सुनाया तो सब दंग रह गए। वाकई बुलबुल के गीत में बहुत मिठास थी। उसका गीत सुनकर राजा बोला, "बुलबुल! वाकई तुम्हारे कंठ में अद्‌भुत मिठास है। बोलो, तुम्हें क्या इनाम चाहिए?" बुलबुल बोली, "मुझे कुछ नहीं चाहिए। बस आप यहाँ से मुझे जाने दीजिए। मैं प्रतिदिन आपको यहाँ आकर गीत सुनाया करूँगी। आप मुझे कैद मत कीजिएगा। यही मेरा इनाम है। मैं स्वतंत्र घूमकर ही गाती हूँ।" राजा ने उसकी बात मान ली। अब बुलबुल रोज राजा को आकर अपना गीत सुनाती। एक दिन जापान से राजा के पास एक विशेष उपहार आया। उपहार में सोने की बुलबुल थी। उसमें हीरे-मोती जड़े थे। चाबी भरने पर वह बहुत ही सुरीला गाती थी। अब राजा जब मरजी खिलौना बुलबुल की चाबी घुमाकर उसका मधुर गीत सुन सकता था। वह मंत्री से बोला, "झील वाली बुलबुल तो घमंडी है। यह चाबीवाली बुलबुल बहुत अच्छी है। जब मरजी इसका गीत सुन लो।" सारे शहर में चाबीवाली बुलबुल की चर्चा थी। झील के किनारेवाली बुलबुल

ने अब राजदरबार में आकर गाना छोड़ दिया था। वह अपनी आजादी में खुश थी। एक दिन मौसम सुहावना था, राजा सोने की बुलबुल में चाबी भरकर उसका गीत सुन रहा था। अचानक खट् की आवाज हुई और बुलबुल खामोश हो गई। यह क्या… ? राजा दंग! उसने जल्दी से बड़े से बड़े कारीगर बुलाए और बुलबुल को ठीक करने के लिए कहा। लेकिन बड़े-बड़े कारीगर भी उसे ठीक नहीं कर पाए। अब बुलबुल में पहले जैसी मिठास न थी। चाबी घुमाने पर उसमें से खड़-खड़ की आवाज आती थी। अब राजा को झील वाली बुलबुल की बहुत याद आती थी। लेकिन अब क्या हो सकता था, उसने खुद ही तो बुलबुल का गीत सुनना छोड़ा था। बुलबुल की आवाज सुने बिना राजा बीमार हो गया। अनेक बड़े-बड़े वैद्य राजा का इलाज करने आए, लेकिन कोई उनका मर्ज न समझ पाया। आखिर वह दिन भी आया, जब राजा केवल कुछ घंटों के मेहमान रह गए। उस दिन-रात का समय था। राजा की आँखों में आँसू थे, तभी खिड़की में फड़फड़ाहट हुई और एक मीठा सुर गूँजने लगा। मीठा स्वर सुनकर राजा उठ बैठे और खुशी से झूम उठे। झीलवाली बुलबुल लौट आई थी। राजा बोला, "कहाँ चली गई थी बुलबुल? तुम्हें पता है, तुम्हारे बिना मैं कितना बीमार हो गया था?" बुलबुल बोली, "हाँ राजा, तुम्हारी खबर सुनकर ही मैं यहाँ आई हूँ। आपको कुछ नहीं होगा। मैं अब प्रतिदिन तुम्हारे पास आकर गीत सुनाया करूँगी।" राजा बोला, "बुलबुल, मुझे भी अब सबक मिल गया है कि कीमती वस्तुओं के पीछे भागना बेकार है। गुणों की कद्र करना जरूरी है, क्योंकि गुण और योग्यता ही प्राणी को पहचान देते हैं।" इसके बाद धीरे-धीरे राजा बिल्कुल स्वस्थ हो गया। अब बुलबुल प्रतिदिन राजा के पास आती और उसे मधुर गीत सुनाती थी।

□

इस्तोनिया

हँसी की सड़क

एक था जमींदार। वह बहुत अमीर था। उसके पास किसी बात की कमी नहीं थी, बस एक बात को छोड़कर। वह बहुत गुस्सैल स्वभाव का था। किसी ने उसके चेहरे पर कभी हँसी न देखी थी। नौकर उससे बहुत डरते थे। जमींदार जब लोगों को हँसते-खिलखिलाते हुए देखता तो और जल-भुन जाता। दरअसल उसका भी मन हँसने को करता था, लेकिन उसके चेहरे पर हँसी आती ही न थी। सर्दियों के दिन थे। जमींदार अपनी हवेली पर बैठा था। वहाँ से उसकी नजर सामने वाले मैदान पर गई। वहाँ एक फटी पोशाक पहने एक अजनबी बड़ी जोर-जोर से हँस रहा था। जमींदार उसे देखकर हैरान रह गया। वहाँ आसपास कुछ भी ऐसा नहीं था, जिसे देखकर हँसी आए। फिर वह व्यक्ति क्यों हँस रहा था? यह बात जानने के लिए उसने अपने नौकर को भेजा। वह व्यक्ति नौकर को देखकर भी हँसता रहा। नौकर बोला, "भाई, हँसते ही रहोगे या यह भी बताओगे कि तुम हँस क्यों रहे हो? इतनी गरीबी में भी कोई कैसे हँस सकता है? कमाल है!" उसकी बात सुनकर अजनबी बोला, "भैया, दरसअल मैं हँसने की कोशिश नहीं करता, बस हँसी अपने आप अंदर से निकलती है और मैं हँसने लगता हूँ।" नौकर बोला, "अरे, तुम बिना बात भी हँस लेते हो और हमारे जमींदार को तो हँसी की बात पर भी गुस्सा आता है! आप मुझे बताइए न कि किस बात पर हँस रहे हैं? हमारे जमींदार ने आपके पास यही जानने के लिए भेजा है।" यह सुनकर अजनबी हँसते हुए बोला, "बात तो मैं तुम्हें बता दूँगा, पर यह नहीं कह सकता कि मेरी

बात सुनकर तुम्हारे जमींदार को भी हँसी आ जाए! क्योंकि हर व्यक्ति को अलग-अलग बातों और कारणों से हँसी आती है।" नौकर के बहुत जोर देने पर अजनबी बोला, "ठीक है, मैं तुम्हें बता ही देता हूँ। रात मुझे एक सपना दिखा था। मैंने देखा कि मेरे सामने थाल में ढेर सारे लड्डू हैं। जैसे ही मैंने लड्डू लेने के लिए हाथ आगे बढ़ाए, वे मेरी आँखों के सामने से उड़ गए। बस यही बात सोचकर मुझे हँसी आ रही है कि मैं कैसा व्यक्ति हूँ, जो सपने में भी लड्डू नहीं खा सकता?" यह सुनकर नौकर जमींदार के पास लौट आया। वह बोला, "सरकार, मैं समझ गया कि वह अजनबी कैसे हँसता है?" इसके बाद नौकर ने लड्डू का थाल मँगवाकर जमींदार के सामने रख दिया और लड्डुओं को ऊपर उछालने लगा। फिर वह जमींदार से बोला, "मालिक, आप इन लड्डुओं को देखते रहिए और हँसते रहिए। वह अजनबी भी यही सोच-सोचकर हँसता है कि सपने में लड्डू उड़ते हैं।'' नौकर की बात सुनकर जमींदार ने उसे एक जोर का थप्पड़ लगाया और बोला, "यह क्या बकवास है?" नौकर अपने गाल को सहलाते हुए बोला, "मालिक, उसने तो अपनी हँसी का यही कारण बताया था।" यह सुनकर जमींदार चुप हो गया। नौकर के जाने के बाद वह वहाँ रखे लड्डुओं के बारे में सोचता रहा, पर उसे उन लड्डुओं के बारे में सोचकर बिल्कुल हँसी नहीं आई। वह अजनबी रोज वहाँ आकर जोर-जोर से हँसता और जमींदार उसे देखकर कुढ़ता रहता। एक दिन जमींदार ने अजनबी की शिकायत राजा से कर दी और कहा, "महाराज, मुझे हँसी नहीं आती। पर गाँव में एक गरीब अजनबी मुझे दिखा-दिखाकर हँसता है। उसे इसके लिए दंड दिया जाए।" राजा ने उस अजनबी को बुलवाया। अजनबी आते ही बोला, "महाराज, एक दिन मुझे यह सपना दिखा कि मेरे सामने लड्डुओं से भरा थाल है, लेकिन जैसे ही मैंने उन लड्डुओं को खाने के लिए उठाना चाहा, वैसे ही लड्डू उड़ने लगे। बस यही सोचकर मुझे हँसी आती है कि मैं सपनों में भी लड्डू नहीं खा पाया! अब इसमें मेरा क्या दोष है?" अजनबी की बात सुनकर राजा ने एक लड्डुओं का थाल मँगवाकर अजनबी से कहा, "आप जी भर लड्डू खाइए और आज से राजदरबार में

ही काम करिए। हमें ऐसे कर्मचारी की जरूरत है, जो मुसीबत के समय भी हँसकर काम करे।" यह सुनकर जमींदार दंग रह गया। कहाँ तो वह अजनबी की शिकायत करने आया था और कहाँ अजनबी के दिन ही फिर गए! अगले दिन उसने देखा कि वही अजनबी उसके घर के नीचे खड़ा हुआ उसे बुला रहा है। जमींदार उसके पास गया तो अजनबी बोला, "जमींदारजी, मैं हँसी की सड़क पर दौड़ रहा हूँ और आप उदासी के घर में बैठे हुए हैं। उससे बाहर निकलिए। हँसी मन से निकलती है। आप हर काम को मुसकराते हुए करिए। दुःख हो या सुख, लेकिन मुसकराहट को अपने होंठों पर हमेशा रखिए। ऐसा करने से हँसी आपके अंदर से खुद ही निकलेगी। आपको हँसने के लिए कारण नहीं ढूँढ़ना पड़ेगा।" अजनबी की बात सुनकर उस दिन पहली बार जमींदार के होंठों पर मुसकराहट आई। अजनबी बोला, "ये देखिए, आई···आई··· आपके चेहरे पर हँसी आई।" यह सुनकर जमींदार जोर से खिलखिलाकर हँसने लगा। अब वह अकसर हँसता हुआ नजर आता था। अब जमींदार का जीवन पहले से ज्यादा अच्छा और सुखी हो गया था, क्योंकि अब वह उदासी का घर छोड़कर हँसी की सड़क पर जो भागने लगा था।

□

बीमारियों का संदूक

एक था इपीमिथियस। एक दिन उसकी सुंदर स्त्री पंडोरा से भेंट हुई। पंडोरा और इपीमिथियस ने एक-दूसरे को पसंद किया और साथ रहने लगे। एक दिन एक बूढ़ा आदमी उनके घर पर आया। वह अपनी कमर पर एक भारी संदूक लादे हुए था। बूढ़ा इपीमिथियस से बोला, "बेटा, मेरा यह संदूक अमानत के तौर पर रख लो। मुझे किसी जरूरी काम से जाना है। जब मैं लौटूँगा तो अपना संदूक ले लूँगा।" इपीमिथियस बोला, "हाँ-हाँ बाबा, आप अपना काम करके आ जाइए। आपको आपका संदूक मिल जाएगा। हम इसको सँभालकर रखेंगे।" उस समय पंडोरा घर से बाहर थी। घर लौटने पर उसकी नजर संदूक पर पड़ी तो वह बोली, "यह संदूक किसका है? इसे कौन लाया है?" इपीमिथियस बोला, "एक बूढ़े व्यक्ति इस संदूक को छोड़कर गए हैं, वह कुछ समय बाद इसे आकर ले जाएँगे।" पंडोरा उत्सुकता से संदूक की ओर देखते हुए बोली, "आखिर इसमें ऐसा है क्या? भला वह इस संदूक को यहाँ छोड़कर क्यों गया है?" पंडोरा की संदूक में दिलचस्पी देखकर इपीमिथियस बोला, "छोड़ो भी ये सब बातें। हम अपना काम करते हैं, बूढ़ा व्यक्ति अपना संदूक ले जाएगा। तुम कभी इस संदूक को खोलने की कोशिश न करना। यह उस बूढ़े की अमानत है।" लेकिन पंडोरा पर तो जैसे उस संदूक को खोलने का भूत सवार हो गया था! उसने इपीमिथियस से उसे बार-बार खोलने को कहा, लेकिन इपीमिथियस ने सख्ती से उसे मना कर दिया। अब पंडोरा उस दिन का इंतजार करने लगी,

जब इपीमिथियस घर से बाहर जाए और उसे उस संदूक को खोलने का मौका मिले। आखिर वह दिन भी जल्दी ही आ गया। एक दिन इपीमिथियस को जरूरी काम से दूसरे शहर जाना पड़ा। वह पंडोरा को संदूक न खोलने की हिदायत देकर यात्रा पर चला गया।

इपीमिथियस के जाते ही पंडोरा सब काम छोड़कर संदूक खोलने में लग गई। सबसे पहले उसने संदूक के ऊपर लिपटी सुनहरी डोरी की गाँठ को खोला। बस अब संदूक का ढक्कन उठाना ही शेष रह गया था। पंडोरा ने सोचा कि संदूक के अंदर झाँककर वह उसे पहले की तरह डोरी से बाँध देगी। इस तरह इपीमिथियस को कुछ भी पता नहीं चलेगा। पंडोरा संदूक का ढक्कन खोलने जा ही रही थी कि तभी उसे संदूक से अजीब सी आवाजें सुनाई दीं। वे आवाजें एक साथ कह रही थीं, 'हमें आजाद कर दो।' संदूक से आती उन आवाजों को सुनकर पंडोरा चौंक गई। फिर उसने कुछ सोचकर उन आवाजों को देखने का निश्चय किया। जैसे ही उसने संदूक का ढक्कन उठाया, वैसे ही उसे अपने चेहरे पर गरम व विषैली हवा के झोंके महसूस हुए और फिर संदूक के अंदर से अनेक विचित्र आकार वाले छोटे-छोटे जीव निकलकर बाहर उड़ने लगे। यह देखकर पंडोरा भय से जड़ हो गई। ढक्कन उसके हाथ से दूर जा गिरा। तभी उसकी नजर बाहर पड़ी तो वह यह देखकर और डर गई कि इपीमिथियस लौट आया था। उन विचित्र जीवों ने इपीमिथियस और पंडोरा दोनों पर हमला कर दिया। अब इपीमिथियस सारी बात समझ गया था। उसने अपना माथा पीटते हुए कहा, "पंडोरा, तुमने यह क्या अनर्थ कर डाला?"

पता नहीं ये जीव कौन हैं? ये तो पूरे वातावरण में फैल गए हैं। दरअसल उस संदूक में बीमारी के रोगाणु बंद थे। पंडोरा ने गलती से उन्हें आजाद करके पूरी पृथ्वी पर बीमारी के उन रोगाणुओं को फैला दिया था। पहले किसी को कोई रोग नहीं होता था, लेकिन इस घटना के बाद से पृथ्वी पर रोग व महामारियाँ फैल गईं। लोग बीमारी से मरने लगे।

यह कहानी बहुत पुरानी है। लोग कहते हैं कि बीमारी न होने से पहले

जीवन बहुत सुखी था, सब बूढ़े होने पर ही मरते थे, लेकिन बीमारी के रोगाणुओं के फैलने के बाद से बच्चे और जवान, कई लोग बीमारी के कारण असमय ही मरने लगे। वह बूढ़ा संदूक में रोगाणुओं को भरकर पंडोरा और इपीमिथियस के पास क्यों छोड़ गया था, यह कोई नहीं जानता।

□

स्वीडन

माँ का दर्द

दिन ढल रहा है। आकाश में परिंदे वापस अपने घोंसलों की ओर जा रहे हैं। उन घोंसलों में उनके नन्हे-मुन्हे बच्चे भोजन की आस लगाए अपने माँ-पिता की राह देख रहे हैं। परिंदों के पंखों में थकान की फड़फड़ाहट है, तो एक तेजी भी है कि घर पहुँचकर परिवार से मिलने का सुख मिलेगा और साथ ही विश्राम भी।

एक चिड़िया तेजी से अपने घोंसले की ओर भागी जा रही है। आकाश में बादल घिर आए हैं। उसे वर्षा आने से पहले अपने बच्चों के पास पहुँचना है और भूखे बच्चों को दाना देना है। जैसे ही वह एक पेड़ की डाल से गुजरी, वहाँ से चूँ-चिर्र की आवाज आई। आवाज चिड़िया को अपने बच्चों जैसी लगी। वह धक्...रह गई और तुरंत सोचने लगी कि उसके बच्चे यहाँ कैसे आ गए? उसका घोंसला तो अभी बहुत दूर है! वह आवाज की दिशा में मुड़ी। बच्चे भूख से चीखकर माँ-माँ चिल्ला रहे थे। उनकी चीख-पुकार सुनकर चिड़िया बोली, "बच्चो, मत रोओ! मैं आ गई हूँ, तुम्हारे लिए भोजन भी लाई हूँ।" यह बोलकर जैसे वह सपने से जगी। भला यहाँ उसका घोंसला कहाँ है! उसका घोंसला तो अभी दूर है। फिर इस घोंसले में उसे ये बच्चे अपने जैसे क्यों लग रहे हैं? चिड़िया ने ध्यान से देखा तो पाया कि वे बच्चे बेशक उसके न थे, पर उसके अपने बच्चों जैसे थे। चिड़िया का दिल उनकी भूख-प्यास से पिघल गया। तभी उसे ध्यान आया कि रास्ते में एक चिड़िया पेड़ के नीचे पड़ी थी, कहीं वह इनकी माँ ही तो नहीं थी! पक्का...वह इन्हीं की

माँ थी। चिड़िया ने अपने पास रखे दानों को उन बच्चों को खिला दिया। दाने पाकर बच्चे शांत हो गए और कुछ ही देर में सो गए। सोए हुए बच्चे बेहद मासूम लग रहे थे। चिड़िया को उन पर बहुत वात्सल्य उमड़ रहा था। तभी तेज की बिजली कड़की तो चिड़िया ने आसमान की ओर देखा। वह फिर नींद से जागी···अरे···उसके अपने बच्चे! उसे न पाकर उनका क्या हाल हो रहा होगा? चिड़िया वहाँ से उड़ान भरने को हुई, लेकिन फिर उसे लगा कि नींद से जागने पर जब ये अपनी माँ को पास नहीं पाएँगे तो इनका क्या होगा? वह तुरंत उस ओर चल पड़ी, जहाँ उसने चिड़िया को देखा था। चिड़िया घायलावस्था में पड़ी थी। चिड़िया नीचे उतरी और उसे सांत्वना देते हुए बोली, "बहन, चिंता न करो। तुम्हारे बच्चों को दाना मैंने दे दिया है। वे अब सो रहे हैं। तुम ठीक हो जाओगी।" चिड़िया की बात सुनकर घायल चिड़िया मुसकराते हुए बोली, "बहन, एक माँ ही माँ का दर्द समझती है।" तभी दो व्यक्ति वहाँ से गुजरे। उनमें से एक व्यक्ति घायल चिड़िया को देखकर बोला, "ओह···हमें इस नन्ही घायल चिड़िया की मदद करनी चाहिए।" दूसरा व्यक्ति बोला, "तुम पशु-पक्षियों के डॉक्टर हो, तुम इसका इलाज करो।" डॉक्टर ने घायल चिड़िया का इलाज किया। कुछ देर बाद ही घायल चिड़िया उड़ने की हालत में हो गई। घायल चिड़िया दूसरी चिड़िया से बोली, "बहन, अब तुम अपने घर जाओ। बहुत रात हो गई है। मैं अब सही-सलामत अपने घोंसले तक पहुँच जाऊँगी।" चिड़िया बोली, "मैं तुम्हारे साथ चलती हूँ। मेरा घोंसला तुम्हारे घोंसले के पास ही पड़ता है।" इसके बाद चिड़िया घायल चिड़िया को उसके घोंसले तक ले आई। बच्चे अभी भी सो रहे थे। अपने बच्चों को भरपेट भोजन करने के बाद गहरी नींद में देखकर घायल चिड़िया की आँखों में आँसू आ गए। वह बोली, "बहन, आज तुम मेरे बच्चों की और मेरी मदद नहीं करती तो हममें से कोई जीवित नहीं बचता।" चिड़िया बोली, "ऐसा नहीं कहते! हर माँ दूसरी माँ का दर्द समझती है। अब मुझे देर हो रही है। मेरे बच्चे मेरी राह देख रहे होंगे।" घायल चिड़िया ने मुसकराकर उसे विदा किया और बोली, "तुम्हें जब भी मेरी मदद की जरूरत हो, बिना हिचक के यहाँ चली

आना।" चिड़िया ने उसकी बात से सहमति जताई और खुले आसमान में उड़ान भरने के लिए चल पड़ी अपने घोंसले की ओर। वह सोच रही थी कि आज उसके बच्चों का उपवास हो जाएगा, पर मन में यह संतोष था कि आज एक माँ की जान बच गई थी और वह अपने बच्चों के पास सकुशल थी। यह सोचकर प्रसन्न मन से चिड़िया अपने घोंसले की ओर बढ़ चली।

□

कनाडा

तितली पेड़

उस हरे-भरे जंगल में एक विशाल ठूँठ पेड़ खड़ा था। जंगल में हर ओर हरियाली थी। एक विशाल झील थी, जिसमें लाल कमल खिलते थे। लाल कमलों वाली उस झील को देखने के लिए सैलानी दूर-दूर से आया करते थे। वहाँ की हरियाली लोगों को लुभाती थी। उस हरे-भरे जंगल के बीच ठूँठ पेड़ अजूबा सा लगता था। तेज बारिश में तर होने के बाद भी उसके आसपास एक पत्ती तक नहीं उगती थी। लोग जब उधर आते तो ठूँठ पेड़ के बारे में बातें अवश्य करते और कहते, "इस ठूँठ के कारण जंगल की शोभा घट जाती है।" लोगों की बातें सुनकर ठूँठ पेड़ उदास हो जाता और सोचता कि आखिर उस पर हरे-भरे पत्ते क्यों नहीं आते? ठूँठ पेड़ को केवल वह समय अच्छा लगता था, जब परिंदे सुबह उसके पास से गुजरते थे और रात होते समय जब वे वापस अपने घोंसलों में लौटते थे। उनके वहाँ से गुजरने के बाद वह पूरा समय अकेले बिताता था।

एक दिन चमत्कार हुआ। एक चिड़िया वहाँ उड़ती हुई आई। उसने ठूँठ पेड़ के कई चक्कर काटे, फिर धीरे से उसकी डाली पर आकर बैठ गई। पेड़ को यह देखकर विश्वास ही नहीं हुआ कि कोई परिंदा उसकी डाली पर भी बैठ सकता है! पेड़ यह सोच ही रहा था कि तभी चिड़िया बोली, "तुम यही सोच रहे हो न कि मैं यहाँ कैसे चली आई?" ठूँठ हैरानी से बोला, "बिल्कुल! मैं यही सोच रहा हूँ।" चिड़िया बोली, "अकसर परिंदे तुम्हारे बारे में जिक्र करते हैं कि तुम बहुत उदास रहते हो। मैं तुम्हारी बातें सुनकर

उदास हो जाती थी। इसलिए आज तुमसे मिलने चली आई।" ठूँठ पेड़ बोला, "तुम बहुत भली हो, जो तुमने मेरे दर्द को महसूस किया। आज तुम्हें अपनी डाल पर बैठा देखकर मेरा रोम-रोम प्रसन्नता से खिल उठा है।" उस दिन पूरी रात चिड़िया पेड़ के अकेलेपन की पीड़ा उससे बाँटती रही। सुबह होते ही उसने वहाँ से चलने के लिए विदा माँगी। पेड़ का बहुत मन था कि वह उससे पूछे कि क्या वह दोबारा उसके पास आएगी, पर वह यह सोचकर चुप हो गया कि अगर चिड़िया ने मना कर दिया तो ज्यादा दुःख होगा। उसके जाने के बाद वह फिर उदास हो गया। लेकिन शाम को चिड़िया फिर उसके पास लौट आई। ठूँठ पेड़ खुशी से खिल उठा। अब तो यह रोज का क्रम बन गया। चिड़िया रोज शाम को उसके पास आती। उसे ढेर सारी कहानियाँ सुनाती और सुबह उड़ जाती। अब ठूँठ प्रसन्न रहने लगा था। लेकिन उसकी खुशी ज्यादा दिन तक नहीं चली। एक दिन चिड़िया नहीं आई। उसने दूसरे दिन इंतजार किया, लेकिन वह उस दिन भी नहीं आई। फिर तो अनेक दिन बीत गए, पर चिड़िया नहीं आई। एक दिन रंग-बिरंगी तितली ठूँठ से जा चिपकी। ठूँठ पेड़ की आँखों के आँसू तितली के पंख पर जा गिरे। तितली ने देखा कि ठूँठ पेड़ रो रहा था। उसने उसे अपनी दोस्त चिड़िया के गुम होने की बात बताई। तितली बोली, "तुम दुःखी मत होओ। मैं अपनी सखियों के साथ उसे ढूँढ़ने की कोशिश करूँगी।" तितली ने अपनी सखियों के साथ जगह-जगह उसे ढूँढ़ा, लेकिन चिड़िया का कहीं पता न चला। तितली ने दुःखी मन से यह बात ठूँठ पेड़ को बताई तो वह बहुत उदास हो गया। तितली ने उसका अकेलापन महसूस कर लिया। वह बोली, "मैं तुम्हें छोड़कर नहीं जाऊँगी।" फिर उसने अपनी अन्य साथी तितलियों को भी वहाँ बुला लिया। दिन निकला तो एक विचित्र दृश्य दिखाई दिया—पेड़ की नंगी डालियों पर रंग-बिरंगी तितलियाँ फूलों के आकार में बैठी थीं। बड़ा ही अद्‌भुत दृश्य था। सैलानियों ने रंग-बिरंगी तितलियों को फूलों के आकार में बैठा देखा तो उनके चित्र अपने कैमरों में उतारने लगे। यह देखकर तितलियों ने फैसला किया कि वे उस ठूँठ पेड़ को यूँ अकेला छोड़कर नहीं जाएँगी। धीरे-धीरे यह बात सब

तितलियों को पता चल गई। तितलियों का एक झुंड पेड़ से उड़कर जाता तो दूसरा झुंड वहाँ आ बैठता। दूर से देखने पर ठूँठ पेड़ ऐसा लगता था, मानो उसकी नंगी डालियों पर असंख्य इंद्रधनुषी फूल खिले हों!

धीरे-धीरे वह विचित्र ठूँठ पेड़ 'तितली पेड़' के नाम से मशहूर हो गया। प्रकृति के इस अद्‌भुत दृश्य को देखने के लिए सैलानी दूर-दूर से उस जंगल में पहुँचने लगे। अब उस जंगल में न तो लाल कमलवाली झील आकर्षण का केंद्र थी और न ही हरे-भरे पेड़, बल्कि केवल ठूँठ पेड़ ही सबके आकर्षण का पर्याय बन गया था। और हाँ, अब वह ठूँठ नहीं, बल्कि 'तितली पेड़' के नाम से जाना जाता था।

□

चतुर पूँछ कटा बंदर

इथियोपिया में एक राजा था। उसने किसी दूसरे देश की लड़की के साथ विवाह कर लिया। रानी को राजा का महल बिल्कुल पसंद नहीं था। जब राजा शहद से बने पेय पदार्थ पीता तो रानी बोलती, "महाराज, मेरे मायके का शहद बिल्कुल असली है। मुझे तो पेय पदार्थों में वही शहद चाहिए।" राजा रानी से बहुत प्रेम करता था। उसने रानी के देश से शहद लाने के लिए सौदागर को भेज दिया। सौदागर अपने साथ व्यक्तियों की फौज लेकर रानी के देश पहुँचा। वहाँ से उसने असली शहद खच्चरों पर लादा और वापस राजा के महल की ओर लौट पड़ा। रास्ते में अचानक काले-काले बादल घिर आए और वर्षा होने लगी। यह देखकर सौदागर और उसकी फौज वहीं रुक गए। तेज बारिश से वे सभी ठंड से काँपने लगे। वहीं पास में एक पेड़ था। उस पेड़ पर एक पूँछ कटा बंदर रहता था। वह बंदर बहुत चतुर था। उसने सूँघते ही पता लगा लिया कि खच्चरों पर असली शहद के पीपे लदे हुए हैं। वह पेड़ से कूदकर सौदागर के पास पहुँचा और बोला, "अरे, आप लोग तेज बारिश में भीगकर बीमार पड़ जाएँगे। यहीं पास में एक गुफा है। मैं आपको वहाँ पर लेकर चलता हूँ।" सौदागर ठंड से काँप रहा था। वह काँपते हुए बोला, "अरे, पर हमारा कीमती सामान खच्चरों पर लदा हुआ है।" बंदर बोला, "आप बिल्कुल चिंता न करें। मैं आपके सामान को सुरक्षित कर गुफा में आता हूँ। वहाँ पर आग का प्रबंध भी हो जाएगा और मैं आपको शहद से बने पेय पदार्थ भी खिलाऊँगा।" सौदागर को बंदर बहुत भला मालूम हुआ। वह उसके कहे

अनुसार अपने साथियों के साथ गुफा में चला गया। उनके जाने के बाद बंदर ने असली शहद से भरे पीपों को अपने बरतनों में उलट लिया और उनमें कीचड़ भरकर वापस खच्चरों पर रख दिया। इसके बाद वह गुफा में लौटा। वहाँ उसने आग जलाई और सौदागर व अन्य लोगों को शहद से बने पदार्थ खिलाए। सभी बोले, "वाह…यह होता है असली शहद! ठंड से राहत पाकर और भरपेट शहद के पदार्थ खाकर सभी ऊँघने लगे। तभी सौदागर की नजर बंदर की पूँछ पर गई। वह बोला, "अरे, तुम्हारी पूँछ कहाँ है भाई?" बंदर यह सवाल सुनकर घबरा गया, लेकिन फिर सामान्य लहजे में बोला, "अरे सौदागर! मेरी पूँछ तो मेरे पास है। तुम ऐसा क्यों कह रहे हो? लगता है, तुम्हें नशा चढ़ गया है। सो जाओ। हम सुबह बात करेंगे।" सुबह तड़के ही आँख खुलने पर सौदागर ने अपने साथियों को उठाया और बोला, "चलो…चलो… अगर बंदर आ गया तो हमें उसे कुछ-न-कुछ देना पड़ेगा, आखिर उसने रात भर हमारी सेवा की है।" वे तुरंत खच्चरों पर लदे शहद को लेकर वहाँ से चल पड़े। उन बेचारों को क्या पता था कि बंदर तो उनका सारा शहद लेकर अपना मेहनताना कब का ले चुका है!

महल में पहुँचने पर रानी को जब सूचना मिली कि उसके मायके से शहद से भरे ढेर सारे बरतन आ गए हैं तो वह खुशी से फूली न समाई। वह भागती हुई रसोईघर में पहुँची और वहाँ पर उपस्थित रसोइयों से बोली, "जरा चखकर बताओ तो मेरे मायके का शहद कैसा है?" सभी रसोइयों ने उत्सुकता से बरतन में हाथ डालकर शहद को चखते ही अपने मुँह पर हाथ रख लिया। उनके चेहरे के भावों को देखकर रानी बोली, "क्यों, कैसा लगा मेरे मायके का शहद?" सभी सिर हिलाकर बोले, "महारानीजी, बहुत अच्छा है।" शहद की तारीफ सुनकर रानी ने भी उसे अपनी जीभ पर रखा। पर यह क्या…कीचड़ मुँह में जाते ही रानी थू-थू कर उठी और सौदागर को बुलवाया गया। सौदागर यह जानकर हैरान रह गया। वह दरबार में बोला, "महाराज, मैं तो रानी के मायके से असली शहद ही लेकर चला था। मगर रास्ते में बारिश हो जाने के कारण हमें कुछ देर रुकना पड़ा। उसी दौरान एक बंदर आया।

उसने हमारी सहायता की। मुझे पूरा यकीन है कि उसी ने हमें बेवकूफ बनाकर असली शहद निकाल लिया और बरतनों में कीचड़ भर दिया।" राजा यह सुनकर बोला, "मैं यह कैसे मान लूँ? बंदर तो सभी एक जैसे होते हैं? हम ऐसे में उस बंदर को कैसे ढूँढ़ेगे?" यह सुनते ही सौदागर बोला, "महाराज, उस बंदर की पूँछ कटी हुई थी।" राजा के आदेश पर सौदागर के साथ ही अनेक सैनिकों को बंदर की खोज में भेजा गया। सैनिक ढोल बजाते आ रहे थे, इसलिए सभी जानवरों को यह लगा कि वे उनका शिकार करने आ रहे हैं। पूँछ कटे बंदर ने जब सैनिकों के साथ सौदागर को देखा तो वह समझ गया कि राजा ने उसे ही ढूँढ़कर पकड़ लाने का आदेश दिया है। अब उसने अपनी चतुराई का प्रयोग किया। वह बंदरों से बोला, "भाइयो, ये सैनिक हमारी पूँछ लेने आ रहे हैं। आजकल शहरों में हमारी पूँछ के फैशन का रिवाज है। तुम्हें पकड़कर ये मार डालेंगे और फिर तुम्हारी पूँछ लेकर चले जाएँगे। भई, मैं तो सुरक्षित हूँ, क्योंकि मेरी पूँछ तो पहले ही कटी हुई है।" इस पर बंदर बोले, "अब तुम्हीं बताओ, हम क्या करें?" पूँछ कटा बंदर बोला, "अरे पगलो, करना क्या है, जल्दी से अपनी पूँछ काटो और इनकी ओर उछाल दो।" यह सुनते ही सभी बंदरों ने अपनी-अपनी पूँछ काटकर फेंक दी। अब सौदागर की नजर पेड़ पर स्थित बंदरों पर पड़ी तो वह यह देखकर हैरान रह गया कि वहाँ तो सभी बंदर पूँछ कटे थे! अब शहद की चोरी करनेवाले बंदर का पता कैसे चले? उन्होंने सौदागर को छोड़ दिया और महल की ओर चले गए। राजा ने पूछा, "पूँछ कटा बंदर मिला क्या?" सैनिक बोले, "महाराज, जंगल में एक क्या, अनेक पूँछ कटे बंदर थे। सौदागर निर्दोष था, इसलिए हमने उसे छोड़ दिया।" राजा बोला, "पर शहद चोर बंदर कहाँ पकड़ा गया? उसे पकड़ने के लिए कोई-न-कोई युक्ति भिड़ानी होगी।" फिर राजा ने सलाहकार से इस संबंध में बात की। सलाहकार ने एक युक्ति राजा को बताई। राजा ने उसी योजना के अनुसार सभी बंदरों को पकड़कर तीन दिनों तक खाने के लिए कुछ नहीं दिया। उनमें पूँछ कटा बंदर भी था। तीन दिन तक बंदर बेचारे भूख से तड़पते रहे। चौथे दिन सैनिकों ने शाही भोजन पेड़ों की ओर उछालना शुरू

कर दिया। सभी बंदर भोजन लपकने के लिए दौड़े। केवल एक बंदर को छोड़कर सभी बंदरों ने खाना दोनों हाथों से लपकना चाहा, किंतु पूँछ न होने की वजह से वे पूँछ से पेड़ की शाख न पकड़ सके और पेड़ से नीचे गिर गए। इसी बीच सलाहकार ने सैनिकों को पूँछ कटे बंदर की ओर इशारा कर उसे बंदी बनाने को कहा। सैनिकों ने असली पूँछ कटे शहद चोर को अपनी गिरफ्त में ले लिया। उसे राजा के पास ले जाया गया। पूँछ कटा बंदर बोला, "महाराज, यह सच है कि शहद चुराकर बरतनों में कीचड़ मैंने ही भरा था, पर आप यह भी तो देखिए न कि यदि मैं उस रात सौदागर और उनके साथियों की मदद नहीं करता तो वे वहीं ठंड से मर जाते। तब भी आपको शहद कहाँ मिल पाता?" बंदर की बात सुनकर राजा मुसकराने लगे और बोले, "भई, मान गए तुम्हारी चतुराई! तुम्हारे चातुर्य के कारण तुम्हें बरी किया जाता है, साथ ही यह भी आदेश दिया जाता है कि तुम अपनी चतुराई का प्रयोग कर हमारे महल की सुरक्षा भी करो। मेहनताने के रूप में तुम्हें असली शहद दिया जाएगा।" बंदर यह सुनकर बोला, "जी महाराज, जरूर। आपकी आज्ञा का पालन किया जाएगा।" इसके बाद राजा ने सौदागर को फिर बुलाकर रानी के मायके शहद लाने के लिए रवाना किया। पर इस बार पूँछ कटा बंदर उनके साथ मौजूद था, जिससे सबको विश्वास था कि इस बार असली शहद बिना किसी कठिनाई के महल तक पहुँच जाएगा।

□

उत्तरी अमेरिका

पर्वतों का संत

एक बार अमेरिका में एक पहाड़ी पर एक शिल्पकार आया। उसने पहाड़ की चट्टानों को काटकर एक बहुत ही सुंदर मूर्ति बनाई। वह मूर्ति बहुत ही सौम्य, मासूमियत और भोलेपन का प्रतीक थी। जो भी उस मूर्ति को देखता, वह देखता रह जाता। समय बीतता रहा। शिल्पकार काल की गोद में सो गया, परंतु वह मूर्ति यथावत् बनी रही। अब उस मूर्ति के पास एक छोटा-मोटा गाँव बस गया था। पहाड़ कट गए थे। उस पर्वत पर बनी मूर्ति को देखने के लिए दूर-दूर से सैलानी आने लगे थे। उस मूर्ति की सादगी देखकर लोग चकित रह जाते। धीरे-धीरे वह मूर्ति 'पर्वतों का संत' नाम से प्रसिद्ध हो गई। उस गाँव में एक छोटा-सा बालक जॉन रहता था। वह अपने मकान की खिड़की से उस विशाल मूर्ति को देखता और माँ से पूछता, "माँ, यह चेहरा किसका हो सकता है? यह हमेशा मुसकाराता क्यों नजर आता है? क्या सचमुच इस दुनिया में ऐसा कोई चेहरा होगा?" जॉन की भोलेपन से भरी बातें सुनकर माँ उसको गोदी में भर लेती और कहती, "बेटा, सचमुच इस पर्वत के संत जैसा व्यक्ति इस दुनिया में कहीं है। जब वह आएगा तो सबकी रक्षा का भार अपने कंधों पर ले लेगा। सबकी मदद करेगा और ईमानदारी व मेहनत के रास्ते पर चलेगा। इस चट्टान पर उस व्यक्ति की ही मूर्ति बनी है, ताकि लोग उसको पहचान लें।" माँ की बात सुनकर जॉन बोला, "माँ, पर वह भला मनुष्य यहाँ कब आएगा?" "बेटा, यह तो पता नहीं। पर वह यहाँ आएगा अवश्य।" केवल जॉन और उसकी माँ को ही नहीं, बल्कि पूरे गाँव

को यह विश्वास था कि पर्वत पर उकेरी गई आकृति जैसा देवतुल्य व्यक्ति गाँव में अवश्य आएगा। एक दिन गाँव में एक ऐसा व्यक्ति आया, जो पहले इसी गाँव में रहता था। व्यापार के सिलसिले में वह शहर चला गया था। अब वह बहुत सारी दौलत इकट्‌ठी कर वापस लौटा था। सभी गाँववासी यह चर्चा करने लगे कि हो न हो, यह अमीर आदमी ही पर्वतों का संत है! जैसे ही वह व्यक्ति अपने सोने के रथ पर सवार होकर आया तो गाँववासियों ने देखा कि उस व्यक्ति की शक्ल पर्वतवाले व्यक्ति से हूबहू तो नहीं, पर थोड़ी-बहुत मिलती थी। सभी ने उसे ही वह पवित्र आत्मा समझा। लेकिन कुछ ही समय बाद गाँववालों को यकीन हो गया कि वह अमीर व्यक्ति पर्वतों का संत नहीं हो सकता, क्योंकि वह बहुत स्वार्थी था और लोगों को सताता था। इसके बाद फिर से गाँववासी किसी ऐसे व्यक्ति की प्रतीक्षा करने लगे, जो पर्वतों के संत से मिलता हो। एक दिन गाँव में एक देशभक्त सेनापति आया। लोगों ने उसका स्वागत किया। वह युद्ध जीतकर आया था और उसके मुख पर विजय की रेखा स्पष्ट देखी जा सकती थी। उसकी शक्ल भी थोड़ी-बहुत पर्वत के संत से मिलती थी। लेकिन कुछ ही समय बाद जॉन को यकीन हो गया कि वह सेनापति भी पर्वत पर उकेरे गए व्यक्तित्व वाला नहीं है। वह बेहद घमंडी था। इसी बीच समय बीतता रहा और जॉन जवान हो गया। उसकी माँ की मृत्यु हो गई। एक दिन फिर गाँव में नगाड़े बजे और एक बहुत बड़े नेता वहाँ पधारे। लोगों में फिर चर्चा चली कि वह नेता पर्वत के संत जैसे दिखते हैं। उस नेता ने आते ही भाषण देने शुरू कर दिए। वह केवल लोगों से वादे करता था, कभी उनको पूरा नहीं करता था। शीघ्र ही लोगों को पता चल गया कि वह नेता भी पर्वतों का संत नहीं है। समय आगे खिसकता रहा और जॉन प्रौढ़ सा दिखने लगा। लेकिन आज भी उसे पर्वत के संत की प्रतीक्षा थी।

जॉन को गाँव के सभी लोग बहुत पसंद करते थे। जॉन भोला, ईमानदार और मेहनती था। वह सबके काम करने के लिए आगे रहता था। हर किसी की कठिनाई में स्वयं कष्ट भुगतकर कार्य करता था।

एक दिन फिर गाँव में चर्चा उठी कि एक कवि यहाँ पधारे हैं, जो

बिल्कुल पर्वत के संत जैसे दिखते हैं। जॉन भी उत्साह से कवि को देखने के लिए आया। जॉन ने उसकी कविताएँ पढ़ीं। उसकी कविताओं में मानवता का संदेश था। जॉन को लगा कि शायद यह ही पर्वतों का संत है। लेकिन धीरे-धीरे कवि की असलियत भी सामने आ गई। वह स्वभावत: अपनी रचनाओं के बिल्कुल विपरीत था। उसे केवल नाम और प्रसिद्धि की भूख थी।

इसी तरह वर्ष-दर-वर्ष बीतते रहे। अब जॉन बूढ़ा-सा दिखने लगा था। जॉन सच्चे हृदय से गाँववालों की मदद करता था। सबसे प्रेम करता था और बच्चों को कहानियाँ सुनाता था। एक दिन जॉन बच्चों से बोला, "आओ, आज तुम्हें पर्वतों का संत दिखाकर लाता हूँ।" सभी बच्चे उत्सुकता से बूढ़े जॉन के साथ चल पड़े। बचपन के बाद आज कई सालों बाद जॉन यहाँ आया था। जैसे ही बच्चे पर्वत पर पहुँचे तो पर्वत पर उकेरे गए चित्र को देखकर दंग रह गए। बहुत ही सुंदर कलाकृति थी। बच्चे कभी पर्वतों के संत को देखते, तो कभी जॉन को! यह देखकर जॉन बोला, "क्या हुआ प्यारे बच्चो? तुम बार-बार पर्वतों के संत को देखकर मेरी ओर क्यों देखते हो?" यह सुनकर डेविड नामक एक बालक बोला, "जॉन अंकल, यह पर्वतों के संत तो हूबहू आप जैसे दिखते हैं!" इसके बाद सभी बच्चे एक स्वर में बोले, "हाँ, हम भी यही देख रहे हैं। यह पर्वत पर उकेरी गई प्रतिमा बिल्कुल आपका रूप है।" यह सुनकर जॉन हैरानी से बोला, "भला यह कैसे हो सकता है? मेरी माँ तो कहती थी कि पर्वत पर उकेरी गई यह प्रतिमा किसी पवित्र आत्मा की है, जो बेहद नेक होगा और सबका भला करेगा।" इस पर डेविड बोला, "अंकल, आपसे अच्छा और नेक भला कौन हो सकता है? आप हर किसी की मदद के लिए सदा तैयार रहते हैं। आपने पूरा जीवन लोगों की भलाई में बिता दिया।" यह सुनकर जॉन के बूढ़े चेहरे पर मुसकराहट आ गई। अब तो वह पर्वतों का संत हूबहू जॉन जैसा लग रहा था।

आज भी पहाड़ पर उकेरी गई वह आकृति मौजूद है और पर्वतों का संत जॉन के नाम से जानी जाती है।

□

स्कारफेस का हौसला

स्कारफेस एक वीर अमरीकी भारतीय था। वह अनाथ था। उसके माता-पिता बचपन में ही उसे छोड़कर चल बसे थे। लोग दया कर उसे दो वक्त का भोजन दे देते थे। स्कारफेस कुरूप था। उसके चेहरे पर एक बहुत बड़ा काला धब्बा था, जो उसकी बदसूरती को और बढ़ाता था। जैसे-जैसे स्कारफेस बड़ा होता गया, लोग उससे घृणा करने लगे। वह अपना दो वक्त का भोजन जुटाने के लिए कहीं काम माँगने जाता तो लोग उसे दुत्कारकर भगा देते। एक दिन वह स्वयं से बोला, 'अगर मैं बदसूरत हूँ तो इसमें मेरा क्या दोष? मुझे पूरा यकीन है कि मैं कई लोगों से अच्छा काम कर सकता हूँ। पर मुझे कहीं कोई काम मिले तो सही!'

वहीं पास में ही कबीले का मुखिया रहता था। उसकी बेटी जिनी बहुत खूबसूरत थी। सभी युवक उससे विवाह करना चाहते थे। स्कारफेस भी उसे बहुत पसंद करता था। लेकिन वह जानता था कि यदि उसने जिनी को यह बात बताई तो वह उसके प्रस्ताव को ठुकरा देगी। एक दिन स्कारफेस कहीं जा रहा था। मार्ग में उसने एक बहुत बड़ा पत्थर देखा। उस पत्थर से अनेक लोग टकराते और अपनी चोट सहलाते हुए आगे बढ़ जाते। स्कारफेस उस पत्थर के पास आकर रुका। वह बोला, "यदि इस पत्थर को यहाँ से नहीं हटाया गया तो अनेक लोगों को इससे चोट पहुँचेगी।" वह मार्ग से उस पत्थर को हटाने का प्रयत्न करने लगा। संयोगवश जिनी भी उसी मार्ग से गुजर रही थी। वह स्कारफेस की दयालुता और निडरता देखकर बहुत खुश हुई। कुछ ही

देर में उसने उस बड़े पत्थर को हटा दिया। यह देखकर जिनी मुसकराती हुई उसके पास आई। स्कारफेस को तो अपनी आँखों पर विश्वास ही नहीं हुआ। पर उसने स्वयं को सँभालते हुए अपने दिल की बात उससे कह दी। वह बोला, "जिनी, मैं तुम्हें बहुत पसंद करता हूँ और तुमसे विवाह करना चाहता हूँ।" जिनी शरमाकर बोली, "स्कारफेस, मैं भी तुम्हें अपना दिल दे बैठी हूँ। पर मैं तुमसे विवाह नहीं कर सकती, क्योंकि सूर्य देवता ने मुझे यह कहा हुआ है कि मैं कभी विवाह न करूँ।" यह सुनकर स्कारफेस बहुत दुःखी हो गया। फिर कुछ सोचकर उसके चेहरे पर चमक आई और वह बोला, "जिनी, यदि तुम सच्चे दिल से मुझे पसंद करती हो और मुझसे विवाह करना चाहती हो तो मैं सूर्य देवता को मना लूँगा। वह अवश्य मेरी बात मानेंगे।" यह सुनकर जिनी हैरानी से बोली, "तुम होश में तो हो? अरे, सूर्य देवता के पास आम मनुष्य नहीं जा सकते। तुम तो वहाँ पहुँचते ही जलकर राख हो जाओगे।" इस पर स्कारफेस बोला, "जिनी, व्यक्ति का आत्मविश्वास और हौसला सबको पराजित करने की ताकत रखता है, सूर्य देवता को भी। तुम मेरा इंतजार करना। मैं चला सूर्य देवता को राजी करने!"

जिनी मुँह खोले हैरानी से स्कारफेस को देखती रही और स्कारफेस धीरे-धीरे उसकी नजरों से ओझल होता गया। वह घने जंगलों में घूमा, ऊँचे-ऊँचे पर्वतों पर चढ़ा, बड़ी-बड़ी नदियों को पार करता गया, लेकिन सूर्य देवता को नहीं खोज पाया। फिर उसने चट्टानों, पेड़-पौधों और पशु-पक्षियों से सूर्य देवता का पता पूछना शुरू किया। एक चिड़िया घायलावस्था में नीचे पड़ी थी। स्कारफेस ने उसे प्रेम से उठाया और उसके घावों पर जड़ी-बूटियों का लेप लगाया। चिड़िया बोली, "तुम बहुत दयालु हो। यहाँ जंगल में क्या कर रहे हो?" स्कारफेस बोला, "मैं सूर्य देवता को खोज रहा हूँ।" इस पर चिड़िया बोली, "मानसरोवर में श्वेतु हंस रहता है। वह तुम्हें सूर्य देवता के महल के बाहर छोड़ देगा।" स्कारफेस ने चिड़िया का शुक्रिया अदा किया। श्वेतु हंस ने उसे सूर्य देवता के महल के बाहर छोड़ दिया। श्वेतु हंस बोला, "तुम सीधे चले जाओ। वहीं सूर्य देवता का महल है।" श्वेतु हंस का धन्यवाद

करने के बाद स्कारफेस आगे बढ़ा। कुछ दूर जाने पर घास में उसे एक बहुत ही उच्च कोटि का तीर-कमान पड़ा हुआ नजर आया। स्कारफेस ने हैरानी से इधर-उधर देखा। उसे कोई नजर न आया। उसने उस तीर-कमान को उठाकर कोने में रख दिया और आगे बढ़ चला। कुछ दूर चलने पर उसने एक सुंदर युवक को चिंतित देखा। स्कारफेस के पूछने पर वह बोला, "मेरा उच्च कोटि का तीर-कमान कहीं गिर गया है, वह बेहद अनोखा तीर-कमान है।" स्कारफेस मुसकराते हुए उसे तीर-कमान के पास ले गया। युवक हैरानी से बोला, "अरे, इतने श्रेष्ठ धनुष-बाण को देखकर भी तुम्हारे मन में लोभ नहीं आया?" स्कारफेस मासूमियत से बोला, "वह मेरा नहीं था। फिर मैं उसे क्यों लेता?" उसकी इस बात पर सुंदर युवक प्रसन्न होकर बोला, "अच्छा यह बताओ, तुम यहाँ कैसे आए?" स्कारफेस बोला, "मैं सूर्य देवता से मिलने आया हूँ।" इस पर युवक दंग होकर बोला, "फिर तो तुम बिल्कुल सही व्यक्ति से टकराए हो। सूर्य देवता मेरे पिता हैं। मैं उनका पुत्र 'सुबह का सितारा' हूँ। मेरे साथ चलने से तुम्हें सूर्य देवता भस्म नहीं करेंगे।" महल में जाने पर 'सुबह का सितारा' ने स्कारफेस का परिचय अपने मित्र के रूप में दिया। वहाँ पर उसकी बहुत खातिरदारी की गई। 'सुबह का सितारा' को शिकार का बहुत शौक था। वह अपने साथ स्कारफेस को भी ले जाता था। एक दिन जब वह शिकार के लिए जा रहा था तो 'सुबह का सितारा' की माँ बोली, "बेटा, समुद्र के किनारे की ओर न जाना। वहाँ राक्षस रहते हैं और वह मौका मिलते ही हमला बोल देते हैं।" माँ की बात सुनकर 'सुबह का सितारा' की उत्सुकता बढ़ गई। वह स्कारफेस को लेकर समुद्र के किनारे की ओर ही बढ़ चला। मार्ग में राक्षसों ने उन्हें परेशान करना शुरू कर दिया। 'सुबह का सितारा' उनसे लड़ता रहा, लेकिन वह थक गया। स्कारफेस ने अपनी बहादुरी और चतुराई से उन राक्षसों से पीछा छुड़ाया और युवक को महल में लेकर आया। 'सुबह का सितारा' ने सारी बात सूर्य देवता को बताई तो वह स्कारफेस की बुद्धिमत्ता और साहस से बहुत प्रसन्न हुए। सूर्य देवता बोले, "स्कारफेस, मैं तुमसे बहुत खुश हूँ। बताओ, तुम्हें क्या दूँ?" स्कारफेस

तो इसी दिन का इंतजार कर रहा था। उसने तुरंत कहा, "सूर्यदेव, मैं जिनी से विवाह करना चाहता हूँ।" सूर्य देवता मुसकराकर बोले, "तुम वाकई बहुत चतुर और बहादुर हो। तुम न केवल जिनी से विवाह कर सकते हो, बल्कि आज से तुम्हारी बदसूरती भी पुरानी बात रह जाएगी।" इसके बाद सूर्य देवता ने जैसे ही स्कारफेस को स्पर्श किया, वैसे ही वह एक अत्यंत सुंदर युवक में बदल गया। स्कारफेस सूर्य देवता से इजाजत लेकर जिनी के पास पहुँचा और उससे विवाह करके सुख से रहने लगा।

स्कारफेस ने अपने आत्मविश्वास और हौसले से असंभव को संभव करके दिखा दिया। यदि वह अपनी कुरूपता को भाग्य की देन मानकर पश्चात्ताप करता रहता तो कभी भी वह सब हासिल न कर पाता, जो उसने कर लिया था।

□

आलसी के अंजीर

एक जंगली अंजीर के पेड़ के नीचे एक व्यक्ति लेटा रहता था। वह बहुत आलसी था। इतना आलसी कि खाना खाने के लिए भी नहीं उठता था। अंजीर का पेड़ बहुत हरा-भरा था। उस पर बड़े-बड़े अंजीर लगे हुए थे। हवा के झोंकों से ही अंजीर टूटकर उसके मुँह में गिरते थे और वह उन्हें खाता था। इसी प्रकार उसका जीवन चल रहा था। लोग उसकी बुराई करते, लेकिन उस पर किसी की बातों का कोई फर्क ही नहीं पड़ता था। लोग उसके आलस पर व्यंग्य करते, धिक्कारते, पर वह निश्चिंत रहता।

एक दिन तेज अंधड़ आया और पेड़ की बहुत सारी अंजीरें टूटकर साथ बहने वाली नदी में जा गिरीं। उस नदी के पास ही एक राजा का महल था। राजा की बेटी प्रिंसी वहाँ नदी किनारे वर्षा का आनंद ले रही थी। उसने नदी में अंजीरों को बहते देखा तो उत्सुकतावश उन्हें उठा लिया और खाने लगी। जैसे ही उसने अंजीर का स्वाद चखा, वह उसके मन को भा गया। उस अंजीर में अद्‌भुत मिठास थी। अंजीर खाकर राजकुमारी उदास सी अपने महल में आकर बैठ गई। राजकुमारी ने किसी से भी बात नहीं की। धीरे-धीरे राजकुमारी का स्वास्थ्य गिरता गया।

राजा को जब यह सूचना मिली तो वह दौड़े-दौड़े उसके पास आए और बोले, “बेटी, आखिर कौन सा रोग तुझे लग गया है ? बता, तू इतनी उदास क्यों रहती है ?” राजकुमारी बोली, “मैं कारण तभी बताऊँगी, जब आप मुझे वचन देंगे कि मैं जो कहूँगी, उसे आप पूरा करेंगे।” राजा ने बेटी की इच्छा

पूरी करने का वचन दिया। राजकुमारी बोली, "महाराज, मैंने कुछ दिन पहले नदी में गिरे अंजीर खाए थे। वे बहुत स्वादिष्ट थे। मैं उस व्यक्ति से विवाह करना चाहती हूँ, जो उन अंजीर के पेड़ का मालिक है।" राजकुमारी की यह शर्त सुनकर महाराज दंग रह गए। पर वे वचनबद्ध थे। उन्होंने अंजीर के पेड़ों के स्वामी को अपने-अपने पेड़ के अंजीर के साथ महल में उपस्थित होने को कहा। शीघ्र ही अंजीर के पेड़ के मालिकों का जमावड़ा राजमहल में लग गया। राजकुमारी प्रिंसी ने सभी अंजीरों को खाया, पर उनमें वह स्वाद न था, जो नदी में गिरे अंजीरों का था। राजकुमारी बुरा सा मुँह बनाते हुए बोली, "ये वो अंजीर नहीं हैं, जो मैंने खाए थे।" यह सुनकर राजा ने अपने सैनिकों से कहा कि क्या कोई ऐसा व्यक्ति भी है, जो महल में नहीं आया हो?" इस पर सैनिक बोले, "महाराज, कुछ दूरी पर एक जंगली अंजीर का पेड़ है, उसका स्वामी बेहद आलसी है। वह सारा दिन पेड़ के नीचे लेटा रहता है, लेकिन तब भी उस पर अंजीर लगते हैं।" महाराज ने उसे बुलाने की आज्ञा दी, लेकिन अपने आलस के कारण वह राजमहल में भी नहीं गया। प्रिंसी यह समाचार पाकर स्वयं वहाँ पहुँची। उसने उस पेड़ के अंजीर खाए तो वे उतने ही अद्‌भुत और स्वादिष्ट लगे। यह देखकर राजकुमारी बोली, "मैं इसी युवक से विवाह करूँगी।" राजा ने वचनबद्ध होने के कारण उसका विवाह आलसी युवक के साथ तो कर दिया, लेकिन साथ ही राजकुमारी को राजमहल से निकाल दिया। अब राजकुमारी आलसी युवक के साथ ही पेड़ के नीचे रहती। आलसी युवक लेटा रहता और राजकुमारी उसकी सेवा में लगी रहती।

लेकिन धीरे-धीरे वह अंजीर का पेड़ सूखने लगा। एक दिन ऐसा आया, जब पेड़ पर कुछ भी न रहा। भूख-प्यास से व्याकुल राजकुमारी बीमार हो गई। यह देखकर आलसी व्यक्ति को उठना पड़ा। कई दिनों तक साथ रहते-रहते उसे राजकुमारी से प्रेम हो गया था। अब उसने राजकुमारी की सेवा-शुश्रूषा करनी आरंभ कर दी। इसके साथ ही भोजन जुटाने के लिए वह इधर-उधर घूमने लगा। धीरे-धीरे उसकी आलस की प्रवृत्ति खत्म होती गई। अब राजकुमारी कुछ स्वस्थ हो गई थी। यह देखकर आलसी व्यक्ति ने

अंजीर के पेड़ लगाने शुरू किए। जहाँ वह लेटा रहता था, उसके समीप ही एक कुटिया बनाई। एक दिन राजकुमारी प्रिंसी बोली, "आपको सब आलसी व्यक्ति के नाम से ही जानते हैं। आप अपना नाम तो बताइए।" आलसी व्यक्ति बोला, "मुझे अपना नाम नहीं पता। मैंने जब से होश सँभाला, तब से स्वयं को इस पेड़ के नीचे अकेला पाया।" यह सुनकर राजकुमारी दुःखी हो गई। पर वह मुसकराते हुए बोली, "कोई बात नहीं। आज से तुम्हारा नाम प्रिंस होगा।" इसके बाद प्रिंस प्रिंसी के साथ मिलकर मेहनत करने लगा। कुछ ही समय में एक नहीं, बल्कि अनेक अंजीर के पेड़ वहाँ लहलहा उठे। अब प्रिंस ने अंजीर का व्यापार कर लिया। धीरे-धीरे वह बहुत अमीर हो गया। राजा यह समाचार सुनकर बहुत प्रसन्न हुआ। वह उनसे मिलने पहुँचा और दोनों से जाकर बोला, "अब तुम राजमहल वापस चलो।" राजा की बात पर प्रिंस बोला, "महाराज, प्रिंसी ने मुझे आलस्य से जगाकर मेहनत और संघर्ष का मार्ग दिखाया है, मैं अब अपनी पत्नी के साथ यहीं रहना चाहता हूँ और अंजीर के व्यापार में ही अपना भविष्य बनाना चाहता हूँ। आखिर अंजीर के पेड़ के कारण ही तो मैं राजकुमारी का पति बन सका हूँ!" यह सुनकर राजा ने मुसकराकर उन्हें आशीर्वाद दिया और अपने महल की ओर चल पड़ा। दोनों सुख से अपना जीवन बिताने लगे।

□

सूडान

ऊँट की करामात

बरनी अपने ऊँट घूँघू को बहुत प्यार करता था। वह जहाँ भी जाता था, उसे साथ लेकर जाता था। एक दिन गाँव के मुखिया ने बरनी को एक खत देकर कहा कि उसे शहर में उसके रिश्तेदार के घर पहुँचाना है। बरनी ने खत ले लिया और शहर के लिए निकलने की योजना बनाने लगा। कुछ दिनों से रेगिस्तानी गाँव में धूल भरी आँधियाँ चल रही थीं। तेज गरमी में जब सूरज ढलता, तभी लोगों को थोड़ी राहत मिलती। जब मौसम थोड़ा ठीक हुआ तो बरनी घूँघू को साथ लेकर मुखिया का खत पहुँचाने के लिए निकल पड़ा। घूँघू को रेत पर दौड़ने में मजा आता था। वह तेजी से शहर की ओर बढ़ता गया। बरनी गाँव की रेतीली आँधियों से परेशान हो गया था। वह सोच रहा था कि उसे और घूँघू को कुछ दिन शहर में बिताने का मौका मिलेगा। धीरे-धीरे शहर करीब आता गया, रेतीली जमीन पीछे छूट गई। शहर में भीड़-भाड़ देखकर बरनी को अच्छा लगा। अब रेतीली जमीन पीछे छूट गई थी और पथरीली जमीन आरंभ हो गई थी। पथरीली जमीन पर घूँघू को बिल्कुल भी अच्छा न लगा। उसे ऊबड़-खाबड़ सड़क और गड्डों भरी जगह पर चलने में बहुत परेशानी हो रही थी।

बरनी मुखिया के रिश्तेदार के घर पहुँच गया। रिश्तेदार कहीं बाहर गया हुआ था। उसके परिवारवालों ने बरनी की आवभगत की। रात में बरनी ने घूँघू को मुखिया के रिश्तेदार की हवेली के पिछवाड़े छोड़ दिया। वह अहाता काँटेदार झाड़ियों से घिरा हुआ था। वहाँ घूँघू का दम घुटने लगा। बेचैनी से

वह इधर-उधर घूमने लगा। घूँघू को काँटेदार झाड़ियों के बीच से रास्ता नजर आया और वह वहाँ से निकलकर खुले मैदान की ओर घूमने लगा। वहाँ उसे बहुत आराम महसूस हुआ। सुबह बरनी की आँखें खुलीं। उसने देखा कि बाड़े में उसका घूँघू नहीं है। वह तेजी से मैदान की ओर दौड़ पड़ा। वहाँ घूँघू मैदान में चहलकदमी कर रहा था। उसे देखते ही बरनी बोला, "अरे घूँघू, आज तुझे क्या हुआ है?" घूँघू बरनी की बात सुनकर और तेजी से दौड़ने लगा। वह कभी यहाँ दौड़ता, कभी वहाँ...मानो कोई खेल खेल रहा हो। उसे इस खेल में मजा आ रहा था। एक जगह पर ढेर सारी रेत थी। घूँघू उस ओर दौड़ पड़ा और रेत पर चढ़ गया। वह रेत को अपने पैरों से इधर-उधर करने लगा। बरनी अपने घूँघू के खेल को देखकर बहुत खुश हो रहा था।

बच्चे भी उसे देख-देखकर तालियाँ बजा रहे थे। तभी घूँघू के पैरों में रेत में कुछ अटका। उसने तेजी से पैर रेत में मारे तो एक पोटली बरनी के पास आ गिरी। बरनी ने हैरानी से उस पोटली को देखा। उसमें सोने के सिक्के थे। यह देखकर बरनी की आँखें आश्चर्य से चौड़ी हो गईं। वह बहुत ईमानदार था। उसने उस सोने के सिक्कों से भरी पोटली को न्यायाधीश के पास जमा करवा दिया। हर ओर यह मुनादी करा दी गई कि जिस व्यक्ति की सिक्कों से भरी पोटली खोई थी, वह मिल गई है। पोटली का मालिक पहचान बताकर सिक्कों को अपने साथ ले जा सकता है। यह घोषणा पोटली के मालिक सरमू तक पहुँची। सरमू इतने दिन बाद अपनी पोटली के मिलने की बात सुनकर खुशी से उछल पड़ा। पोटली गुम हो जाने से वह बेहद उदास रहने लगा था। सरमू न्यायाधीश के पास पहुँचा। उसने कहा कि उसकी पोटली में सोने के एक हजार सिक्के हैं। साथ ही पोटली पर अंदर की ओर उसका नाम 'सरमू' लिखा हुआ है। वह अपना पहचान-पत्र भी साथ लाया था।

न्यायाधीश ने पूरी छानबीन करने के बाद सरमू को ही पोटली का मालिक पाया और उसे सोने के सिक्कों से भरी थैली देते हुए बोले, "सरमू, तुम्हें पोटली मिलने का धन्यवाद बरनी और उसके ऊँट घूँघू को करना चाहिए। उन्हीं के कारण यह पोटली तुम्हें मिल पाई है।" सरमू ने बरनी का

पता पूछा तो वह बोला, “वह यहाँ एक व्यक्ति को खत देने आया था। अभी वह उनके घर पर ही रुका हुआ है।” बरनी का पता लेकर सरमू अपनी थैली लेकर वहाँ चल दिया। घर के समीप पहुँचते ही वहाँ उसने ऊँट को खड़ा पाया। वह समझ गया कि यह बरनी का ही ऊँट है। उसने प्यार से उसके ऊपर हाथ फेरा। वह बरनी के पास आकर बोला, “तुमने मेरी सिक्कों से भरी पोटली ढूँढ़कर बहुत बड़ा काम किया है।” उसकी बात सुनकर बरनी मुसकराते हुए बोला, “मैंने कोई काम नहीं किया, यह काम तो मेरे घूँघू ने किया है। वैसे भी इसके मालिक आप हैं तो यह पोटली आपको ही मिलनी चाहिए थी।” सरमू बरनी की ईमानदारी से बहुत खुश हुआ।

वह उससे बोला, “तुम यहाँ से अपने गाँव लौटना चाहोगे या अपने घूँघू के साथ यहीं रहकर काम करोगे?” यह सुनकर बरनी हैरानी से बोला, “मेरे घूँघू को यहाँ का रेतीला मैदान बहुत पसंद है, पर मेरे पास रहने और खाने के लिए कुछ नहीं है। ऐसे में मैं यहाँ कैसे रह सकता हूँ?” सरमू बोला, “रहने के लिए छत मैं दूँगा और तुम अपने घूँघू को लेकर काम करना। लोगों को सवारी कराना और आराम से रहना।” यह सुनकर घूँघू उछलने लगा।

बरनी घूँघू की ओर देखकर बोला, “अगर मेरे घूँघू की यही इच्छा है तो फिर ठीक है।”

इसके बाद बरनी घूँघू के साथ वहीं रहने लगा। सरमू ने घूँघू के लिए बहुत ही सुंदर घुंघरू खरीदे। बरनी ने वे घुंघरू घूँघू के गले और पैरों में बाँध दिए। अब जब भी घूँघू चलता तो घुंघुरुओं की छन-छन से बच्चे वहाँ आ धमकते और उस पर खूब सवारी करते।

बरनी भी वहाँ बहुत खुश था, क्योंकि वहाँ उसका काम अच्छा चल पड़ा था। इस प्रकार घूँघू ने अपनी करामात से बरनी को अमीर और सुखी बना दिया।

□

कटहल तो नहीं खाया

बहुत पुरानी बात है। एक व्यापारी अपने देश से व्यापार करने के लिए बांग्लादेश गया। उसके पास बेचने के लिए ढेर सारा सामान था। वह सामान बेचने के लिए अन्य व्यापारियों के पास जा ही रहा था कि तभी उसे भूख लग आई। उसने सोचा कि पहले भूख-प्यास मिटाई जाए और तब काम किया जाए। यह सोचकर वह खाने-पीने का सामान खरीदने के लिए बढ़ चला। संयोगवश सामने ही उसे एक बड़ी सी फल की दुकान नजर आई।

फल की दुकान पर एक बड़ा सा फल लटका हुआ था। वह कटहल था, लेकिन व्यापारी को उसका नाम नहीं पता था। वह फल उसके लिए बिल्कुल नया था। कटहल को देखकर उसने सोचा कि इतने बड़े फल को खाकर तो उसकी भूख तुरंत मिट जाएगी। उसने कटहल को सूँघकर देखा तो उसका स्वाद भी बेमिसाल पाया। बस फिर क्या था, अब तो उसने मन बना लिया कि कुछ भी हो जाए, उसे यह फल खरीदना ही है। उसने दुकानदार से कहा, "इस फल की क्या कीमत है ?" दुकानदार बोला, "छह आने।" मात्र छह आने कीमत सुनकर व्यापारी की आँखें खुशी से फैल गईं। उसने जल्दी से छह आने निकाले और कटहल को खरीद लिया। उसे लगा कि कहीं दोबारा कीमत पूछने पर दुकानदार अधिक कीमत न बता दे!

कटहल लेकर वह जल्दी से चल पड़ा। उससे अब और इंतजार नहीं हो रहा था। वह जहाँ रुका हुआ था, वहाँ पर जल्दी से पहुँचकर कटहल को खाना चाहता था। रास्ता लंबा होता जा रहा था और व्यापारी की भूख बढ़ती

जा रही थी। अब उससे और सब्र नहीं हो रहा था। आखिर वह सड़क के किनारे बैठ गया। उसने सड़क पर पड़ी नुकीली वस्तुओं से कटहल को काटा और उसे जल्दी-जल्दी खाने लगा।

व्यापारी ने इससे पहले कभी कटहल न देखा था और न खाया था। उसे तो यह भी नहीं पता था कि उसका प्रयोग कैसे करते हैं? उसे खाते ही कटहल का रस उसके हाथों, चेहरे, दाढ़ी और कपड़ों पर चिपक गया। उसे लगा कि मीठा फल खाने से जैसे हाथ और मुँह चिपक जाता है, वैसे ही कटहल खाने से भी उसके हाथ-मुँह और कपड़े चिपक गए हैं। वह नदी के पास पहुँचा और पानी से उसने हाथ, मुँह व कपड़े धोने की कोशिश की, लेकिन यह क्या पानी लगने से तो उसके कपड़े और चिपक गए, साथ ही शरीर में खुजली सी भी लगनी शुरू हो गई! उसकी दाढ़ी और मूँछों के बाल भी बुरी तरह चिपक गए।

व्यापारी बड़ी उलझन में पड़ गया। उसे लगा कि शायद साबुन मलने से सब ठीक हो जाए। उसने एक दुकान से साबुन खरीदा और उसे अपने मुँह और कपड़ों पर लगाया, पर यह क्या, अब तो कटहल का रस और सख्त हो गया! मिट्टी, धूल और सूखे पत्ते उड़-उड़कर उसके बालों और कपड़ों पर चिपक गए। अब व्यापारी की शक्ल जोकर जैसी लग रही थी, जो भी उसे देखता, हँसने लगता। हवा चलने के साथ-साथ रस और खुश्क होता जाता। इसी चक्कर में रात बीत गई। व्यापारी ने सोचा, 'रात को आराम कर लूँ। सुबह इससे निजात पाने का उपाय करूँगा। आज का तो पूरा दिन ऐसे ही निकल गया।' वह रात को बिस्तर पर सो गया। सुबह जब उसकी आँख खुली तो उसने पाया कि उसके बाल तकिए से चिपक गए थे। उसने तेजी से तकिए को अपने बालों से अलग करना चाहा तो उसके बाल उखड़ गए। तेज पीड़ा से उसकी आँखों से आँसू निकल आए। अब तो व्यापारी बहुत परेशान हो गया था। उसने मन में सोचा कि व्यापार कुछ किया नहीं और नुकसान अलग हो गया। वह उसी अवस्था में बाजार की ओर चल दिया। लेकिन जैसे ही वह लोगों से लेन-देन की बात करता, उसके बालों, हाथों और कपड़ों में कुछ-

न-कुछ चिपक जाता और लोग उसकी हालत देखकर उसे चोर समझकर मारने लगते। वह बचते-बचाते एक जौहरी के पास पहुँचा और बोला, "मैं आपके पास अपने सच्चे मोती बेचने आया हूँ।" जौहरी को व्यापारी की हालत देखकर शंका हुई। वह बोला, "दिखाइए सच्चे मोती।" व्यापारी ने जैसे ही सच्चे मोती निकालने के लिए अपनी पोटली की ओर हाथ बढ़ाया, वैसे ही जौहरी के पास रखा एक हीरा उसके हाथ से चिपक गया। यह देखकर जौहरी समझ गया कि यह कोई व्यापारी नहीं, बल्कि ठग है। उसने व्यापारी के गाल पर एक जोरदार थप्पड़ मारा। पर यह क्या''हाथ उसके गाल पर चिपक गया और व्यापारी बुरी तरह रोने लगा। अब जौहरी समझ गया कि यह व्यक्ति व्यापारी ही है, लेकिन मुसीबत का मारा है। उसने उससे सारी बात पूछी तो व्यापारी रुआँसा होकर बोला, "मुझे नहीं पता, उस फल को क्या कहते हैं? मैंने तो उसे उत्सुकतावश खा लिया। वह पीला-हरा बड़ा-सा फल था।" जौहरी अपने सिर पर हाथ मारते हुए बोला, "तुमने शायद कटहल खाया है? इससे पीछा छुड़ाने का एक ही उपाय है कि पहले अपने दाढ़ी, मूँछ और बाल मुँड़वा लो, फिर व्यापार की बात करना।'' व्यापारी ने अपने दाढ़ी, मूँछ और बाल मुँडवाए, तब कहीं जाकर उसे राहत मिली।

अब व्यापारी समझ गया कि जब तक पराए देश में किसी वस्तु या फल की जानकारी न हो तो उसके बारे में पूरी जानकारी लिये बिना उसका प्रयोग नहीं करना चाहिए।

व्यापारी को जब भी कोई ऐसा व्यक्ति मिलता, जिसके दाढ़ी, मूँछ और बाल मुँड़े हुए होते तो उससे दयनीय स्वर में कहता, "भाई, तुमने कटहल तो नहीं खाया था?"

□

धरती पर फैला प्रकाश

यह बात उस समय की है, जब धरती पर प्रकाश नहीं होता था। पृथ्वी का निर्माण हुए कुछ ही समय हुआ था, इसलिए सारी वस्तुएँ सुप्तावस्था में थीं। उन दिनों सूर्य का प्रकाश और चाँद-तारों की रोशनी नहीं होती थी। आसमान में कुछ भी दिखाई नहीं देता था। पृथ्वी पर अंधकार और ठंड रहती थी। प्राणी अंधकार और ठंड से अपना बचाव करने के लिए इधर-उधर भागते रहते थे।

अलास्का में एक कौवा रहता था। वह अँधेरे के कारण बहुत दुःखी था। वह दिन-रात यह सोचता रहता था कि क्या ऐसा कुछ नहीं हो सकता कि पृथ्वी पर चारों ओर रोशनी हो जाए, सभी प्राणी रोशनी में रहें और समय आने पर अंधकार हो? उसकी बहन मुरगाबी थी। कौवा अपनी बहन मुरगाबी को बहुत पसंद करता था। एक दिन मुरगाबी नदी के पास गई। वहाँ पर अँधेरा था। उसने पानी पीने के लिए अपना मुँह बढ़ाया तो उसका मुँह एक डिब्बे में जाकर लगा। उसने टटोलकर देखा तो पाया कि नदी में एक बक्सा तैरता हुआ वहाँ आ गया था। अंधकार इतना था कि हाथ को हाथ नहीं दिखाई दे रहा था।

उसने दोबारा पानी पीने के लिए अपनी चोंच बढ़ाई तो बॉक्स का कोना उसकी चोंच में चुभ गया और वहाँ से खून बहने लगा। मुरगाबी यह देखकर डर गई। उसे लगा कि शायद यहाँ कोई ऐसा जीव है, जो उसे भगाना चाहता है और पानी पीने नहीं देना चाहता। मुरगाबी घबराकर नदी से दूर हुई और सँभलती-सँभलती कौवे के पास पहुँची। कौवा अँधेरे में पेड़ों पर से फल

कुतर रहा था, ताकि अपने और मुरगाबी के लिए खाने का इंतजाम कर सके। मुरगाबी की रोने की आवाज सुनकर वह पेड़ से नीचे उतरकर आया। मुरगाबी बोली, "भाई, मैं नदी पर पानी पीने गई थी, लेकिन वहाँ एक सख्त वस्तु मुझसे टकराई। उसने मुझे पानी नहीं पीने दिया। मुझे तो बहुत तेज प्यास लगी है।"

मुरगाबी की बात सुनकर कौवा बोला, "मेरी बहन, चल, मुझे वहाँ लेकर चल। मैं भी तो देखूँ भला कि वह कौन है, जो मेरी बहन को पानी पीने नहीं दे रहा है?" मुरगाबी कौवे को नदी के पास लेकर चल पड़ी। अँधेरे में दोनों ने एक-दूसरे का हाथ पकड़ा हुआ था। अंधकार में हाथ-हाथ को हाथ नहीं सूझ रहा था। कौवे ने नदी में इधर-उधर मुँह घुमाया तो उसे कुछ नजर नहीं आया। वह बोला, "मुरगाबी, यहाँ तो केवल पानी है। कोई कठोर वस्तु नहीं है।" तभी मुरगाबी के पास फिर वह बॉक्स आ टकराया। वह चिल्लाकर बोली, "भैया, भैया···इधर आओ। इधर है वह वस्तु।" कौवा मुरगाबी की आवाज की दिशा में बढ़ा। वहाँ वाकई एक बॉक्स जैसा कुछ था। कौवा बोला, "पहले तुम पानी पी लो। इस बॉक्स को हम अपने साथ लेकर चलेंगे और देखेंगे कि इसमें क्या है?" कौवे ने मुरगाबी को पानी पिलाया। पानी पीने के बाद उन्होंने अँधेरे में उस बॉक्स को उठाने की कोशिश की, लेकिन वह जैसे ही नदी में से उसे निकालने की कोशिश करते, वह बॉक्स उनसे दूर होता जाता। कौवा बोला, "मुरगाबी, ऐसे यह बॉक्स नहीं निकलेगा। मुझे कुछ करना होगा।"

फिर उसने नदी में रहनेवाले मगरू को आवाज लगाई। मगरू यानी मगरमच्छ पानी में एक ओर आराम कर रहा था। कौवा बोला, "मगरू, आज तक अँधेरे में हम एक-दूसरे को सही से देख भी नहीं पाए, पर पहचानते तो हैं ही। मेरी मदद करो। मुझे तुम्हारी मदद की आवश्यकता है।" मगरू बोला, "बोलो, क्या मदद करूँ?" कौवा बोला, "यहाँ एक बॉक्स तैर रहा है। उस बॉक्स ने मेरी बहन को बहुत परेशान किया और उसे घायल कर दिया। मैं उस बॉक्स को सबक सिखाना चाहता हूँ। लेकिन जैसे ही मैं उसे अपनी चोंच से उठाने की कोशिश करता हूँ, वह दूर हो जाता है।"

मगरू उसकी बात सुनकर बोला, "यह कौन सा मुश्किल काम है ? यह तो मेरे दाएँ हाथ का काम है।" उसने नदी में चक्कर लगाया और उस बॉक्स को उठाकर नदी के किनारे रख दिया। वह बोला, "लो, यह रहा डिब्बा, अब तुम इसे सबक सिखा सकते हो।" इसके बाद मगरू नदी के अंदर चला गया।

कौवे ने उस बॉक्स को हाथ लगाया। उसने उसे खोलने का प्रयत्न किया। वह बहुत मजबूती से बंद था। मुरगाबी बोली, "भैया, रहने दो, यदि नहीं खुल रहा।" कौवा बोला, "नहीं बहन, इस दुनिया में कोई काम ऐसा नहीं होता, जो मुश्किल हो। थोड़ी मेहनत करने से यह अवश्य खुल जाएगा।" वह लगातार उस पर अपनी चोंच से प्रहार करता रहा। इसी बीच बॉक्स को खोलने के लिए चोंच के वार से उसकी चोंच घायल हो गई। पर वह नहीं रुका। अचानक काफी देर बाद एक झटके से वह बॉक्स खुल गया और उसमें से दो गोल वस्तु व ढेर सारे सितारे निकलकर ऊपर की ओर उड़ चले। जैसे ही गोल वस्तु ऊपर होती गई, वैसे ही अंधकार मिटता गया और सब ओर प्रकाश छाता गया।

कहते हैं कि वे दोनों गोल वस्तुएँ सूरज और चाँद थे। ढेर सारे सितारे आसमान में चमकने वाले तारे!

बस, उस दिन से पृथ्वी के सभी प्राणियों को अंधकार से मुक्ति मिल गई। समय पर दिन और रात होने लगे। कौवे के धैर्य और साहस से पूरी दुनिया में प्रकाश बिखर गया। इतना ही नहीं, तारों से आसमान भी निखर गया।

नदी में वह बॉक्स कहाँ से आया, यह कोई नहीं जानता।

□

प्रखर बुद्धि

बहुत पुरानी बात है। हिमालय के दक्षिण में एक छोटा-सा गाँव था। वहाँ पर 'प्रखर बुद्धि' नामक एक व्यक्ति रहता था। वह जंगल से लकड़ियाँ चुनकर लाता और उन्हें बेचकर अपना गुजारा करता था। एक दिन जब वह जंगल से लकड़ियाँ चुनकर लौट रहा था तो रास्ते में उसे एक शेर नजर आया। वह घायल था। उसकी पीठ में एक बहुत बड़ा तीर चुभा हुआ था और वह बुरी तरह तड़प रहा था। प्रखर बुद्धि से शेर का तड़पना न देखा गया। उसने जल्दी से उसकी पीठ से तीर निकाला। तीर अंदर तक धँस गया था, जिससे शेर को बहुत पीड़ा हो रही थी। वह लकड़ियों को वहीं रख, जंगल से ढेर सारी जड़ी-बूटी ले आया। उसने उन जड़ी-बूटियों का लेप शेर के घाव पर कर दिया। लेप करने से शेर को राहत मिली। जब लकड़हारे को लगा कि अब शेर को राहत है तो वह अपनी लकड़ियाँ उठाकर चलने लगा। लेकिन तभी उसे शेर की पीड़ादायक आवाज सुनाई दी। उसने पीछे मुड़कर देखा तो पाया कि शेर उसे अपनी घायल पीठ दिखा रहा था। प्रखर बुद्धि समझ गया कि यहाँ शेर सुरक्षित नहीं है। वह उसे अपने साथ ले आया और उसकी देखभाल करने लगा। लेकिन इसी बीच प्रखर बुद्धि को दिन-रात काम करना पड़ता था। शेर की खुराक बहुत ज्यादा थी। ऐसे में प्रखर बुद्धि के लिए उसके लिए मांसाहारी भोजन जुटाना भी टेढ़ी खीर थी।

शेर भी उसकी इस बात को समझ गया। एक दिन राजा के सेनापति उस ओर आए। सेनापति मुनादी करते हुए घूम रहा था कि, 'राजमहल में आए दिन

चोर प्रवेश कर जाते हैं। राजा ने ऐलान किया है कि जो भी व्यक्ति चोरों को पकड़वाएगा, उसे धन और सम्मान दिया जाएगा।'

यह घोषणा शेर और प्रखर बुद्धि दोनों ने ही सुनी। प्रखर बुद्धि ने निश्चय कर लिया कि वह शेर को राजा के पास छोड़ आएगा और उनसे विनती करेगा कि इसका पूरा इलाज कराया जाए। जब यह स्वस्थ हो जाएगा तो राजमहल की रखवाली करेगा, इससे चोरी पर लगाम कसेगी। शेर भी प्रखर बुद्धि की दिल से मदद करना चाहता था, लेकिन वह उसका साथ भी नहीं छोड़ना चाहता था। प्रखर बुद्धि जब शेर को राजमहल ले जाने के लिए गले में रस्सी बाँधकर ले जाने लगा तो शेर टस-से-मस नहीं हुआ। यह देखकर प्रखर बुद्धि समझ गया कि शेर जानबूझकर ऐसा कर रहा है। उसे भी शेर से लगाव हो गया था, लेकिन उसके पास दूसरा उपाय भी क्या था? अब उसके पास इतनी हिम्मत नहीं बची थी कि वह दिन-रात मेहनत कर उसके भोजन का इंतजाम करता और उसका इलाज कराता!

आखिर प्रखर बुद्धि केवल नाम से ही प्रखर बुद्धि नहीं था, बल्कि वह हर कार्य में अपनी बुद्धि का परिचय देता था। उसने शेर को राजमहल तक ले जाने के लिए एक और उपाय किया। उसके पास एक बकरी थी, उसने बकरी के गले में रस्सी बाँधी और उसे शेर के आगे-आगे ले जाने लगा। शेर को लगा कि शायद प्रखर बुद्धि आज उसे बकरी का ताजा मांस खिलाएगा। बकरी को देखकर उसके मुँह में पानी आ गया। अब वह खुद-ब-खुद आगे बढ़ने लगा। शेर तो आगे बढ़ने लगा, पर बकरी थोड़ा आगे जाकर रुक गई। वह भी अपनी जगह से नहीं खिसकी। यह देखकर प्रखर बुद्धि ने दिमाग लगाया और एक ताजी घास की गठरी उसके आगे रख दी। घास की गठरी को देखकर बकरी भी सोचने लगी, 'वाह, आज तो बड़ी हरी-हरी घास खाने को मिलेगी!' वह भी लालच में आगे बढ़ती रही, शेर भी बकरी के लालच में आगे बढ़ता रहा। इस प्रकार वे राजमहल की ओर बढ़ने लगे। कुछ दूर चलने पर एक नदी आई। नदी को पार करके ही राजमहल में जाया जा सकता था। अब प्रखर बुद्धि के सामने समस्या आई

कि कैसे नदी को सबके साथ पार किया जाए?

वह शेर, बकरी और घास तीनों को एक ओर रख नदी पार करने की योजना बनाने लगा। तभी उसे एक पुरानी सी नाव नजर आई। वह नाव बहुत पुरानी थी और उस पर केवल दो जने ही सवार हो सकते थे। अब प्रखर बुद्धि फिर युक्ति भिड़ाने लगा कि कैसे वह इस जर्जर नाव की सहायता से सबको नदी के किनारे पहुँचा दे? यदि वह पहले घास को लेकर जाता तो शेर बकरी को खा जाता और यदि शेर को साथ लेकर जाता तो बकरी घास को खा जाती। इन सभी योजनाओं से शेर राजमहल तक जाने के लिए अपने कदम नहीं बढ़ाता, क्योंकि वह प्रखर बुद्धि को नहीं छोड़ना चाहता था। अभी तो वह बकरी के मांस के लालच में आगे बढ़ रहा था और बकरी भी घास के लालच में आगे-आगे चल रही थी। इसलिए नदी के पार घास, बकरी और शेर तीनों का ही होना जरूरी था। अब प्रखर बुद्धि नदी पार करने के लिए नई तरकीब ढूँढ़ने लगा। आखिर तरकीब उसके हाथ आ गई। उसने चुटकी बजाई। उसने पहले बकरी को अपने साथ लिया और उसे लेकर नदी के पार छोड़ आया। इसके बाद उसने घास की गठरी उठाई और उसे नदी के पास छोड़कर बकरी को अपने साथ ले आया। यदि वह घास की गठरी को बकरी के पास छोड़ देता तो वह घास खा जाती और आगे नहीं बढ़ती। फिर उसने बकरी को वहीं बाँधा और शेर को अपने साथ नाव में ले गया। शेर को किनारे पर छोड़ दिया, घास की गठरी भी वहीं रखी थी। घास और शेर दोनों को छोड़कर अब वह वापस बकरी को लेने के लिए गया। इस प्रकार उसने समझदारी से तीनों को सकुशल नदी पार करा दी। अब फिर बकरी घास के लालच में और शेर बकरी के लालच में आगे बढ़ चले और राजमहल पहुँच गए। राजमहल में प्रखर बुद्धि ने कहा कि शेर किसी को नुकसान नहीं पहुँचाएगा और यह चोरों व शत्रु से राजमहल की रक्षा करेगा, लेकिन अभी उसे इलाज की आवश्यकता है। राजा सारी बात जानकर प्रखर बुद्धि की बुद्धि से बहुत प्रभावित हुआ। वह बोला, "तुम भी यहीं शेर और बकरी के साथ राजमहल में रहो। शेर तुमसे बहुत स्नेह

करता है, इसलिए तो वह राजमहल नहीं आना चाह रहा था।" राजा की बात सुनकर शेर ने स्नेह भरी नजरों से प्रखर बुद्धि की ओर देखा। प्रखर बुद्धि शेर के गले लग गया और इस तरह वे राजमहल में रहकर काम करने लगे और सुखपूर्वक अपना जीवन जीने लगे।

शेर के कारण अब राजमहल में चोरियाँ बंद हो गईं और महल शत्रु के आक्रमण से भी मुक्त हो गया।

□

बुद्धिमान लड़की

एक बार दो भाई अपनी-अपनी स्लेज गाड़ी पर यात्रा करने के लिए निकले। उनमें एक भाई गरीब और दूसरा अमीर था। गरीब भाई की गाड़ी में घोड़ी और अमीर भाई की गाड़ी में घोड़ा जुता हुआ था। उन्हें चलते-चलते रात हो गई। वे वहीं आराम करने के लिए रुक गए। रात को गरीब भाई की घोड़ी ने एक बच्चे को जन्म दिया। पर वह बच्चा लुढ़ककर अमीर भाई की गाड़ी के नीचे चला गया। सुबह होने पर अमीर भाई ने अपनी गाड़ी के नीचे बच्चे को पाया तो वह गरीब भाई को उठाकर बोला, "देख भाई, रात को मेरी गाड़ी ने बच्चा जना है।" गरीब भाई बोला, "यह कैसे हो सकता है ? यह तो मेरी घोड़ी ने जना है।" अमीर भाई तेवर दिखाते हुए बोला, "यदि तुम्हारी घोड़ी ने जना होता तो यह उसके पास होता ?" झगड़ा बढ़कर अदालत तक पहुँच गया। बादशाह ने उचित न्याय करने के लिए उन दोनों से कहा, "मैं तुम्हें चार पहेलियाँ दे रहा हूँ। तुममें से जो कोई भी चारों पहेलियों के सही जवाब देगा, बच्चा उसी का होगा।" इसके बाद वह बोला, "दुनिया में सबसे ताकतवर और सबसे तेज, सबसे मोटी, सबसे कोमल और सबसे प्यारी चीज कौन सी होती है ?"

बादशाह बोले, "तुम दोनों चौथे दिन आकर अपने जवाब सुनाना, तभी फैसला किया जाएगा।" दोनों भाई पहेलियाँ सुनकर चकरा गए। उनमें से दोनों को ही एक का भी जवाब न आता था। अमीर भाई का एक बुद्धिमान दोस्त था, वह पहेलियों का हल जानने के लिए उसी के पास चल दिया। वह अपने

दोस्त के पास पहुँचा और उसे सारी बात बताई। सारी बात सुनकर दोस्त बोला, "बताओ, क्या पहेलियाँ हैं?" अमीर व्यक्ति बोला, "पहली पहेली यह है कि दुनिया में सबसे ताकतवर और सबसे तेज क्या है?"

"अरे, यह भी कोई पहेली है! सबसे ताकतवर और तेज मेरा रथ है? उसे जरा चाबुक से छू भर दो, फिर देखो मेरे रथ की चाल!" दोस्त बोला, "दूसरी पहेली बताओ!" अमीर आदमी बोला, "दुनिया में सबसे मोटी चीज कौन सी है?" दोस्त बोला, "भला यह भी कोई पहेली हुई, अरे, दुनिया में सबसे मोटी मेरे घर की दीवार है।" दो पहेलियों का जवाब सुनकर अमीर आदमी खुश हो गया। वह बोला, "अब तीसरी पहेली भी सुनो। दुनिया में सबसे कोमल क्या है?"

"जाहिर सी बात है, मेरे पलंग का बिछौना सबसे कोमल है। उस पर लेटकर बहुत बढ़िया नींद आती है।" दोस्त बोला।

अमीर आदमी बोला, "और आखिरी पहेली यह है कि दुनिया में सबसे प्यारा कौन है?" अमीर आदमी ने इस बात पर झट अपने पोते को आगे करते हुए कहा, "सबसे प्यारा मेरा पोता है।" चारों पहेलियों का जवाब पाकर अमीर भाई अपने दोस्त का शुक्रिया अदा कर वापस बादशाह की ओर चल पड़ा।

उधर गरीब भाई रोता हुआ जब अपने घर पहुँचा तो उसकी सोलह साल की बेटी बोली, "क्या हुआ पिताजी? आप रो क्यों रहे हैं?" इस पर उसने उसे सारी बात बताते हुए पहेलियाँ बताईं। पहेलियाँ सुनकर वह बोली, "पिताजी, यह तो बहुत आसान सी पहेलियाँ हैं।

"पहली पहेली का जवाब है—दुनिया में सबसे तेज और ताकतवर समय है। समय राजा को रंक और रंक को राजा बना देता है। दूसरी पहेली का जवाब है—धरती। धरती सबसे मोटी है, क्योंकि इसकी मोटी परत ने पूरी दुनिया का भार अपने ऊपर उठाया हुआ है। तीसरी पहेली का जवाब है—सबसे कोमल हमारा दिल है। यह बहुत जल्दी दुःखी और खुश हो जाता है। चौथी पहेली का जवाब है कि दुनिया में सबसे प्यारी चीज व्यक्ति के प्राण हैं।

अपने प्राणों से हर किसी को मोह होता है।" बेटी के जवाब सुनकर गरीब भाई खुश हो गया। वह भी बादशाह के पास जा पहुँचा।

अमीर व गरीब दोनों ने पहेलियों के हल बताए। बादशाह ने कहा, "सच-सच बताइए कि आप दोनों को ये जवाब कहाँ से पता चले?" अमीर भाई ने दोस्त का नाम लिया तो गरीब ने अपनी बेटी का।

बादशाह समझ गया कि गरीब भाई की बेटी बहुत बुद्धिमान है। उसने उसकी बुद्धिमत्ता को परखने के लिए रेशम का धागा देते हुए कहा, "अपनी बेटी से कहो कि वह कल तक इस धागे से मेरे लिए एक कामदार तौलिया बुन दे।" जरा से रेशमी पतले धागे को लेकर गरीब भाई दुःखी मन से बेटी से बोला, "बेटी, पहेलियों के जवाब सुनकर तो बादशाह ने मुझे यह आफत भरा काम बता दिया। भला जरा से धागे से तौलिया कैसे बुना जा सकता है?" बेटी बोली, "पिताजी, आप चिंता न करिए। आप झाड़ू की एक सींक लेकर जाइए और बादशाह से कहिए कि यदि वे उस सींक का करघा बनवा दें तो मैं कल तक उनके लिए तौलिया बुन दूँगी।" गरीब भाई ने यही बात बादशाह को बताई। अब तो बादशाह बेटी की बुद्धि से बहुत प्रभावित हुआ। उसने गरीब भाई से कहा, "अपनी बेटी से कहो कि वह कल सुबह यहाँ आए, मगर ध्यान रहे कि वह न तो वस्त्रहीन हो, न ही कपड़े पहने हुए हो, न पैदल हो और न ही सवारी पर हो, न ही कोई भेंट लाए और न ही बिना भेंट के आए।"

अब तो गरीब भाई समझ गया कि बादशाह की यह बात पूरी होनी असंभव है। वह फिर दुःखी मन से घर पहुँचा। बेटी बोली, "अब बादशाह ने क्या कहा है?" गरीब भाई ने बादशाह की बात दोहरा दी। यह सुनकर बेटी बोली, "आप निराश न हों। बस, आप शिकारी से मेरे लिए एक जाल, एक जिंदा खरगोश और एक जिंदा चिड़िया खरीद लाइए।" गरीब भाई बेटी के कहे अनुसार सभी वस्तुएँ खरीदकर ले आया।

अगले दिन मुँह-अँधेरे ही गरीब भाई की लड़की ने अपने सारे वस्त्र उतारकर मछली पकड़ने का जाल अच्छी तरह से लपेट लिया, फिर उसने चिड़िया को हाथ में पकड़ा और खरगोश की पीठ पर सवार होकर राजमहल

की ओर चल पड़ी। बादशाह उसे महल के फाटक पर ही मिल गए। उन्हें देखकर उसने चिड़िया उनकी ओर बढ़ाते हुए कहा, "बादशाह सलामत! यह चिड़िया मैं आपके लिए भेंट लाई हूँ।" जैसे ही उसने चिड़िया बादशाह को देने के लिए अपने हाथ उनकी ओर बढ़ाए, चिड़िया लड़की के हाथ से निकलकर आसमान में उड़ गई।

बादशाह लड़की की बुद्धिमत्ता से बेहद प्रभावित हुआ। वह बोला, "तुम सचमुच बहुत बुद्धिमान हो।" इसके बाद उसने अमीर भाई से घोड़ी के बच्चे को गरीब भाई को दिलवाकर उचित न्याय किया। साथ ही गरीब भाई की बेटी को अपना सलाहकार नियुक्त कर लिया।

□

मक्खी और दूध

एक किसान था। वह बहुत भोला था। उसके अंदर चालाकी जैसी बात बिल्कुल नहीं थी। इसलिए अकसर कई लोग उसे बुद्धू बनाकर उससे अपना उल्लू सीधा करते थे। उसके यहाँ पर छह-सात गाएँ थीं। किसान उनका दूध निकालता और उसे बेचता था। कई बार कुछ लोग उसे पागल बनाकर मुफ्त में ही दूध ले लेते थे और दाम नहीं देते थे। एक दिन किसान ने दूध से भरी बाल्टी ली और उसे बेचने के लिए चला। रास्ते में उसे दो लड़के मिले। दूध से भरी बाल्टी देखकर उनके मन में लालच आ गया और वे दूध हथियाने की तरकीब भिड़ाने लगे।

एक लड़का किसान के पीछे गया और उसने चुपके से उसके कपड़ों पर कीचड़ लगा दी। अब वे दोनों किसान के पीछे-पीछे चलने लगे। दूसरा लड़का किसान से थोड़ा आगे जाकर बोला, "अरे...अरे...किसान भाई, आपके कपड़ों पर तो कीचड़ लगी हुई है। आपको कीचड़ में सना देखकर भला दूध कौन खरीदेगा? खाने-पीने की चीजें खरीदते समय हर कोई यह देखता है कि उसे बेचनेवाला भी साफ-सुथरा हो।" लड़के की बात सुनकर भोला किसान हैरान होकर बोला, "अरे, पर मेरे कपड़ों में कीचड़ कहाँ से लग गई? अभी तक तो मेरे कपड़े बिल्कुल साफ थे?" यह सुनकर दोनों लड़के बोले, "अरे, अब कब लगी, कैसे लगी? ये तो हमें भी नहीं पता। न ही इस बारे में बहस करने से कुछ होगा। आप एक काम करिए, सामने नदी पर जाइए और अपने कपड़ों पर से कीचड़ साफ कर लीजिए। दूध से भरी बाल्टी

यहीं छोड़ जाइए। अगर इसमें कीचड़ के छींटे पड़ गए तो पूरा दूध खराब हो जाएगा। जब तक आप नहीं आएँगे, तब तक हम आपकी दूध से भरी बाल्टी का ध्यान रखेंगे।"

भोला किसान लड़कों की बात पर विश्वास कर दूध की बाल्टी उनके पास रखकर नदी के पास कपड़े साफ करने चला गया। उधर उसके जाते ही दोनों लड़कों ने पेड़ पर से पत्ते तोड़े और उसकी कटोरी बनाकर ढेर सारा दूध उसमें डाल-डालकर पी गए। दूध वाकई बहुत स्वादिष्ट था। दोनों ने मिलकर लगभग कई किलो दूध पी लिया था। अब उनका पेट तृप्त हो गया था। दोनों चुपचाप बाल्टी को ढँककर किसान का इंतजार करने लगे। उधर किसान अपने कपड़े साफ करके आया। उसे देखकर लड़के बोले, "अच्छा, यह रही आपकी दूध से भरी बाल्टी।" वे वहाँ से जाने लगे तो किसान ने उत्सुकतावश बाल्टी का ढक्कन हटाकर देखा तो पाया कि बाल्टी में आधे से ज्यादा दूध गायब था। यह देखकर किसान चिल्लाकर बोला, "अरे, बाल्टी का दूध कहाँ गया?" लड़के यह सुनकर भागने लगे, उनमें से एक लड़का भागते-भागते बोला, "आपका दूध मक्खी पी गई।" "अरे, पर मक्खी इतना दूध कैसे पी सकती है?" दूसरा लड़का बोला, "यह तो आप मक्खी से पूछो न!"

आखिर बेचारे किसान को जब कोई रास्ता न सूझा तो वह अदालत में चला गया और वहाँ जाकर न्यायाधीश से बोला, "साहब, मैं रास्ते में दूध बेचने जा रहा था। वहाँ पर मेरे कपड़ों में न जाने कहाँ से कीचड़ लग गई। दो लड़कों ने मुझे नदी से कपड़ों पर लगी कीचड़ साफ करने के लिए कहा और मेरी बाल्टी का ध्यान रखने के लिए कहा। जब मैं कपड़ों पर से कीचड़ साफ करके आया तो मैंने बाल्टी में से आधे दूध को गायब पाया। पूछने पर लड़के बोले, 'दूध मक्खी पी गई।'"

न्यायाधीश अजीब किस्म का था, वह अपने अजब फैसलों के लिए प्रसिद्ध था। वह किसान से बोला, "अरे, वे लड़के सही कह रहे थे। तुम्हारा दूध मक्खी ही पी गई होगी। तुम्हें उस मक्खी को मार देना चाहिए।" किसान बोला, "क्या आप मुझे मक्खियों को मारने की इजाजत देते हैं?" न्यायाधीश

बोला, "हाँ-हाँ, मैं तुम्हें मक्खियों को मारने की इजाजत देता हूँ।" संयोगवश उसी समय अदालत में एक मक्खी उड़ते हुए आई और न्यायाधीश की नाक पर बैठ गई। यह देखकर भोला किसान तुरंत न्यायाधीश की ओर बढ़ा और उनकी नाक पर एक जोरदार पंच मार दिया। यह देखकर न्यायाधीश गुस्से से किसान से बोला, "बेवकूफ, मैंने मक्खी को मारने की इजाजत दी है, तुम तो मुझे मार रहे हो!" किसान भोलेपन से बोला, "हुजूर, मैं तो आपके कहे अनुसार मक्खी को ही मारने की कोशिश कर रहा हूँ, लेकिन मैं क्या करूँ? वह आपकी नाक पर आ बैठी थी और मुझे तो ऐसा लगा कि यही वह मक्खी है, जिसने मेरी बाल्टी का दूध पिया था। इसलिए मैं उसे मारने चला आया। अब आपकी नाक बीच में आ गई तो मैं क्या करूँ?" भोले किसान की यह बात सुनकर न्यायाधीश चुप हो गया और अपनी नाक सहलाने लगा। अब उसके पास चुप रहने के अलावा और चारा भी क्या था?

□

यूनान

अभिमान का परिणाम

प्राचीन यूनान के एक नगर में अरोचन नाम की लड़की अपने निर्धन परिवार के साथ रहती थी। बड़े होने के साथ-साथ उसकी खूबसूरती के साथ ही गुण भी निखरते जा रहे थे। वह सिलाई-कढ़ाई तथा कपड़ा बुनने के कामों में बेहद निपुण थी। उसके सिले और कढ़े हुए कपड़े अलग ही नजर आते थे। वह रंगीन धागों से कपड़ों पर ऐसे आकर्षक और सुंदर डिजाइन बनाती कि लोग पलकें झपकाना तक भूल जाते। कपड़ों पर बनाए उसके फल-फूल बिल्कुल सजीव प्रतीत होते थे। धीरे-धीरे उसकी यह कला चहुँओर फैलती गई। अमीर लोग अपने कपड़ों पर डिजाइन कराने के लिए अरोचन के पास आने लगे। अरोचन का काम इतना बढ़ गया कि धीरे-धीरे उसके परिवार की गरीबी दूर हो गई। अरोचन का परिवार संपन्न परिवारों में गिना जाने लगा।

लेकिन इन सबके साथ-साथ अरोचन का स्वभाव बदलता जा रहा था। धीरे-धीरे अहंकार उसके स्वभाव में आ गया था। अपने आगे अब उसे सब तुच्छ लगने लगे थे। उसे केवल वही लोग अच्छे लगते थे, जो उसकी प्रशंसा करते थे। यदि कोई गलती से भी उसकी कमी बताने की कोशिश करता तो अरोचन उनसे बात करना बंद कर देती थी और उनसे मुँह मोड़ लेती थी।

एक दिन अरोचन की सहेलियाँ उसके साथ बैठी हुई थीं। अरोचन एक कपड़े पर रंगीन धागों से तितलियाँ बना रही थी। तभी कहीं से एक छोटा बच्चा आया और कपड़े पर बनी तितली को असली समझकर उसे पकड़ने

की कोशिश करने लगा। यह देखकर अरोचन की एक सहेली बोली, "अरे, यह बालक तो कपड़े पर तुम्हारी बनाई तितली को असली समझकर उसे पकड़ने चला था।" यह सुनकर अरोचन बोली, "भई, इसमें हैरानी की क्या बात है ? तुम सब जानती ही हो कि मेरी कला का कोई जवाब नहीं। आखिर किसमें इतना दम है, जो मेरे आगे टिक पाए ? मुझे तो लगता है कि कला और ज्ञान की देवी मिनर्वा भी मेरे आगे नहीं टिक सकती।"

उसकी इस बात को सुनकर दूसरी सहेली बोली, "अरोचन, माना तुम कला की विदुषी हो, लेकिन इसका यह अर्थ कतई नहीं कि तुम देवी मिनर्वा से अपनी तुलना करने लगो! देवी मिनर्वा तो इस जगत् के सब मनुष्यों को ज्ञान और बुद्धि प्रदान करती हैं। यदि वह चाहें तो पल में सारी कला छीन सकती हैं।"

उसकी बात सुनकर अरोचन व्यंग्य करते हुए बोली, "अच्छा, अरे, वह मेरी कला तभी छीन सकती हैं, जब वे मुझसे सुंदर डिजाइन बनाकर दिखाएँ। तुम्हीं बताओ कि कला और ज्ञान की देवी मिनर्वा क्या मेरी तरह बारीक धागों से जाल बुन सकती हैं ?"

देवी मिनर्वा समझ गई कि अरोचन को अपनी कला का अभिमान हो गया है और अब समय है कि उसे आईना दिखाया जाए।

वह एक बुढ़िया का रूप धारण कर उसके पास गई। बुढ़िया को अपने पास देखकर अरोचन बोली, "अरे, तुम कहाँ से आ गई ? जाओ यहाँ से।"

इस पर बुढ़िया बोली, "बेटी, मैंने सुना है कि तुम देवी मिनर्वा से भी अच्छा जाल बुनती हो! जरा मुझे जाल बुनकर तो दिखाओ!" उसकी इस बात पर अरोचन बोली, "अरे, तुम कौन हो जिसे मैं जाल बुनकर दिखाऊँ ? भागो यहाँ से।" इस पर अरोचन की सभी सहेलियाँ बोलीं, "अरोचन, बड़ों का सम्मान करते हैं। तुम अपनी कला के अभिमान में छोटे-बड़े का लिहाज भी भूल गई हो।" लेकिन अरोचन ने उनकी बातों पर कोई ध्यान नहीं दिया। वह तो अभिमान के नशे में चूर थी।

उसकी बात सुनकर वृद्धा अपने असली रूप यानी कि मिनर्वा देवी के रूप में आ गई। साक्षात् कला की देवी को देखकर सभी सहेलियों ने उन्हें

प्रणाम किया, लेकिन अरोचन ने दूसरी तरफ मुँह फेरते हुए कहा, "देखा, आखिर आज देवी मिनर्वा भी मेरी कला का लोहा मान गई हैं और मेरे पास चली आई हैं!" देवी मिनर्वा उसकी बात सुनकर सहजता से बोलीं, "चलो, हम दोनों जाल बुनते हैं। देखते हैं कि किसका जाल श्रेष्ठ बनता है?" अरोचन और मिनर्वा दोनों जाल बुनने लगीं। अरोचन का जाल वाकई इतना खूबसूरत और बारीक था कि सभी दंग रह गए। देवी मिनर्वा उसकी कला को देखकर बोलीं, "अरोचन, वाकई तुम्हारी कला बेमिसाल है। लेकिन तुम अभिमान त्याग दो, क्योंकि अभिमान के साथ कला ज्यादा दिन तक नहीं टिक सकती। तुम्हारे साथ या तो अभिमान रहेगा या फिर कला।"

इस पर अरोचन हँसते हुए बोली, "अच्छा, क्या आप मेरे अभिमान को नष्ट करेंगी? करिए। जरा मैं भी तो देखूँ कि आप कैसे मेरे अभिमान को नष्ट करती हैं?" देवी मिनर्वा अरोचन के अभिमान और व्यंग्य को देखकर क्रोधित हो गईं और बोलीं, "अरोचन, तुम इसी क्षण से लड़की नहीं रहोगी। आज से तुम दूसरी प्रजाति में शामिल हो जाओगी। इतना ही नहीं, तुम्हारे कारण तुम्हारी पूरी प्रजाति से लोग घृणा करेंगे। अब तुम्हारे साथ तुम्हारी कला तो रहेगी, लेकिन अभिमान नहीं।"

यह सुनकर अरोचन और उसकी सहेलियाँ दंग रह गईं। अरोचन कुछ कहती, उससे पहले ही उसके बाल झड़कर गिरने लगे। धीरे-धीरे उसका रूप बिल्कुल बदल गया। उसका शरीर पिचक गया। अरोचन एक मकड़ी बन गई। उसके द्वारा बुना गया जाल वहीं पड़ा था। बस, तभी से मकड़ी को अपनी कला तो मिल गई, लेकिन अभिमान ने उसका मनुष्य रूप छीन लिया। मकड़ी अब घर के कोनों में छिपकर वहीं जाल बुनती रहती है। उसके द्वारा बनाया गया जाल बेहद बारीक होता है, और हैरानी की बात यह है कि मकड़ी अपने ही बनाए गए जाल में कभी नहीं फँसती!

कला का अभिमान रूप, यौवन और गुणों को मिटाकर रख देता है। इसलिए कभी भी अपनी योग्यता और कला का अभिमान नहीं करना चाहिए।

□

रंग का भेद

बहुत पुरानी बात है। न्यूजीलैंड के गाँव में एक सुंदर युवक रहता था। उसका नाम काहूकारा था। काहूकारा माओरी जाति का गोरा युवक था। उन दिनों वहाँ पर गोरे रंग से लोग घृणा करते थे। अधिकतर लोग वहाँ काले रंग के होते थे और काले रंगवाले व्यक्ति गोरे रंगवाले व्यक्ति का मजाक उड़ाया करते थे।

काहूकारा भी अनेक लोगों के मजाक का पात्र बनता था। वह अकसर यह सोचता था कि उसका रंग भी अन्य लोगों की तरह काला क्यों नहीं है? उसी गाँव में एक बहुत प्यारी सी लड़की रहती थी। नाम था उसका टांगो-टांगो। वह भी दूसरे लोगों की तरह उसका मजाक उड़ाती थी। काहूकारा मन-ही-मन टांगो को बहुत चाहता था। जब वह उसका मजाक उड़ाती थी तो काहूकारा को बहुत बुरा लगता था, लेकिन वह चुप रहता था। आखिर वह कर भी क्या सकता था!

काहूकारा के माता-पिता बचपन में ही चल बसे थे इसलिए वह बचपन से संघर्ष करना सीख गया था। काहूकारा को कोई काम भी नहीं देता था। वह बेचारा दो वक्त की रोटी जुटाने के लिए इधर-उधर घूमता रहता था।

एक दिन वह जंगल की ओर चला गया। वहाँ उसने देखा कि कुछ लोग बिल्कुल उसके जैसे गोरे हैं। यह देखकर उसे विश्वास नहीं आया। वे लोग आपस में बातें कर रहे थे। एक व्यक्ति बोला, "हम यहाँ के लोगों की दुनिया से अलग हैं। यहाँ के लोग काले रंग के होते हैं। वे हम जैसे गोरे लोगों को

पसंद नहीं करते।" दूसरा बोला, "तभी तो हम यहाँ रात में आते हैं, ताकि कोई हमको देख न ले।" उनको देखकर काहूकारा को बहुत सुकून मिला कि आखिर दुनिया में एक वह ही गोरा नहीं है और भी लोग हैं, जो उसके जैसे हैं। वह पेड़ के पीछे छिपकर उनकी गतिविधियाँ देखने लगा। उन लोगों ने समुद्र में कुछ फेंका और उसके सहारे जल्दी-जल्दी मछलियाँ पकड़ने लगे। अँधेरा होने के कारण काहूकारा यह नहीं देख पाया कि आखिर वे किस कारण से जल्दी-जल्दी ढेर सारी मछलियाँ पकड़ रहे थे, क्योंकि उसके गाँववाले तो चार-पाँच घंटों की मेहनत के बाद काँटे की सहायता से एक-एक मछली पकड़ पाते थे। इस तरह वे लोग पूरे दिन में केवल पंद्रह-सोलह मछलियाँ पकड़ पाते थे, जबकि यहाँ तो बात ही अलग थी। यहाँ तो एक ही बार में ढेर सारी मछलियाँ समुद्र के ऊपर आ जाती थीं।

काहूकारा उन्हें देखता रहा। वे लोग वहाँ से जाने लगे। जाते-जाते उनका मुखिया बोला, "मछली पकड़ने वाला जाल बहुत बड़ा है। इसे हमें रोज लाना पड़ता है। ऐसा करते हैं कि इसे यहाँ जंगल के पेड़ की खोल में छिपा जाते हैं। किसी को पता नहीं चलेगा। इस तरह हमें रोज जाल का बोझ खींचकर नहीं लाना पड़ेगा।" सभी लोग मुखिया की बात से सहमत हो गए। उन्होंने एक बड़े से पेड़ को ढूँढ़ा और उसकी खोल में जाल को छिपा दिया।

काहूकारा ने उस पेड़ को ध्यान से देखा, जहाँ पर उन्होंने जाल रखा था।

अगले दिन सुबह के समय वह उस ओर गया। उसे इस बात का पता था कि गोरे लोग दिन में यहाँ नहीं आएँगे और इस तरह वे यह भी नहीं देख पाएँगे कि उनका जाल वह प्रयोग कर रहा है। उसने पेड़ की खोल से जाल को निकाला और उसे समुद्र में डाला। पर यह क्या, उसमें एक भी मछली नहीं फँसी। वह बहुत देर तक कोशिश करता रहा। आखिर काहूकारा स्वयं से बोला, 'मुझे आज उन लोगों के बीच में यह देखना होगा कि इसकी सहायता से मछलियों को कैसे पकड़ते हैं?' अब उसने उस जाल को सावधानी से वापस उसी खोल में रख दिया और रात होने का इंतजार करने लगा।

रात होने पर गोरे लोग फिर से आए। उनमें से मुखिया ने जाल को

खोल से निकाला और इधर-उधर देखा। मुखिया संदेह से जाल की ओर देखता हुआ बोला, "ऐसा लगता है कि किसी ने जाल का प्रयोग किया है।" इस पर दूसरा व्यक्ति बोला, "मुखिया, भला यहाँ कौन आ सकता है? उस दिन तो हमने यहाँ किसी मनुष्य को नहीं देखा था।" इस पर अन्य लोगों ने भी सहमति जताई। फिर मुखिया जाल को नदी के किनारे ले जाकर उससे मछलियाँ पकड़ने लगा। नजर बचाकर काहूकारा भी उनके बीच में घुस गया। मछली पकड़ने के चक्कर में और अंधकार में किसी ने भी काहूकारा को नहीं पहचाना। सबको लगा कि वह उन्हीं का साथी है। आज काहूकारा ने उन लोगों के साथ रहकर जाल की सहायता से मछली पकड़ना सीख लिया। मछली पकड़ना सीखकर वह बहुत खुश हुआ। इसके बाद मुखिया जाल को वापस पेड़ की खोल में रखकर बोला, "चलो साथियो, आज के लिए इतनी मछलियाँ बहुत हैं।" इन बातों के बीच में काहूकारा उनके बीच से निकलकर वापस पेड़ के पीछे छिप गया।

अगले दिन उसने अपने गाँव में सबको बताया कि उसने एक ऐसा तरीका ढूँढ़ लिया है, जिससे मछलियाँ अधिक-से-अधिक पकड़ी जा सकती हैं। किसी को भी काहूकारा की बात का यकीन नहीं आया। वैसे भी सब उसका मजाक उड़ाते थे, लेकिन इस बार टांगो-टांगो उसका मजाक न उड़ाकर बोली, "शायद यह सही कह रहा है। एक बार इसकी बात मानकर समुद्र में देखने में हर्ज ही क्या है? यदि कोई अच्छी बात सीखने को मिल रही है तो उसे अवश्य सीखना चाहिए।'' टांगो-टांगो की बात पर कई लोग काहूकारा के साथ समुद्र की ओर चल दिए। समुद्र के किनारे पहुँचकर काहूकारा ने जाल को निकाला और अन्य व्यक्तियों की मदद से उसमें ढेर सारी मछलियाँ पकड़कर दिखा दीं। ये देखकर सभी आश्चर्यचकित रह गए कि वाकई जाल एक ऐसी अद्‌भुत वस्तु थी, जिसकी सहायता से पल भर में मछलियों का ढेर इकट्‌ठा हो गया था।

अब तो सभी लोग काहूकारा से बड़े प्रेम से पेश आए। इतना ही नहीं, गाँव के बूढ़े मुखिया ने अपना उत्तराधिकारी काहूकारा को घोषित करते हुए

कहा, "मुखिया वही व्यक्ति बनना चाहिए, जिसमें योग्यता व गुण हों। इसलिए मैं आज से काहूकारा को अपना उत्तराधिकारी घोषित करता हूँ। आज के बाद कोई भी काहूकारा के गोरे रंग से नफरत नहीं करेगा और न ही इसका मजाक उड़ाएगा। इसने हम सभी लोगों को जाल की सहायता से कम समय में मछलियाँ पकड़ना सिखाया है और हमारा श्रम बचाया है।" सभी लोगों ने मुखिया के आदेश का पालन करने का वादा किया। इसके बाद काहूकारा का विवाह टांगो-टांगो से हो गया। सभी लोग मिल-जुलकर रहने लगे। इसके बाद वहाँ के लोगों ने रंग को लेकर किसी पर भी रंज करना छोड़ दिया।

□

तितलियों का पहाड़

एक शहर में दो भाई रहते थे। बड़ा भाई धार्मिक प्रवृत्ति का था और वह बहुत ही मधुर ध्वनि में पाठ करता था। छोटे भाई को यह सब पसंद नहीं आता था। वह उससे बहुत ईर्ष्या भी करता था। एक दिन बड़ा भाई घर में पाठ कर रहा था। छोटा भाई बाहर से आया। उसने दरवाजा खटखटाया, लेकिन बड़ा भाई पाठ में व्यस्त था, इसलिए उसने दरवाजे की खट-खट पर ध्यान नहीं दिया। पाठ खत्म होने के बाद उसने देखा कि छोटा भाई बाहर खड़ा चिल्ला रहा है। उसने दरवाजा खोला तो छोटे भाई ने झट कुल्हाड़ी से उसके दोनों हाथ काट दिए। वह बोला, "अब कर पाठ, कैसे करेगा ? बड़ा धार्मिक बना फिरता है न! अब देखता हूँ कि तू अपनी जिंदगी जीता है या पाठ करता है ?" बड़ा भाई हाथ कटने की पीड़ा से तड़पता रहा। समय बीतता गया। अब उसने अपनी हिम्मत से बिना हाथों के गुजारा करना सीख लिया था। वह अब भी पाठ करता था।

एक दिन सुबह के समय शाही मुनादी की आवाज आई। बड़ा भाई उत्सुकतावश मुनादी सुनने के लिए घर से बाहर निकलकर आया। मुनादी करनेवाला सिपाही बोल रहा था, "सुनिए, सुनिए, रात के समय महाराज के बाग से फूल चुराए जा रहे हैं। महाराज के बाग के फूल बहुत अद्भुत हैं। वे फूल बड़ी मेहनत से उगाए जाते हैं। राजा ने फूल चोरों का पता लगाने की बहुत कोशिश की, लेकिन अभी तक उन चोरों का कुछ भी पता नहीं चल पाया है। महाराज का कहना है कि जो भी कोई व्यक्ति फूल चोरों को पकड़ने में कामयाब होगा, उसे ढेर सारा इनाम दिया जाएगा।"

मुनादी सुनकर बड़ा भाई सिपाही से बोला, "मैं फूल चोरों को पकड़ सकता हूँ। आप मुझे राजा के पास लेकर चलिए।" हाथ कटे व्यक्ति को देखकर एक सिपाही बोला, "अरे, तुम भला कैसे चोर को पकड़ोगे, तुम्हारे तो खुद ही हाथ नहीं हैं?"

उसकी बात पर सेनापति सिपाही को डाँटते हुए बोला, "तुम्हें ऐसा नहीं कहना चाहिए। यदि इसने इतनी बड़ी बात कही है तो अवश्य ही कुछ-न-कुछ बात तो जरूर है। क्या पता यह कामयाब हो ही जाए! हमें इसे राजा के पास लेकर अवश्य जाना चाहिए।"

इस तरह सेनापति बड़े भाई को राजा के पास लेकर चला गया। बड़ा भाई राजा से बोला, "महाराज, फूल चोर को पकड़ने के लिए मुझे कुछ दिन का समय दीजिए। इसके साथ ही मेरी कुटिया अपने उन फूलों के सामने बनवा दीजिए, जहाँ पर सबसे सुंदर फूल खिलते हैं।"

राजा ने उसकी बात मानकर एक छोटी सी कुटिया वहाँ पर बनवा दी, जहाँ पर बाग में सबसे सुंदर और भीनी खुशबू वाले फूल खिलते थे। बड़ा भाई वहाँ पर भी नियमित पाठ करता था।

एक दिन रात्रि के समय वह मधुर आवाज में पाठ कर रहा था। तभी उसे बाहर कुछ मधुर कंठों का हँसता हुआ स्वर सुनाई दिया। बड़े भाई ने महसूस किया कि कंठों का स्वर धीरे-धीरे उसकी कुटिया के समीप आ रहा है। उसकी कुटिया के पास एक महिला बोली, "जरा थोड़ा ऊँची आवाज में पाठ कीजिए। हमें आपके मधुर कंठ से कहा गया यह पाठ बहुत अच्छा लग रहा है।" बड़े भाई ने अपनी आवाज ऊँची की, लेकिन तब भी वहाँ उपस्थित सभी महिलाओं को पाठ के बोल सुनाई नहीं दिए। तब दूसरी महिला बोली, "क्या हम कुटिया के अंदर आ जाएँ?" बड़ा भाई बोला, "इसमें पूछने की क्या बात है? आइए न, और यहाँ बैठकर आराम से ईश आराधना सुनिए।" सभी खिलखिलाते स्वर अंदर आ गए। बड़े भाई ने देखा कि वहाँ पर देवी रूप में अनेक महिलाएँ थीं और उनके हाथों में सोने की टोकरियाँ थीं, जिनमें ढेर सारे राजा के उद्यान के वही पुष्प भरे हुए थे, जो सबसे सुंदर और भीने थे। बड़े भाई ने पाठ खत्म किया। तभी वहाँ उपस्थित

देवियों की रानी ने बड़े भाई के कटे हुए हाथों की ओर हाथ किया तो बड़े भाई के दोनों हाथ बिल्कुल सही हो गए। वह अचरज से अपने हाथों की ओर देखते हुए बोला, "देवी, आप कौन हैं? ये पुष्प आप कहाँ ले जाती हैं? क्या आपको मालूम नहीं कि चोरी करना पाप है?"

देवियों की रानी बोली, "तुम्हारा कहना सही है। हम दूर तितलियों के पहाड़ों पर रहती हैं। वहाँ पर बुद्ध के चरण हैं। हम उनकी अर्चना के लिए ही इन विशेष फूलों को लेकर जाती है। बुद्ध के चरणों की आराधना तो विशेष पुष्पों से ही होनी चाहिए न!"

बड़ा भाई हैरानी से बोला, "क्या सचमुच तितलियों के पहाड़ पर बुद्ध के चरण हैं?" देवी बोली, "हाँ, यकीन न हो तो चलकर देख लो।"

बड़ा भाई बोला, "आप चोरी करने के बजाय राजा से अनुमति लेकर पुष्प लेकर जातीं तो ज्यादा अच्छा होता।"

देवी बोली, "राजा रोज-रोज हमें अनुमति नहीं देते।" बड़ा भाई बोला, "नहीं, बुद्ध के चरणों की अर्चना के लिए वे कभी मना नहीं करते। मैं कल उन्हें तितलियों के पहाड़ पर ले जाऊँगा। यदि वे अनुमति दे देते हैं तो फिर आप निस्संकोच यहाँ से पुष्प ले जा सकती हैं।"

अगले दिन सुबह राजा व सैनिकों ने बड़े भाई को पूर्ण स्वस्थ देखा तो वे हैरान रह गए। बड़े भाई ने राजा को सारी बात बताई। वह कई लोगों को साथ लेकर तितलियों के पर्वत की ओर लेकर चला। तितलियों के पर्वत के समीप ही उन्होंने पाया कि वहाँ सचमुच बुद्ध के पदचिह्नों के निशान बने थे। अब तो राजा के साथ ही सभी नागरिकों ने वहाँ पूजा-अर्चना की। इसके बाद देवियाँ निस्संकोच वहाँ से बुद्ध के पदचिह्नों पर पुष्प अर्पित करने के लिए ले जाने लगीं।

तब से हर श्रद्धालु व्यक्ति अपने जीवन में एक बार तितलियों के पहाड़ की यात्रा अवश्य करता है। ऐसा मानना है कि वहाँ जाकर अद्‌भुत शांति और प्रसन्नता का अहसास होता है।

□

चीन

सुनहरी बाँसुरी

यह बात बहुत पुरानी है। चीन के एक छोटे से पहाड़ी गाँव में एक लड़की अपनी माँ के साथ रहती थी। वह अपनी माँ की इकलौती बेटी थी। उसके पिता का देहांत हो गया था। माँ अपनी बेटी का पालन-पोषण करती थी। लड़की को लाल रंग बहुत पसंद था इसलिए सब उसे 'सिंदूरी' कहकर पुकारते थे। सिंदूरी बहुत सुंदर थी। थोड़ी बड़ी होने पर वह अपनी माँ के काम में हाथ बँटाने लगी। एक दिन माँ-बेटी खेत में हल चला रही थीं कि तभी तेज आँधी आई। आँधी में एक ड्रैगन आसमान से उड़ता हुआ आया और सिंदूरी को लेकर उड़ गया। माँ अपनी बेटी को बचाने के लिए दूर तक दौड़ी, लेकिन उसे बचा नहीं पाई। अपनी बेटी को खोकर माँ पागलों की तरह इधर-उधर घूमने लगी। उसके बाल अपनी बेटी की चिंता में सफेद हो गए, चेहरा झुर्रियों से भर गया। एक दिन वह अपनी बेटी को याद करते हुए जंगल की ओर जा रही थी। वहीं लाल सरस फल के पेड़ में उसका कपड़ा फँस गया। उसने अपने कपड़े को पेड़ से हटाया तो उसके पास एक बहुत ही सुंदर सरस का फल आ गिरा। उसने उस फल को लिया और अपने घर में ले जाकर एक कोने में रख दिया। रात होने पर वह अपनी बेटी को याद करते हुए सो गई।

तभी चमत्कार हुआ और सरस के फल से एक नौजवान निकला। सुबह होने पर बुढ़िया ने अपने घर में एक सुंदर नौजवान को पाया तो वह हैरानी से उसकी ओर देखते हुए बोली, "तुम कौन हो बेटा?" नौजवान युवक बोला, "माँ, मुझे पता है कि आप अपनी बेटी की याद में दिन-रात खोई रहती हैं। मैं ड्रैगन से आपकी बेटी छुड़ाकर लाऊँगा।" नौजवान की बात सुनकर बुढ़िया

खुशी से बोली, "सच बेटा! तुम्हारा क्या नाम है? तुम तो मेरे लिए देवदूत बनकर आए हो।" युवक बोला, "मेरा नाम चिन पी है।"

इसके बाद चिन पी बुढ़िया से आज्ञा लेकर ड्रैगन की तलाश में निकल पड़ा। वह कई दिनों तक चलता रहा। एक दिन उसकी मुलाकात एक व्यक्ति से हुई। वह चिन पी से बोला, "मुझे पता है, वह ड्रैगन कहाँ रहता है? यहाँ से थोड़ी दूर पर पहाड़ है। पहाड़ के दूसरे छोर पर ड्रैगन की गुफा है। ढलान पर बने उस घुमावदार पहाड़ी रास्ते पर लगातार सात रातें और सात दिन चलकर तुम ड्रैगन की गुफा तक पहुँच जाओगे।" उस व्यक्ति का धन्यवाद कर वह ड्रैगन की तलाश में चल पड़ा। चिन पी के पास जादुई शक्तियाँ भी थीं। वहाँ उसने देखा कि लाल कपड़ों में एक सुंदरी बैठी रो रही थी। चिन पी समझ गया कि वही सिंदूरी है। तभी ड्रैगन अपनी जीभ लपलपाता हुआ वहाँ आया और सिंदूरी को अपनी पूँछ से मारते हुए बोला, "ओ सुंदरी, मत कर इनकार, हो जा मुझसे विवाह के लिए तैयार, नहीं तो मैं तुझको दूँगा मार।" सिंदूरी गुस्से से बोली, "मैं तुमसे कभी विवाह नहीं करूँगी। चाहे तुम मुझे मार ही क्यों न दो!" इसके बाद ड्रैगन ने अपनी लंबी जीभ बाहर निकाली। उसकी जीभ से आग बाहर निकली। आग की गरमी से सिंदूरी छटपटाने लगी और बेहोश हो गई। यह देखकर चिन पी को बहुत गुस्सा आया। वह मन में सोचने लगा कि ड्रैगन को मारने के लिए मेरी शक्तियाँ कम हैं। मुझे ड्रैगन को मारने के लिए नई तरकीब ढूँढ़नी होगी।

इसके बाद वह वहाँ से वापस चला गया। नदी के पास जाकर वह सोच में डूब गया कि सिंदूरी को ड्रैगन से कैसे मुक्त कराया जाए? तभी उसने देखा कि एक घोंघा नदी के पास छटपटा रहा था। चिन पी ने उसे पास जाकर देखा तो पाया कि उसे एक काँटा चुभ गया था। चिन पी ने घोंघे का काँटा निकाला। काँटा निकालते ही उसे राहत महसूस हुई। घोंघा चिन पी से बोला, "तुमने मेरी बचाई जान, तुमको मैं दूँगा इनाम।" इसके बाद वह नदी में गया और वहाँ से एक सुनहरी बाँसुरी लेकर आया। घोंघा बोला, "इस बाँसुरी की सहायता से तुम ड्रैगन को आराम से मार सकते हो।" इसके बाद घोंघा समुद्र में चला गया। चिन पी ने उस सुनहरी बाँसुरी को अपने होंठों से लगाया। उस बाँसुरी को होंठों से लगाते ही मधुर आवाज पूरे वातावरण में गूँजने लगी। चिन पी ने

देखा कि सारे पशु-पक्षी और पेड़-पौधे बाँसुरी की धुन पर थिरकने लगे हैं। वे सब तब तक थिरकते रहे, जब तक कि चिन पी ने बाँसुरी बजानी बंद नहीं की। अब चिन पी को समझ आ गया कि ड्रैगन को कैसे मारना है ?

वह उस बाँसुरी को लेकर वापस ड्रैगन की गुफा में पहुँचा। सिंदूरी जंजीरों में जकड़ी सो रही थी। चिन पी ने सिंदूरी के ऊपर हाथ फेरा, जिससे कि जादुई बाँसुरी की धुन का उस पर कोई असर न हो। इसके बाद उसने बाँसुरी को अपने होंठों से लगाया। जैसे-जैसे बाँसुरी की तान तेज होती गई, वैसे-वैसे ड्रैगन उस बाँसुरी की धुन पर थिरकने लगा। बाँसुरी बजाते-बजाते दो दिन बीत गए, लेकिन चिन पी के होंठों से बाँसुरी नहीं हटी।

अब तो ड्रैगन की जान निकलने को हो गई। उसने चिन पी से कहा कि मुझे छोड़ दो और इस बाँसुरी के स्वर से मुक्त कर दो। सिंदूरी को मैं मुक्त करता हूँ। सिंदूरी चिन पी को देखकर समझ गई कि यह बहादुर युवक उसे ही ड्रैगन की कैद से मुक्त कराने के लिए आया है। वह उसकी बहादुरी और अच्छाई पर मुग्ध हो गई।

चिन पी ने दया कर बाँसुरी बजानी बंद कर दी। लेकिन यह क्या, बाँसुरी बंद करते ही ड्रैगन ने अपनी जीभ से चिनगारियाँ निकालकर चिन पी की ओर उछालनी शुरू कर दीं। चिन पी ने बड़ी मुश्किल से उन अंगारों से अपना बचाव किया। अब उसने अपने होंठों से जो बाँसुरी को लगाया तो वह तब तक नहीं हटी, जब तक ड्रैगन के नाच-नाचकर प्राण नहीं निकल गए। उसके मरते ही सिंदूरी की बेड़ियाँ अपने आप कट गईं।

चिन पी सिंदूरी को लेकर उसकी माँ के पास लौट आया। अपनी बूढ़ी माँ के गले लगकर सिंदूरी बहुत रोई। वह बोली, "माँ, आपको बहुत दुःख भरा जीवन जीना पड़ा है। लेकिन अब मैं आ गई हूँ। अब सब ठीक हो जाएगा।" यह सुनकर बूढ़ी माँ मुसकराते हुए बोली, "बेटी, अब सब सचमुच ठीक हो जाएगा।" इसके बाद उसने सिंदूरी का विवाह चिन पी से कर दिया। वे सभी खुशहाल जीवन जीने लगे।

□

आधे-अधूरे बच्चे

जूली अकसर प्रभु से प्रार्थना करती थी, 'हे प्रभु, मुझे दो बच्चे चाहिए। एक बेटा और एक बेटी। बेटा लंबा-तगड़ा हो और बेटी सुंदर व दूर-दृष्टिवाली हो।' वह अकसर अपनी इस इच्छा को प्रकट करती रहती। एक दिन प्रभु ने उसकी पुकार सुन ली और उसके घर बेटा व बेटी दोनों का जन्म हो गया। लेकिन दोनों बच्चे आधे-अधूरे थे। बेटा हृष्ट-पुष्ट था, लेकिन नेत्रहीन। वहीं बेटी बहुत सुंदर और तेज नेत्र वाली थी तो उसके पैर बहुत दुर्बल थे। उसने बेटे का नाम जॉन और बेटी का नाम जेनी रखा। अपने बच्चों की ऐसी हालत देखकर जूली बहुत उदास होती और कई बार अकेले में रोती भी थी। वह अकसर स्वयं से बोलती, 'मेरे बाद मेरे इन अपाहिज बच्चों की देखभाल कौन करेगा?' यही बातें सोचते-सोचते वह तनावग्रस्त रहने लगी। एक दिन बेहद तनाव में वह घर में बैठी कुछ सोच रही थी, तभी तेज बरसात हुई। बरसात को देखकर पता नहीं जूली को क्या सूझा कि वह घर से बाहर निकलने लगी। माँ को निकलते देख जेनी बोली, "माँ, आप इतनी तेज बारिश में कहाँ जा रही हैं? मुझे साफ-साफ दिखाई दे रहा है कि नदी में बाढ़ आ रही है। आप कहीं मत जाओ।" तनावग्रस्त जूली की आँखों में आँसू थे। उसने बेटी की बात पर ध्यान नहीं दिया और बाहर निकल गई।

कई दिन बीत गए, पर जूली नहीं लौटी। बच्चे अपनी माँ की याद में और कमजोर हो गए। पड़ोस के लोग उन बच्चों से हमदर्दी दिखाकर उन्हें दो वक्त की रोटी दे देते थे। भाई-बहन आपस में कहते रहते, "माँ जरूर वापस

आएगी। वह हमें ऐसी हालत में छोड़कर नहीं जा सकती।" लेकिन माँ नहीं लौटी।

एक दिन गाँव में एक परदेसी आया। उसने रात भर ठहरने के लिए पूरे गाँव से एक दिन का ठिकाना माँगा। पर किसी ने उस अजनबी को रुकने के लिए नहीं कहा। मौसम खराब था। उस दिन भी बारिश आ रही थी। अचानक परदेसी ने इन भाई-बहनों का दरवाजा खटखटाया। नेत्रहीन जॉन ने दरवाजा खोला और प्रेम से उन्हें वहाँ रुकने के लिए कहा। दोनों भाई-बहन को देखकर परदेसी बोला, "तुम बहुत अच्छे बच्चे हो। तुमने खराब मौसम में मेरी मदद की है। बताओ, मैं तुम्हारी क्या मदद कर सकता हूँ?" इस पर जेनी बोली, "अंकल, हमारी माँ हमें छोड़कर पता नहीं कहाँ चली गई है? हम दोनों का इस दुनिया में कोई नहीं है।" लड़की की बात सुनकर परदेसी बहुत दुःखी हुआ। तभी अचानक उसे ध्यान आया कि कुछ दिन पहले उसने एक जंगल में एक औरत को रोते हुए देखा था। रोते हुए वह औरत कहती जाती थी, "प्रभु, मेरी बेटी पैरों से चल-फिर नहीं सकती और बेटा देख नहीं सकता। उन दोनों की मदद करना। हालाँकि उन दोनों के पास एक विशेष ताकत है। मेरा बेटा बहुत बलवान है और बेटी की दृष्टि बहुत तेज।" परदेसी की बात सुनकर दोनों भाई-बहन खुशी से उछल पड़े और बोले, "वह हमारी माँ ही थी!"

पर कुछ ही देर में दोनों उदास हो गए। उन्हें उदास देखकर परदेसी बोला, "क्या हुआ?" जेनी बोली, "हम अपनी माँ के पास कैसे जाएँगे? मैं चल-फिर नहीं सकती और भाई देख नहीं सकता?" इस पर परदेसी बोला, "यह कोई मुश्किल बात नहीं है। तुम दोनों एक-दूसरे का सहारा बनो।" तुम भाई की आँखें बनो और भाई तुम्हारे पैर। बस, इसके बाद तुम जो चाहो, वो पा सकते हो।" परदेसी की बातों से दोनों खुश हो गए।

अगले दिन परदेसी वहाँ से चला गया। जॉन ने कहीं से एक बैलगाड़ी का इंतजाम किया। तेज दृष्टिवाली जेनी और नेत्रहीन जॉन उसमें बैठ गए। जेनी जॉन को रास्ता बताती जाती और जॉन उसके बताए अनुसार चलता जाता।

आखिर वे परदेसी के अनुसार बताई गई झोंपड़ी के पास पहुँच गए। वहाँ पर एक बूढ़ी-सी औरत खड़ी थी। जेनी उस औरत को देखकर बोली, "कहीं यही तो हमारी माँ नहीं?" जॉन बोला, "मुझे भी ऐसा ही लगता है।" बूढ़ी औरत उनके मन की बात समझ गई और बोली, "बच्चो, मैं तुम्हारी माँ जैसी ही हूँ। आ जाओ, आज रात तुम यहीं रुक जाओ और कल अपने गंतव्य की ओर चले जाना।"

उस औरत को ऐसा देखकर जॉन बोला, "जेनी, मुझे लगता है कि रोते-रोते और अकेले रहते-रहते माँ हमें भूल गई है।"

"हाँ, मुझे भी ऐसा ही लगता है जॉन।"

इसके बाद उन्होंने अपनी बैलगाड़ी एक ओर खड़ी की और उस बूढ़ी महिला की झोंपड़ी में आ गए। बूढ़ी औरत ने उन दोनों को स्वादिष्ट खाना बनाकर खिलाया। जॉन और जेनी दोनों ने उस बूढ़ी औरत को अपनी माँ के बारे में बताया। लेकिन उसे कुछ याद नहीं आया। उनकी बातें सुनकर वह चुप रही। अचानक वह जॉन की ओर देखते हुए बोली, "क्या हुआ बेटा? तुम देख नहीं सकते क्या?" जॉन निराश होकर बोला, "हाँ, मैं देख नहीं सकता और जेनी चल नहीं सकती। इसके पैर कमजोर हैं।"

यह सुनकर बूढ़ी औरत बोली, "तुम दोनों कब तक एक-दूसरे का सहारा बनोगे? मुझे इस जंगल में रहते हुए कई साल हो गए हैं। इसी दौरान मैं जंगल की गुणकारी जड़ी-बूटियों के बारे में भी जान गई हूँ। तुम दोनों यहीं रुको। मैं ऐसी जड़ी-बूटी लाती हूँ, जिनका लेप करने से आँखें और पैर दोनों सही हो जाएँगे।"

इसके बाद वह जंगल से जड़ी-बूटी तोड़ने के लिए चली गई। जेनी बोली, "भाई, मुझे तो ध्यान नहीं माँ कैसी दिखती थी? पर शायद ऐसी ही दिखती होंगी न!" जॉन बोला, "जेनी, मैं देख नहीं सकता, पर इतना जरूर कह सकता हूँ कि यही हमारी माँ है। बस, वक्त की मार ने इसे हमारी याद भुला दी है। वह भी इसे याद आ जाएगी।"

थोड़ी देर में बूढ़ी औरत जड़ी-बूटी लेकर वापस आई। उसने उनका लेप

बनाया और जॉन की आँखों में लगा दिया। फिर उसने दूसरा लेप बनाकर उसे जेनी के पैरों में लगा दिया। कुछ देर बाद ही जॉन को धुँधला-धुँधला दिखाई देने लगा और जेनी के पैरों में शक्ति आ गई। थोड़ी देर बाद ही दोनों बिल्कुल स्वस्थ हो गए।

अगले दिन बूढ़ी औरत बोली, "बच्चो, अब तुम अपनी माँ को आराम से ढूँढ़ सकते हो।" जॉन आगे बढ़कर बोला, "माँ, हमारी माँ तो हमें मिल गई। अब हम उसके पास ही रहेंगे।" बूढ़ी औरत हैरानी से झोंपड़ी में देखती हुई बोली, "कहाँ है तुम्हारी माँ?" इस पर जेनी बूढ़ी औरत के गले से लिपटकर बोली, "यहाँ है हमारी माँ।" जेनी की बात सुनकर बूढ़ी औरत की आँखों से आँसू बहने लगे।

जेनी और जॉन ने वहीं रहना शुरू कर दिया और एक दिन सचमुच बूढ़ी औरत की याद वापस आ गई। इसके साथ ही उसे अपने जेनी और जॉन भी याद आ गए। जब उसने उन दोनों को बिल्कुल स्वस्थ पाया तो वह बोली, "प्रभु ने मेरी सारी मनोकामनाएँ पूरी कर दीं।"

इसके बाद वे वापस अपने घर लौट आए और खुशी-खुशी रहने लगे।

□

अंत भला, तो सब भला

इवानोव सेना में काम कर चुका था। वहाँ उसने अपनी जान हथेली पर रखकर शत्रुओं को पराजित किया था। जब वह युद्ध के मोरचे से घर लौटा तो उसने देखा कि उसके घर की आर्थिक स्थिति बहुत खराब हो चुकी थी। पिता की मृत्यु हो गई थी। युद्ध से लौटने के बाद इवानोव का स्वास्थ्य भी खराब रहने लगा था। एक दिन उसकी पत्नी बोली, "इवानोव, कुछ-न-कुछ तो करना होगा। यहाँ तो कोई काम नहीं है। हम यहाँ से कहीं और चलते हैं। अभी तुम पूरी तरह स्वस्थ नहीं हो तो मैं कोई काम कर लूँगी।" इवानोव पत्नी की बात मानकर गाँव से चला गया। वहाँ उसकी पत्नी ने एक दुकान पर काम करना आरंभ कर दिया। इवानोव भी शहर में स्वस्थ होने लगा था। अब वह भी काम की तलाश में इधर-उधर जाने लगा था। एक दिन वह रेलवे स्टेशन पर खड़ा था। स्टेशन मास्टर को एक ऐसे युवक की तलाश थी, जो रेललाइन के रख-रखाव का काम सँभाल सके।

उसने इवानोव को काम पर रख लिया। इवानोव पूरी ईमानदारी से काम करने लगा। उसके साथ ही वेसिली नामक युवक भी काम करता था। पर उसका इस काम में मन नहीं लगता था। इवानोव उससे बहुत बार कहता, "हमें अपने काम से प्यार करना चाहिए। जब हम काम को पूरी निष्ठा और प्रेम से करते हैं तो काम अच्छा होता है।" लेकिन वेसिली उसकी बातों को मजाक में उड़ा देता। वेसिली की एक और बहुत खराब आदत थी। वह अपने सहकर्मियों से लेकर अधिकारियों तक के व्यवहार और काम में हर वक्त

कमी निकालता रहता था। वहीं इवानोव सबसे प्रेम से बात करता था और हमेशा सबकी सहायता के लिए तैयार रहता था। जो लोग उससे ईर्ष्या करते थे, इवानोव उनसे भी नम्रतापूर्वक बात करता था। अधिकारियों व सहकर्मियों को इवानोव बेहद प्रिय था। बहुत कम समय में इवानोव ने सभी के बीच में अपने लिए एक लोकप्रिय जगह बना ली थी। हालाँकि रेललाइन के रख-रखाव का ध्यान रखना सरल काम न था। सर्दियों में तो इस काम में बहुत परेशानियों का सामना करना पड़ता था।

इवानोव जब भी वेसिली से मिलता, हमेशा उससे सकारात्मक बातें करता और कहता, "क्या हुआ हमारा काम कठिन है तो? मेहनत और अच्छे विचार हमें अवश्य सफलता पर पहुँचा देंगे।" इस पर वेसिली चिढ़कर कहता, "यह सिर्फ तुम्हारा वहम है इवानोव! इस दुनिया में केवल अमीर लोग शासन करते हैं और गरीब लोग सताए जाते हैं।" पर इवानोव उसकी बातों से कभी सहमत नहीं होता था। वह उससे कहता, "वेसिली, अपनी सोच बदलो। सोच बदल लोगे तो तुम्हारी दुनिया ही बदल जाएगी।" एक दिन अधिकारियों ने इवानोव को बुलाया और उससे बोले, "इवानोव, तुम और वेसिली एक ही स्टेशन पर मिल-जुलकर काम करते हो। लेकिन वेसिली कभी भी अपना काम ढंग से नहीं करता है, बल्कि ऐसा सुनने में आया है कि कई बार तुम्हीं उसका काम करते हो।" इवानोव बोला, "नहीं सर, ऐसा नहीं है, बल्कि वेसिली बहुत मेहनती है। उसे तरक्की मिलनी चाहिए।" इवानोव से वेसिली के बारे में ऐसी बातें सुनकर अधिकारी चकित रह गए; क्योंकि सभी सहकर्मी उसके दुर्व्यवहार और काम सही से न करने की शिकायत करते थे।

एक दिन बड़े अधिकारी ने वहाँ पर दौरा किया। उसने पाया कि वेसिली काम के समय पर लापरवाही से सोया हुआ है। अकेला इवानोव सारा काम सँभाल रहा है। उसकी इतनी बड़ी लापरवाही को देखते हुए उसे काम से निकाल दिया गया। वेसिली को लगा कि शायद इवानोव ने उसकी शिकायत की है, इसलिए उसे नौकरी से निकाल दिया गया है।

वह वहाँ से जाते-जाते इवानोव से बोला, "तुमने मेरी शिकायत करके

अच्छा नहीं किया। मैं तुमसे इसका बदला अवश्य लूँगा।" इवानोव उसकी बात सुनकर हैरानी से बोला, "वेसिली, जरूर तुम्हें कोई गलतफहमी हुई है। मैंने तुम्हारी कोई शिकायत नहीं की है।" पर वेसिली ने उसकी एक न सुनी और इवानोव के प्रति अपने मन में नफरत पाले वहाँ से चला गया।

वेसिली चुपके-चुपके इवानोव से बदला लेने की साजिश रचने लगा। इवानोव को बाँसुरी बनाने का शौक था। इसलिए वह समय मिलने पर अकसर बाँसुरी के लायक नरकुल की तलाश में तालाब की ओर चला जाता था। उस दिन भी इवानोव नरकुलों की तलाश में तालाब की ओर गया। तालाब के एक तरफ ऊँचाई से रेललाइन गुजरती थी। वहाँ दूर तक घनी झाड़ियाँ उगी हुई थीं। एकाएक अचानक इवानोव के कान में जोर से ठक की आवाज हुई। इवानोव यह आवाज सुनकर रुक गया। दोबारा से उसे आवाज सुनाई दी। इस बार उसे ऐसा प्रतीत हुआ, मानो लोहे से लोहा टकरा रहा हो। जैसे-जैसे वह आवाज की दिशा में बढ़ता जाता था, आवाज तेज होती जाती थी। फिर कुछ देर में सब ओर सन्नाटा छा गया। आवाज थम गई। इवानोव रेललाइन के पास पहुँचा तो यह देखकर उसके होश उड़ गए कि एक जगह से रेल पटरी उखड़ी हुई थी। तभी उसने देखा कि वेसिली वहाँ से जा रहा था। इवानोव को यह समझते देर न लगी कि यह वेसिली की शरारत है। पर इस समय यह सब सोचने का वक्त नहीं था! इवानोव के पास समय कम था। थोड़ी ही देर में रेल वहाँ से गुजरने वाली थी और सैकड़ों जिंदगियाँ दाँव पर थीं। इस समय रेल पटरी को अपनी जगह फिट करने का समय न था, न ही साधन थे। उसने तुरंत अपनी कमीज उतारी और नरकुलों पर उसे झंडे की तरह बाँध दिया। फिर वह उसे हिलाता हुआ रेललाइन की ओर दौड़ पड़ा। कुछ पल बाद इंजन की सीटी गूँजी और पहियों की धड़-धड़ गूँजने लगी। इवानोव कमीज को झंडे की तरह हिलाता हुआ दौड़ा जा रहा था। साथ ही वह यह भी बोल रहा था, "गाड़ी रोको, आगे लाइन टूटी हुई है।" तभी वह लड़खड़ाकर रेललाइनों के बीच गिर पड़ा और बेहोश हो गया।

कुछ देर बाद उसके कानों में आवाज गूँजी, "इवानोव, इवानोव कैसे

हो? सब ठीक है?" उसने अपने सामने वेसिली को खड़े पाया। उसकी नजर रेललाइन पर गई तो देखा कि रेलगाड़ी रुकी हुई थी और यात्री डिब्बों से उतरकर वहाँ जमा हो गए थे। इंजन ड्राइवर बता रहा था कि 'आज यदि इवानोव और वेसिली वहाँ नहीं होते तो न जाने क्या होता!' इवानोव ने हैरानी से वेसिली की ओर देखा तो पाया कि वेसिली की आँखें पश्चात्ताप से गीली थीं।

कुछ देर बाद भीड़ वहाँ से छँट गई। वेसिली ने इवानोव को सहारा देकर उठाया। इवानोव उससे बोला, "वेसिली यह क्या चक्कर है?" वेसिली रुँधे गले से बोला, "इवानोव, मैं दोषी हूँ, मुझे सजा मिलनी चाहिए। मैं रेल की पटरी उखाड़कर जा रहा था कि तभी मुझे सहकर्मी येरू मिला। वह मुझसे बोला, 'वेसिली, इतने दिनों तक इवानोव जैसे देवता पुरुष के साथ रहकर तुमने कुछ नहीं सीखा, जबकि मैं इवानोव की सच्चाई, विचार और मेहनत का कायल हो गया हूँ। उसने कभी भी तुम्हारी शिकायत नहीं की। यहाँ तक कि उसने बड़े अधिकारियों से हमेशा तुम्हारे काम की प्रशंसा की। वह तो बड़े अधिकारी ने तुम्हें ड्यूटी पर सोते हुए पकड़ा और नौकरी से निकाल दिया। बस, इसके बाद मैं और नहीं सुन पाया और तुम्हारी ओर भाग चला। मैंने देखा कि तुम थककर रेल की पटरियों के बीच गिर गए थे और गाड़ी रफ्तार से आ रही थी। मैंने नरकुल में लिपटी कमीज को पकड़ा और उसे लेकर आगे बढ़ चला। ईश्वर ने मेरा साथ दिया और कोई नुकसान नहीं पहुँचा।" उसकी यह बात सुनकर इवानोव उसे गले से लगाते हुए बोला, "वेसिली, जब जागो, तभी सवेरा, अंत भला तो सब भला! अब किसी से कुछ न कहना।" तभी बड़े अधिकारी वहाँ पर आए और उन्होंने दोबारा से वेसिली को काम पर बहाल कर दिया। अब वेसिली बिल्कुल बदल गया था। और हाँ, इसी बीच इवानोव और वेसिली दोनों गहरे दोस्त बन गए थे।

□

वह हार

मैथीड एक बहुत सुंदर युवती थी। वह बहुत ऐशो-आराम से रहना चाहती थी, लेकिन उसके पास इतना रुपया नहीं था। मैथीड को तरह-तरह के वस्त्र और गहने बहुत आकर्षित करते थे। वह जब भी कोई अच्छी सी पोशाक धारण कर लेती थी तो बेपनाह सुंदरी लगती थी। लेकिन अफसोस कि उसके पास अच्छी पोशाक बहुत कम थीं। उसके पति मोजेल एक ऑफिस में क्लर्क थे। उसका वेतन बहुत अधिक नहीं था।

एक दिन शाम को मोजेल बहुत खुश-खुश ऑफिस से लौटा। वह मैथीड को खुश करने का कोई भी मौका नहीं छोड़ना चाहता था। वह मैथीड के हाथ में एक निमंत्रण-पत्र थमाते हुए बोला, "मैथीड, यह एक बहुत ही विशेष नृत्य समारोह का निमंत्रण है। यह निमंत्रण केवल चुनिंदा अधिकारियों और कर्मचारियों को दिया गया है। मैं भी उनमें से एक हूँ।"

यह सुनकर मैथीड गुस्से से निमंत्रण-पत्र को पढ़कर एक ओर फेंकती हुई बोली, "मुझे इसका क्या करना है? तुमने यह सोचा है कि इतने बड़े समारोह में मैं पहनकर क्या जाऊँगी? मेरे पास तो एक भी ढंग की पोशाक नहीं है।"

इस पर मोजेल उसे मनाता हुआ बोला, "तुम तो अप्सरा लगती हो। तुम जो भी पोशाक धारण कर लोगी, उसमें अप्सरा ही लगोगी। यह तो बहुत छोटी सी बात है। इसमें इतना गुस्सा करनेवाली कोई बात नहीं।"

मैथीड बहुत गुस्से में थी। वह बोली, "मेरे पास गहने भी तो नहीं

हैं।" इस पर मोजेल फिर मुसकराते हुए बोला, "अरे, तुम्हारी सादगी और खूबसूरती तुम्हारा सबसे बड़ा गहना है।" मोजेल की बातें सुनकर मैथीड का गुस्सा सातवें आसमान पर चला गया। वह बोली, "तुम मेरे लिए सुविधाएँ तो जुटा नहीं सकते, बस, ऐसी हवाई बातें करके मेरा मन बहलाते रहते हो।" मैथीड की बातें सुनकर मोजेल चुप हो गया। मैथीड बोली, "अगर मेरे पास नृत्य समारोह के लिए अच्छी पोशाक नहीं आई तो मैं वहाँ नहीं जाऊँगी।" यह सुनकर मोजेल रुआँसा होकर बोला, "ठीक है तो इतना नाराज क्यों होती हो? बताओ, तुम्हारी नई पोशाक कितने पैसों में आएगी?" मैथीड बोली, "कम-से-कम चार सौ फ्रैंक (फ्रांस की मुद्रा) तो लग ही जाएँगे।" यह सुनकर मोजेल का चेहरा उतर गया। उसने चार सौ फ्रैंक बंदूक खरीदने के लिए रखे हुए थे। लेकिन फिर भी वह तैयार हो गया और बोला, "ठीक है, मेरे पास चार सौ फ्रैंक हैं। तुम उनसे अपनी पोशाक खरीद लेना।" मैथीड उनसे पोशाक खरीद लाई। पर एक दिन वह फिर उदास सी बैठी थी। मोजेल ऑफिस से आकर उसे देखकर बोला, "क्या बात है? मैथीड, अब तो तुम्हारे पास पोशाक भी है। कल नृत्य समारोह है। तुम कोई तैयारी क्यों नहीं कर रही?" इस पर मैथीड बोली, "मैं कल नृत्य समारोह में नहीं जाऊँगी। मेरे पास पहनने के लिए गहने नहीं हैं।" मोजेल बोला, "अरे, इसमें इतना परेशान होने की क्या बात है? तुम्हारी पक्की सहेली फोरेस्तीयर के पास तरह-तरह के गहने हैं, तुम उससे कोई गहना कल के लिए माँग लो।" यह सुनकर मैथीड उछलते हुए बोली, "अरे वाह! यह ध्यान तो मुझे आया ही नहीं।" इसके बाद वह भागी-भागी फोरेस्तीयर के पास गई और उससे अपने सबसे सुंदर गहने दिखाने के लिए कहा। फोरेस्तीयर ने उसके पास एक से एक गहने रख दिए, लेकिन उसे कोई पसंद नहीं आया। वह बोली, "फोरेस्तीयर तुम्हारे पास इसके अलावा और कोई गहना नहीं है?" फोरेस्तीयर बोली, "एक और है। एक मिनट रुको।" फिर वह एक डिब्बा लेकर आई। मैथीड ने उस डिब्बे को खोला तो उसमें रखे हीरे के हार को देखकर वह दंग रह गई। बहुत ही कलात्मक और सुंदर हीरे का हार उसमें रखा हुआ था। वह बोली, "डियर फोरेस्तीयर, मुझे

कल के लिए यही हार चाहिए। मैं कार्यक्रम से वापस लौटकर तुम्हें दे दूँगी।" फोरेस्तीयर ने खुशी-खुशी उसे हार पकड़ा दिया। अगले दिन वह समारोह में नई पोशाक के साथ उस हार को पहनकर वहाँ सबसे सुंदर लग रही थी। सब उसकी सुंदरता को देखकर मुग्ध थे।

कार्यक्रम से लौटकर अचानक मैथीड का हाथ अपने गले पर गया तो वह दंग रह गई। हार गायब था। वह मोजेल से बोली, "हार कहाँ गया?" मोजेल भी यह देखकर परेशान हो गया। वह बोला, "कहीं समारोह में तो नहीं गिर गया?" मैथीड और मोजेल ने उस हार को ढूँढ़ने की बहुत कोशिश की, लेकिन वह नहीं मिला। अब तो मैथीड का बुरा हाल हो गया। मोजेल उसे सांत्वना देता हुआ बोला, "तुम फोरेस्तीयर को कह दो कि हार टूट गया है, उसे जुड़वाने के लिए दिया है। तब तक हम वैसा नया हार खरीद लेंगे।" इस पर मैथीड बोली, "पर असली हीरों का हार तो बहुत महँगा आएगा?" मोजेल बोला, "अब तुमने हार लिया था तो लौटाना तो पड़ेगा।" इसके बाद उन दोनों ने ढेर सारा कर्ज लेकर बिल्कुल वैसा ही हीरों का हार उन्हें लौटा दिया। वह हार चालीस हजार फ्रैंक का था।

इसी बीच दस साल बीत गए। हीरों के हार का कर्ज लौटाते-लौटाते मैथीड और मोजेल दोनों ही बूढ़े से दिखने लगे।

एक दिन जब मोजेल कहीं जा रही थी तो रास्ते में उसे फोरेस्तीयर नजर आई। उसने उसे आवाज लगाई। फोरेस्तीयर बोली, "माफ करना, मैंने तुम्हें पहचाना नहीं।" मैथीड बोली, "मैं तुम्हारी सहेली मैथीड हूँ।" उसे देखकर फोरेस्तीयर हैरानी से बोली, "अरे, यह तुम्हारी कैसी हालत हो गई है? तुम तो पहचान में भी नहीं आ रही। तुम कितनी बूढ़ी हो गई हो?" इस पर मैथीड बोली, "मेरी यह हालत तुम्हारे कारण हुई है।" फोरेस्तीयर हैरानी से बोली, "मेरे कारण! भला कैसे?" मैथीड बोली, "तुम्हारा हीरों का हार मुझसे खो गया था। फिर मैंने वैसा ही हार तुम्हें खरीदकर लौटाया।" इस पर फोरेस्तीयर आश्चर्य से उसे देखती हुई बोली, "मैथीड, काश, यह बात तुमने मुझे बता दी होती तो तुम्हें अपनी जिंदगी के दस साल बरबाद न करने पड़ते! अरे, वह

हार तो नकली था। मात्र पाँच सौ फ्रैंक का।" अब हैरान होने की बारी मैथीड की थी। वह वहीं अपने सिर पर हाथ रखकर बैठ गई और सोचने लगी कि वह कितनी बड़ी मूर्ख थी, जो दूसरों के गहनों और कपड़ों के पीछे भागती रही और अपने बेशकीमती वर्षों को उसने इनकी भेंट चढ़ा दिया!

□

बुद्धिमान मू

बहुत पुरानी बात है। एक गाँव में एक बुढ़िया अपने बेटे के साथ रहती थी। वह बहुत मूर्ख था। सभी बच्चे उसे मू...मू...कहकर चिढ़ाते थे। हालाँकि सच यह था कि मू मूर्ख नहीं था, बल्कि सीधा-सादा था और सीधे व्यक्ति को लोग अकसर मूर्ख ही कहते हैं। बुढ़िया को इस उम्र में भी खुद काम करना पड़ता था। यदि वह उससे कोई काम कहती तो वह उसमें हमेशा गड़बड़ कर देता था। एक दिन बुढ़िया ने उसे कुछ रुपए देकर कुल्हाड़ी खरीदने के लिए भेजा और उसे समझाते हुए बोली, "मू...जब भी कोई वस्तु खरीदो, यह जरूर देख-परख लेना कि वह पुरानी न हो। कई बार धो-पोंछकर रखने से भी पुरानी वस्तु नई सी लगने लगती है।" मू ने माँ की बात सुनी और एक दुकान से अच्छी सी कुल्हाड़ी खरीद ली। रास्ते में उसे नदी नजर आई। तुरंत उसे अपनी माँ की यह बात याद आई कि माँ ने कहा था कि धो-पोंछने से वस्तु नई जैसी हो जाती है। यह सोचकर उसने अपनी कुल्हाड़ी पानी में डुबो दी और उसे बहुत देर तक पानी में डुबोए रखा। इससे कुल्हाड़ी का लकड़ी का हत्था सील गया।

मू ने घर पहुँचकर कुल्हाड़ी अपनी माँ के सामने रखते हुए कहा, "माँ, देखो मैं कुल्हाड़ी धो-पोंछकर ले आया।" माँ मू की मूर्खता देखकर अपना माथा पकड़कर बैठ गई। इसके बाद एक दिन उसने बेटे को ढेर सारी छोटी-छोटी कीलें लाने के लिए कहा। माँ बोली, "बेटा, कीलों को सँभालकर लाना। उस दिन कुल्हाड़ी लाते समय तुमने बहुत शरारत की थी। तुम कुल्हाड़ी को

घास-पात में रखकर ला सकते थे।" मू ने माँ की बात ध्यान से सुनी। इस बार उसने कीलों को खरीदा और एक बड़ी सी घास की टोकरी लेकर उसमें सारी छोटी-छोटी कीलें फैला दीं।

वह माँ के पास जाकर बोला, "माँ, देखो इस बार कीलों को मैं घास में रखकर लाया हूँ।" घास में ढेर सारी छोटी-छोटी कीलों को उलझा देखकर माँ ने अपना सिर धुन लिया।

कुछ दिन बाद माँ बोली, "बेटा, आज मैं तुम्हें मक्खन और घी से मिलाकर बनाई गई मिठाई खिलाऊँगी। पर इस बार तुम कोई गलती न करना और उन्हें सँभालकर लाना। पिछली बार तुम कीलें घास में मिलाकर लाए थे, जबकि तुम्हें उन्हें किसी कपड़े में बाँधकर लाना चाहिए था।"

माँ की बात सुनकर मू मक्खन और घी खरीदने चल दिया। माँ ने उसे मक्खन और घी के लिए बरतन दिए थे। दुकान से तो उसने उन्हें बरतन में डलवाया। पर फिर माँ की यह बात याद आई कि कपड़े में बाँधकर लाने से सामान सही-सलामत आता है। यह सोचकर उसने मक्खन और घी दोनों को एक अलग-अलग कपड़े में बाँध लिया और खुश होता हुआ घर पहुँचा।

घर पहुँचने पर माँ ने देखा कि पतले कपड़े में से मक्खन और घी रिस-रिसकर निकल चुका था। अब तो माँ का गुस्सा सातवें आसमान पर था। वह बेचारी फिर अपना सिर धुनती रह गई। उधर सीधा-सादा मू यह नहीं समझ पाता था कि वह हर बार सौदा खरीदते समय माँ की बातों का पालन करता था, फिर गलती कहाँ हो जाती थी?

कुछ दिन बाद माँ ने एक बकरी मू को थमाते हुए कहा, "जाओ, इसे बाजार में बेच आओ, और हाँ, इसका दाम दो बार लगाना। अगर कोई पहली बार में दाम बताए तो उस दाम पर हरगिज न बेचना।"

मू माँ की बात मानकर उसे बाजार बेचने चल दिया। रास्ते में उसे एक व्यक्ति मिला। उसे बकरी की जरूरत थी। उसने मू से बकरी बेचने के लिए कहा। मू बोला, "दाम बताओ।" व्यक्ति बोला, "मैं तुम्हें इस बकरी के सौ रुपए दूँगा।" इस पर मू को माँ की बात याद आई। वह बोला, "तुम इसका

दोबारा दाम लगाओ।" दोबारा दाम की बात से व्यक्ति को मजाक सूझा और वह बोला, "ठीक है, मैं इसका दोबारा दाम तीस रुपए लगाता हूँ।" यह सुनकर मू बकरी की रस्सी उसके हाथ में थमाते हुए बोला, "हाँ, दूसरा दाम ठीक है। यह लो, बकरी तुम्हारी हुई।" इस पर व्यक्ति समझ गया कि मू मूर्ख है। उसने जल्दी से तीस रुपए उसके हाथ में थमाए और बकरी लेकर चलता बना। घर आकर मू ने यह बात माँ को बताई तो माँ फिर बहुत परेशान हुई। उसे समझ नहीं आ रहा था कि मू को कैसे अकल सिखाए? इधर मू भी परेशान कि माँ के अनुसार काम करने पर भी वह गलत कैसे हो जाता है? वह रोज अकसर अकेले में इन बातों को सोचता। सोचते-सोचते और लोगों से वास्ता पड़ने से अब उसे धीरे-धीरे सही-गलत की पहचान होने लगी थी।

कुछ दिन बाद माँ ने एक गाय उसे थमाई और बोली, "बेटा, इस बार इसके दाम दोबारा न लगाकर चढ़ाते जाना। दाम जब ज्यादा ऊपर चढ़ जाए, तब गाय को बेचना।" मू ने माँ की बात पर गरदन हिलाई और गाय को लेकर बाजार में चला गया। वहाँ इस बार भी उसे वही व्यापारी मिला, जो बकरी खरीदकर ले गया था। वह मू को देखते ही पहचान गया और इस बार उससे गाय हथियाने की तरकीब भिड़ाने लगा। इधर मू में भी अब समझदारी आ गई थी। वह भी व्यापारी को पहचान गया। उसने भी उसे इस बार चतुराई से पछाड़ने की ठान ली। वह उसके सामने मूर्ख बना रहा। व्यापारी उससे बोला कि तुम मुझे गाय बेच दो। मू बोला, "ठीक है, इसके दाम बताओ।" व्यापारी बोला, "मैं तुम्हें इसके दो सौ रुपए दूँगा।" मू बोला, "नहीं, दाम और चढ़ाओ।" यह सुनकर व्यापारी एक सीढ़ी उठा लाया। सीढ़ी से कैसे दाम लगेंगे? यह देखकर वहाँ लोगों की भीड़ जुट गई। व्यापारी सबके सामने बोला, "मू, कह रहा है कि मैं दाम चढ़ाऊँ। मैं आपके सामने दाम चढ़ा रहा हूँ।" इसके बाद वह मू की ओर देखकर बोला, "अब तुम बोलते जाना कि कितने दाम चढ़ाऊँ? इसके बाद वह नीचे वाली सीढ़ी से बोला, "सौ···" मू बोला, "और चढ़ाओ।" व्यापारी अगली सीढ़ी पर चढ़कर बोला, "नब्बे।" इस तरह वह आखिरी सीढ़ी पर जाकर बोला, "दस।" अब मू बोला, "ठीक

है, तुमने दाम दस रुपए चढ़ा दिए। गाय तुम्हारी हुई। दस रुपए दो और गाय ले लो। लेकिन तुम्हें दाम उतारने के रुपए देने पड़ेंगे, नहीं तो सीढ़ी के ऊपर ही रहोगे।" यह सुनकर व्यापारी हैरान रह गया। वह बोला, "अरे, मैं ऊपर क्यों रहूँगा?'' इस अजीब से सौदे को देखने के लिए वहाँ भीड़ बढ़ती जा रही थी। मू सबसे बोला, "मैंने इससे कहा था कि तुम दाम चढ़ाओ। यह सीढ़ी पर चढ़कर दाम चढ़ाने लगा। इसने मुझे दाम चढ़ाने के रुपए देने को कहा है। दाम तभी चढ़े, जब यह सीढ़ी से ऊपर गया। अब यह नीचे आएगा तो दाम उतरते जाएँगे। सौदा हम दोनों का है। अब जब दाम इसने अपनी मरजी से सीढ़ी पर रखकर चढ़ाए तो मैं इसे मुफ्त में उतरने क्यों दूँ? जैसे ही यह हर सीढ़ी से नीचे उतरेगा, वैसे ही दाम भी उतरेंगे और यह उन उतरे हुए दामों का जोड़ मुझे देगा।" अब लोग समझ गए कि व्यापारी ने मू को ठगने के लिए यह सौदा किया था। लेकिन मू की बुद्धिमत्ता से पासा पलट गया। लोग बोले, "व्यापारी, तुम्हें मू की बात माननी चाहिए। तुम सीढ़ी लेकर खुद बोलते हुए दाम चढ़ाते रहे। अब उतरोगे तो उसके दाम भी तो देने ही पड़ेंगे।" व्यापारी अपने ही जाल में फँस गया। मरता क्या न करता, उसने हामी भरी और नीचे उतरकर मू के हाथों में 490 रुपए पकड़ा दिए। इस तरह मू इस बार बेहद लाभ का सौदा लेकर लौटा और अपनी बूढ़ी माँ को सारी बात बताई। बूढ़ी माँ ने इस बार मू को गले लगाया और बोली, "पर बेटा, तेरे अंदर इतनी अक्ल कहाँ से आई?" मू बोला, "माँ वक्त और लोगों की मार देखकर।" मू की इस बात पर बूढ़ी माँ की आँखों से आँसू निकलने लगे और वह उसे आशीर्वाद देते हुए बोली, "बेटा, अब तू जीवन में कभी मार नहीं खाएगा।" इसके बाद मू को सब मूर्ख नहीं, बल्कि 'बुद्धिमान मू' कहकर पुकारने लगे।

□

खरगोश की चतुराई

बहुत पुरानी बात है। तब सभी जानवर आपस में मित्र हुआ करते थे। वे एक-दूसरे से बातें करते थे और मिल-जुलकर सुख से रहते थे। एक दिन हाथी और व्हेल मछली आपस में बातें कर रहे थे। हाथी बोला, "इस दुनिया में तरह-तरह की बातें हैं, तरह-तरह के लोग हैं, रंग-बिरंगे पेड़-पौधे हैं, लेकिन हम दोनों जैसा कोई नहीं। तुम और मैं ताकतवर और बड़े दोनों ही हैं। मुझे तो नहीं लगता कि हमसे ताकतवर भी कोई है।" वहीं बैठा एक नन्हा खरगोश उनकी बातें सुन रहा था। उनकी बातें सुनकर वह स्वयं से बोला, 'क्या केवल बड़ा शरीर होने से ही ताकतवर बना जा सकता है? मुझे तो यह लगता है कि बुद्धि का प्रयोग करने से ताकत की अधिक पहचान होती है। मैं इन दोनों को बता दूँगा कि केवल शरीर बड़ा होने से ही ताकतवर नहीं बना जाता।' इसके बाद उसने निर्णय किया कि वह अपनी बुद्धि का प्रयोग करेगा और व्हेल व हाथी दोनों को यह बताएगा कि वह उनसे ज्यादा ताकतवर है।

अगले दिन वह एक बड़ी सी रस्सी लेकर हाथी के पास पहुँचा और हाथी से बोला, "तुम्हें यह लगता है कि तुम सबसे ताकतवर हो।" हाथी बोला, "बेशक, इसमें शक क्या है?" खरगोश बोला, "शर्त लगा लीजिए, मैं आपसे ज्यादा ताकतवर हूँ।" हाथी को नन्हे खरगोश की यह बात पसंद नहीं आई। वह बोला, "ठीक है, शर्त लगा लो, पर तुम तो हारे हुए बैठे हो। हारोगे तुम ही।" यह कहकर हाथी हँसने लगा। खरगोश बोला, "गजराज, पहले मुझे हार तो जाने दीजिए। उसके बाद जी खोलकर हँसिएगा।" यह सुनकर हाथी

के दाँत अंदर चले गए और वह चुप हो गया।

इसके बाद खरगोश हाथी को रस्सी का एक सिरा पकड़ाते हुए बोला, "तुम इसे पकड़ो। मैं इसका दूसरा सिरा लेकर दूसरे किनारे पर जाऊँगा। यदि मैं तुम्हें समुद्र तक खींचकर ले गया तो मैं जीता और यदि तुम मुझे अपनी ओर खींच लाए तो तुम जीते।" यह सुनकर हाथी जोर से हँसते हुए बोला, "अरे, तुम तो इंच भर भी मुझे नहीं खिसका सकते और बात करते हो समुद्र के किनारे तक खींचने की। ठीक है, तुम्हारी यही इच्छा है तो यही सही।" हाथी की सहमति लेकर खरगोश ने रस्सी उसके चारों ओर बाँध दी। फिर वह उसका दूसरा सिरा पकड़कर बोला, "मैंने निगरानी के लिए चिड़िया को पेड़ पर बैठाया है। वह जब हम दोनों को तैयार देख लेगी तो शंख बजाकर इशारा करेगी, तब हम रस्सी खींचना शुरू करेंगे।" हाथी उसकी बात मान गया। इसके बाद वह रस्सी को समुद्र की ओर ले गया। वहाँ उसने व्हेल को आवाज लगाई। व्हेल बाहर आकर बोली, "क्या बात है मित्र? आज मेरी याद कैसे आई?" खरगोश बोला, "कुछ खास नहीं। बस यही कहने आया हूँ कि मैं तुमसे ज्यादा ताकतवर हूँ। यदि तुम्हें यकीन न हो तो मेरे साथ शर्त लगाकर देख लो।" व्हेल खरगोश की इस बात पर बोली, "अरे, तुम पिद्दी से तो हो और अपने आपको मुझसे अधिक ताकतवर बता रहे हो। ठीक है, मैं शर्त लगाती हूँ। बताओ, मुझे क्या करना होगा?" खरगोश रस्सी का दूसरा सिरा उससे बाँधते हुए बोला, "यदि मैं तुम्हें इस रस्सी से खींचकर धरती की ओर ले आया तो मैं जीता और यदि तुम मुझे समुद्र के पास खींचते हुए ले आई तो तुम जीती।" व्हेल भी उसकी बात सुनकर हँसते हुए बोली, "अरे, यह तो मेरे लिए चुटकी बजाने वाली बात है।" वह रस्सी खींचने ही वाली थी कि खरगोश बोला, "थोड़ा धैर्य रखिए। मुझे भी तो तैयार होने का अवसर दीजिए। मैंने चिड़िया को बोला हुआ है कि जब हम दोनों तैयार हो जाएँ तो वह शंख बजा दे। उसके शंख बजाते ही हम रस्सी की खींचातानी शुरू करेंगे।" व्हेल तैयार हो गई। अब खरगोश आराम से एक पहाड़ के पीछे छिप गया और वहाँ पहुँचकर उसने शंख बजा दिया। उसके शंख बजाते ही हाथी और व्हेल, रस्सी

को पूरी ताकत से अपनी-अपनी ओर खींचने लगे। दोनों ही इस भूल में बैठे थे कि हल्के से खरगोश को एक ही वार में नाकों चने चबवा देंगे। पर यहाँ तो वे खुद ही नाकों चने चबाने पर मजबूर हो गए। हाथी समुद्र से रस्सी में बँधी व्हेल को अपनी ओर खींचता और व्हेल धरती पर बँधे हाथी को अपनी ओर खींचती। इसी खींचातनी में रस्सी कमजोर पड़ गई और वह टूट गई। रस्सी के टूटते ही दोनों दूर जाकर गिरे।

इसके बाद खरगोश पर्वत के पीछे से आया और हाथी से बोला, "क्यों गजराज, अब हँसकर कहिए कि कौन ताकतवर है?" गजराज मुँह लटकाकर बोला, "भई, मैं मान गया कि तुम मुझसे ज्यादा ताकतवर हो।" इसके बाद वह व्हेल मछली के पास पहुँचा। व्हेल अभी भी अपने शरीर पर पड़े रस्सी के निशानों को सहला रही थी। खरगोश मुसकराकर बोला, "चुटकी बजाते ही रस्सी टूट गई न!" यह सुनकर व्हेल नीचे मुँह झुकाते हुए बोली, "खरगोश भाई, मैं मान गई कि तुम मुझसे अधिक ताकतवर हो।"

कहा जाता है कि उसी रस्साकशी की वजह से हाथी समुद्र में नहीं जाते और व्हेल मछली धरती की ओर नहीं जाती। हाँ, पर एक बात तय हो गई कि खरगोश की बुद्धिमत्ता का सभी ने लोहा मान लिया। यही कारण है कि आज भी उसे सबसे बुद्धिमान जानवर माना जाता है।

□

अद्भुत बाग

बहुत समय पहले कजाकिस्तान में दो गरीब मित्र रहते थे। हसन किसान था और हुसैन भेड़ें पालकर अपना गुजारा करता था। हसन की एक रूपवती बेटी थी हुस्ना और हुसैन का एक बहादुर व आज्ञाकारी बेटा था हेमल। एक बार हुसैन पर मुसीबतों का पहाड़ टूट पड़ा। स्तेपी में महामारी फैलने से उसकी सारी भेंड़ें मर गईं। जब उसके पास कुछ न बचा तो वह हसन के पास गया और बोला, "मित्र, अब तो मैं भूखा मर जाऊँगा। इसलिए मरने से बेहतर है कि मैं कहीं और जाकर काम करूँ।" इस पर हसन उसे गले लगाता हुआ बोला, "कैसी बातें करते हो मित्र? मेरे होते हुए तुम्हें ऐसा सोचना भी नहीं चाहिए। आज से मेरी आधी जमीन तुम्हारी हुई। तुम उस पर खेती करो।" हसन ने पल भर में अपनी आधी जमीन हुसैन के नाम कर दी। इसके बाद हुसैन अपने बेटे के साथ उस पर खेती करने लगा। एक दिन जब वह खेती कर रहा था तो खेत गोड़ते समय उसकी कुदाल से खनखनाहट की आवाज हुई। हुसैन ने जल्दी से वहाँ से मिट्टी हटाई तो देखा कि वहाँ पर सोने की मुहरों से भरा एक मटका था। हुसैन ने उस मटके को निकाला और उसे लेकर हसन के पास गया। वह उससे बोला, "मित्र, मुझे तुम्हारी जमीन में यह सोने की मुहरों से भरा मटका मिला है। इसे आप रखिए। यह आपका है।" उसकी बात सुनकर हसन मुसकराते हुए बोला, "मित्र, जब जमीन तुम्हारी है तो सोना भी तुम्हारा ही है। इस पर तुम्हारा ही हक है।" दोनों ही मित्र उस सोने को रखने को तैयार नहीं थे।

आखिर हसन और हुसैन दोनों ने यह निश्चय किया कि उनके बेटे और बेटी का विवाह कर दिया जाए और सोने की मुहरों से भरा घड़ा उन्हें उपहारस्वरूप दे दिया जाए। हुस्ना और हेमल यह खबर सुनकर बहुत खुश हुए। दोनों ही एक-दूसरे को बहुत पसंद करते थे। उन दोनों का विवाह हो गया, लेकिन मुहरों से भरे घड़े को उन्होंने भी नहीं लिया।

हुस्ना बोली, "हम इस घड़े को ज्ञानी के पास ले जाते हैं। वही इसका उचित फैसला करेंगे कि क्या किया जाए?" इसके बाद चारों उस घड़े को लेकर ज्ञानी के तंबू के पास पहुँच गए। उसका तंबू स्तेपी के बीचोबीच बना हुआ था। ज्ञानी का एक शिष्य बहुत होशियार था। ज्ञानी ने अपने उस शिष्य से पूछा, "तुम बताओ कि इस मुहरों से भरे घड़े का क्या करना चाहिए?" शिष्य बोला, "महाराज, मेरी दृष्टि से तो इन मुहरों से वीरान स्तेपी में एक छायादार बाग लगवा देना चाहिए, ताकि थके-हारे लोग वहाँ आराम कर सकें और उसके फलों को ग्रहण कर सकें।"

शिष्य की बात सुनकर ज्ञानी ने उसे गले से लगा लिया और उन मुहरों को उसे देते हुए कहा, "जाओ, फौरन इस काम को अंजाम दो।" शिष्य अपने गुरु की आज्ञा का पालन करने के लिए मुहरों को अपने साथ लेकर चल पड़ा। रास्ते में उसने देखा कि पक्षियों की मर्मभेदी चीखें पूरे वातावरण को गुंजायमान कर रही हैं। उसने पक्षियों की चीख की दिशा में अपने कदम बढ़ाए तो यह देखकर दंग रह गया कि वहाँ पर एक काफिले ने ऊँटों पर तरह-तरह के रंग-बिरंगे पक्षियों को पकड़कर बाँधा हुआ था। कई पक्षियों के पंख मुक्ति पाने की आस में टूटकर बिखर गए थे, तो कई पक्षी मरणासन्न से ऊँटों से बँधे हुए थे।

शिष्य से पक्षियों का करुण आर्त्तनाद देखा न गया। वह ऊँटों के काफिले के सरदार के पास जाकर बोला, "आप इन सुंदर पक्षियों को इतना कष्ट क्यों दे रहे हैं? इन्हें छोड़ दीजिए।" यह सुनकर काफिले का सरदार बोला, "हम इन पक्षियों को एक नवाब के महल में ले जा रहे हैं। उन्हें इन पक्षियों का गोश्त बहुत पसंद है। वह नवाब इन पक्षियों के बदले हमें पाँच

सौ स्वर्ण मुद्राएँ देगा।" यह सुनकर शिष्य बोला, "अगर मैं तुम्हें इन पक्षियों के एवज में पाँच सौ से अधिक स्वर्ण मुद्राएँ दे दूँ तो क्या तुम इन पक्षियों को मुक्त कर दोगे?" सरदार बोला, "बिल्कुल, मुझे तो स्वर्ण मुद्राओं से मतलब है। वे तुम दो या नवाब। अगर पाँच सौ से अधिक स्वर्ण मुद्राएँ तुम मुझे दे दोगे तो मैं इन पक्षियों को अभी मुक्त कर दूँगा।" सरदार की बात सुनते ही शिष्य ने अपनी पोटली में बँधी मुद्राएँ उनके सामने उलट दीं। काफिले का सरदार इतनी सारी स्वर्ण मुद्राओं को देखकर दंग रह गया। उसने मुद्राएँ लेकर पक्षियों को आजाद कर दिया और वहाँ से चल दिया। काफिल के वहाँ से जाने के बाद पक्षी आकाश में उड़ने लगे। एकदम सारे पक्षियों से आकाश भर गया। यह देखकर शिष्य खुशी से पुलकित हो उठा। लेकिन उसकी खुशी थोड़ी देर में ही हवा हो गई और वह उदास सा माथे पर हाथ रखकर बैठ गया। जिन मुद्राओं का प्रयोग वह बाग बनाने के लिए लाया था, वे तो सारी हाथ से निकल गई थीं। अचानक एक चिड़िया की नजर शिष्य पर पड़ी। अपने मुक्तिदाता को परेशान देखकर वह रंग-बिरंगी चिड़िया उसके पास आई और उसकी उदासी का कारण पूछा। शिष्य ने उसे सारी बात बता दी। सारी बात जानकर चिड़िया बोली, "तुम उदास मत होओ। बाग अभी भी बनेगा और वह इतना बढ़िया बाग होगा कि उसके मुकाबले का दूसरा बाग कभी नहीं बन पाएगा।"

इसके बाद उसने सभी पक्षियों को इकट्ठा किया और वे स्तेपी के सुनसान मार्ग की ओर चल पड़े। वहाँ पक्षियों ने अपने पंजों से छोटे-छोटे गड्ढे खोद दिए और उनमें अपनी चोंच से बीज डालकर उन्हें मिट्टी से भर दिया।

कुछ ही समय बाद चिड़ियों के खोदे हर गड्ढे से हरे-हरे अंकुर फूटने लगे। वे निरंतर ऊँचे होते गए और कुछ ही समय बाद वहाँ एक ऐसा सुंदर बाग बन गया, जिसको देखते ही सब दाँतों तले अँगुली दबा लेते थे। उस बाग में हर रंग के फूल और फल थे।

कुछ ही समय बाद वह बाग दूर-दूर तक बहुत प्रसिद्ध हो गया। उस

बाग में राहगीर आते और वहाँ के फल खाकर छाया में विश्राम कर आगे बढ़ जाते। अब उस बाग का नाम 'छायादार रंगीन बाग' पड़ गया था।

इस प्रकार शिष्य की दयालुता और हसन व हुसैन की ईमानदारी से दुनिया को एक अद्‌भुत बाग मिल गया था।

□

युगांडा

टोगो की बुद्धिमानी

उन दिनों विक्टोरिया झील के तट पर छोटे-छोटे कबीले बसे हुए रहते थे। इन कबीलों में रहनेवाले लोग बहुत मेहनती और कर्मठ थे। ये कबीलाई लोग मुख्य रूप से खेती और पशुपालन करते थे। ऐसा ही एक कबीला एंटेबे क्षेत्र में बसा हुआ था। इस कबीले के मुखिया का बेटा टोगो बहुत बुद्धिमान था। वह अकसर अपने पशुओं को चराने के लिए जंगल में ले जाया करता था।

टोगो को बाँसुरी बजाना बहुत पसंद था। वह अकसर बाँसुरी बजाता रहता और पशु खेत में चारा चरते रहते थे। एक दिन उसकी माँ बोली, "बेटा, यह बछड़ा बहुत भूखा प्रतीत होता है। आज इसकी माँ नीला गाय की तबीयत कुछ ठीक नहीं है। तू प्रेम से इसे ले जा और जंगल में ले जाकर इसे हरी-हरी ताजी घास खिला दे। इससे इसका पेट भर जाएगा।" टोगो माँ की बात मानकर बछड़े को ले जाने के लिए आगे बढ़ा। लेकिन बछड़ा आगे नहीं बढ़ा। वह बार-बार अपनी माँ की ओर देखता। यह देखकर टोगो को एक उपाय सूझा। उसने एक घंटी उसके गले में बाँध दी। घंटी के साथ ही घुँघरू भी आवाज सुनकर बछड़ा मस्त होकर इधर-उधर देखने लगता। बस इसी बीच टोगो नजर बचाकर उसे चरने के लिए अपने साथ लेकर चल पड़ा। जंगल में पहुँचकर टोगो ने बछड़े को ऐसे स्थान पर छोड़ दिया, जहाँ पर हरी-हरी घास लगी हुई थी। घंटी की टन-टन और ताजी हरी घास से बछड़ा प्रसन्नता से घास चरने लगा। उसे आराम से घास चरता देखकर

टोगो भी अपनी बाँसुरी बजाने लगा। एक पत्थर पर बैठकर वह बाँसुरी बजाने लगा और उसकी धुन में खो गया। काफी देर बाद जब उसकी आँखें खुलीं तो देखा कि बछड़ा अपने स्थान पर नहीं था। यह देखकर टोगो भय से इधर-उधर देखने लगा। वह जल्दी से पत्थर से नीचे उतरा और बछड़े की तलाश में इधर-उधर घूमने लगा।

अभी वह कुछ ही दूर गया था कि उसने देखा कि एक चिड़िया तेजी से वहाँ उड़ी आ रही है। चिड़िया को देखकर टोगो बोला, "अरे नन्ही चिड़िया, इतनी तेजी से कहाँ चली जा रही हो?" चिड़िया बोली, "तुम भी भागो। देखते नहीं, पीछे कौन आ रहा है?" इतना कहकर चिड़िया तेजी से उड़ चली। इसके बाद टोगो ने देखा कि चिड़िया के पीछे एक चूहा दौड़ा आ रहा था। टोगो उसे देखकर बोला, "चूहे भाई, तुम इतनी तेजी से क्यों आ रहे हो? तुम्हें देखकर बेचारी चिड़िया डर के मारे दूर आसमान में उड़ी जा रही है।" चूहा बोला, "टोगो भाई, मैं चिड़िया का पीछा नहीं कर रहा, न ही चिड़िया मुझे देखकर भाग रही है। दरअसल मेरे पीछे कोई और दौड़ा आ रहा है। हम तो उससे डरकर भाग रहे हैं।'' फिर टोगो ने देखा कि चूहे के पीछे एक बिल्ली भागी आ रही थी। टोगो बोला, "बिल्ली मौसी, तुमने तो सबको डरा दिया। तुम इतनी तेजी से क्यों भागी आ रही हो?" बिल्ली डरते-डरते बोली, "मैं किसी के पीछे नहीं पड़ी, बल्कि मेरे पीछे ही कोई पड़ा हुआ है। टोगो ने बिल्ली के पीछे देखा तो सचमुच उसके पीछे-पीछे कुत्ता दौड़ा चला आ रहा था। टोगो कुत्ते को रोककर बोला, "कुत्ते भाई, तुम बिल्ली के पीछे क्यों पड़े हो? उसने तुम्हारा क्या नुकसान कर दिया है?" कुत्ता पीछे देखता जा रहा था और हाँफ रहा था। कुत्ता बोला, "अरे भाई! मेरा रास्ता छोड़ो। मुझे जाने दो। मैं क्या बिल्ली के पीछे पड़ूँगा, मेरे पीछे-पीछे ही कोई खों-खों करता चला आ रहा है।" यह कहकर वह तेजी से भाग चला।

तभी टोगो ने देखा कि सचमुच बंदर खों-खों करता हुआ कुत्ते के पीछे भागा जा रहा था। टोगो बंदर से बोला, "अरे, तुमने तो सबको डरा दिया। यह डरावनी आवाज निकालते हुए क्यों दूसरों के पीछे भाग रहे हो?" बंदर बोला,

"टोगो, मेरा रास्ता छोड़ो। मैं तो स्वयं किसी से बचता हुआ भागा चला आ रहा हूँ। देखो तो, मेरे पीछे कोई ठक-ठक करता भागा आ रहा है।"

वह भी वहाँ से भाग गया। अब टोगो ने देखा कि बंदर के पीछे-पीछे एक लड़का चला आ रहा था। टोगो बोला, "अच्छा, तो तुमने सबको डरा के रखा हुआ है!" टोगो की बात सुनकर लड़का भयभीत होकर बोला, "अरे टोगो भैया, मैं सबको क्या भयभीत करूँगा, मैं तो जंगल से गुजर रहा था, अचानक मुझे घुँघरुओं की आवाज सुनाई दी। घुँघरुओं की आवाज से मैं डरकर भाग रहा था।'' तभी टोगो की नजर लड़के के पीछे पड़ी तो उसने देखा कि उसका बछड़ा झूमता हुआ चला आ रहा था। बैल के गले में घंटी में बँधे घुँघरू ही वहाँ बज रहे थे। यह देखकर टोगो जोर-जोर से हँसने लगा। फिर उसने तेज आवाज में कहा, "सब रुक जाओ। कुछ नहीं हुआ है।"

उसकी बात सुनकर सब रुक गए और टोगो के पास आकर इकट्ठे हो गए। टोगो उन सबसे बोला, "देखो, तुम सब मेरे इस बछड़े के गले में बँधी घंटी के साथ बजने वाले घुँघरुओं से डरकर भाग रहे थे। अरे! भागने से पहले सच्चाई तो जान लेते कि क्या बात थी?"

यह देखकर सभी पशु-पक्षी अपनी-अपनी बेवकूफी पर हँसने लगे। टोगो बोला, "जीवन में कभी भी सच को जाने बिना पलायन नहीं करना चाहिए। हर काम सोचे-समझकर करना चाहिए। अगर तुम सच जानते और बुद्धि से काम लेते तो तुम सबको डर के साथ भागना नहीं पड़ता।" टोगो की बात से सभी ने सहमति जताई और प्रण किया कि आगे से वे बिना सोचे-समझे कोई काम नहीं करेंगे।

□

उल्लू की आँखें

बहुत पुरानी बात है। उस समय पशु-पक्षियों की आँखें नहीं थीं। बिना आँखों के पशु-पक्षियों को बहुत परेशानी का सामना करना पड़ता था। एक दिन हीरामन तोता गोरू चिड़िया से बोला, "हम पक्षी भी अजीब हैं न, एक-दूसरे की चहचहाट सुन सकते हैं, एक-दूसरे से बातें कर सकते हैं, लेकिन एक-दूसरे को देख नहीं सकते!" गोरू चिड़िया बोली, "सही कहते हो तुम। अरे, हम एक-दूसरे को तो क्या, इस प्रकृति को ही नहीं देख सकते। हमें तो यह भी नहीं पता कि ये धरती कैसी दिखती है ? हाथी, घोड़े और मनुष्य कैसे होते हैं ?" उन्नू उल्लू भी उनकी बातें सुन रहा था। वह बोला, "वाकई बिना आँखों के यह जीवन बेकार है। लेकिन मैंने सुना है कि इस दुनिया में कोई भी काम ऐसा नहीं है, जो असंभव हो।" उसकी यह बात सुनकर हीरामन तोता, गोरू चिड़िया, डिंपी हिरन, कालू भालू हैरानी से उसे देखने लगे। गोरू चिड़िया बोली, "भला, ऐसा कैसे संभव है ? बताओ, आँखें हमें कहाँ से मिल सकती हैं ?" उन्नू उल्लू बोला, "हम सभी को आँखें ईश्वर से मिल सकती हैं।" हम सभी इकट्ठे होकर ईश्वर के पास अपनी फरियाद लेकर चलते हैं और उन्हें उन मुश्किलों से परिचित कराते हैं, जो हमें आँखें न होने पर होती हैं।" उन्नू की यह बात सुनकर सभी दंग रह गए। गोरू चिड़िया बोली, "वाह उन्नू, तुम बहुत बुद्धिमान हो! यह तो बहुत अच्छा सुझाव है।"

बस फिर क्या था, धरती पर सारे पशु-पक्षी एक जगह एकत्रित हुए और ईश्वर के दरबार में गए। ईश्वर अपने सिंहासन पर बैठे हुए थे। जब उन्हें यह

ज्ञात हुआ कि पशु-पक्षियों की फौज उनसे मिलने के लिए आई है तो उन्होंने कुछ पशु-पक्षियों को अपने सामने उपस्थित होने के लिए कहा।

यह सूचना जब पशु-पक्षियों को मिली तो सबने उन्नू से कहा, "यह विचार तुम्हारा था। हमारे विचार से आँखों के बारे में बातें करने के लिए तुम्हें ही ईश्वर के पास जाना चाहिए। तुम ईश्वर को भलीभाँति हमारी समस्याओं के बारे में बता पाओगे। तुम बहुत बुद्धिमान हो।" उन्नू बोला, "ठीक है, मैं बात कर लूँगा। मेरे साथ कौन-कौन चलेगा?" उसकी इस बात पर गोरू चिड़िया, डिंपी हिरन और हीरामन तोता उसके साथ हो लिये। वे चारों ईश्वर के दरबार में पहुँचे। उन्नू उल्लू बोला, "हे ईश्वर, आप धरती के रखवाले हैं। धरती पर हम जैसे पशु-पक्षी बिना आँखों के बहुत परेशान हैं। आँधी-बारिश, सर्दी-गरमी का हमें समय पर पता ही नहीं चल पाता। इस कारण कई पशु-पक्षी दुर्घटनाओं के शिकार होते हैं। कृपया हमारी मदद कीजिए और हमारे लिए आँखों का प्रबंध कराइए।" उन्नू उल्लू की बात पर अन्य उपस्थित पशु-पक्षियों ने भी सहमति जताई। सबका पक्ष सुनकर ईश्वर बोले, "ठीक है, मैं तुम सबके लिए आँखों का इंतजाम कराता हूँ। तुम सब आज से एक सप्ताह बाद दिन में कभी भी अपनी आँखें लेने के लिए आ सकते हो।" यह सुनकर उन्नू उल्लू खुशी से उछलकर बोला, "ईश्वर, आपका बहुत-बहुत धन्यवाद!" इसके बाद सभी पशु-पक्षी धरती पर लौट आए और अगले सप्ताह का इंतजार करने लगे। अब तो सबका एक-एक मिनट एक-एक युग के बराबर व्यतीत हो रहा था। हीरामन तोता बोला, "वह क्षण कैसा होगा, जब हम आँखों से धरती को देख पाएँगे?" गोरू गौरैया बोली, "आँखें मिलते ही मैं तो सबसे पहले कलरव करके अपनी खुशी जाहिर करूँगी।" हैरी खरगोश बोला, "मैं तेज दौड़कर अपनी खुशी व्यक्त करूँगा।" उन्नू उल्लू उनकी बातें सुनकर बोला, "सब अपनी-अपनी तरह से खुशी जाहिर करना।" तभी पीकू मोरनी बोली, "उन्नू, वैसे हम सभी को आँखें तुम्हारे कारण मिलेंगी। हम तो बस आपस में बातें करते रहते थे, लेकिन तुमने तो इस समस्या को दूर करने के लिए कदम उठा लिया और हमें आज सचमुच इस बात का अहसास करा

दिया कि इस दुनिया में असंभव कुछ भी नहीं होता।" उन्नू बोला, "अरे... बस...बस...इतनी तारीफ मत करो, पहले सबको आँखें मिल तो जाने दो!"

जिस दिन आँखें मिलनी थीं, उस दिन सभी पशु-पक्षी एक स्थान पर इकट्ठे हो गए और बोले, "चलो, ईश्वर के पास चलें।" तभी गोरू चिड़िया बोली, "अरे, उन्नू उल्लू कहाँ है? उसे तो आने दो।" तब मिंकू बंदर बोला, "मैंने उन्नू के घर में देखा, वह वहाँ नहीं है। पता नहीं कहाँ चला गया?" यह सुनकर गोरू चिंतित होकर बोली, "कहाँ चला गया? उसके कारण ही तो हमें आज आँखें मिल रही हैं। ऐसे में वह कहाँ जा सकता है?" बहुत ढूँढ़ने के बाद भी जब उन्नू नहीं मिला तो सब पशु-पक्षी उसे छोड़कर चले गए।

ईश्वर ने उन्हें उनके अनुसार आँखें बाँट दीं। आँख लगने पर गोरू गौरैया सीधा उन्नू उल्लू के पास गई तो देखा कि वह एक कोने में पड़ा कराह रहा था। उल्लू को देखते ही गोरू तेजी से उड़कर उसके पास आई और बोली, "क्या हुआ उन्नू? तुम्हारी आँखें?" उन्नू बोला, "आज सुबह से तबीयत खराब है। जब तुम सब लोग मुझे ढूँढ़ने आए थे तो मैं एक कोने में पड़ा था, लेकिन किसी की नजर मुझ पर नहीं पड़ी। उस समय मेरी आवाज ही नहीं निकल रही थी।" गोरू गौरैया बोली, "उन्नू, चलो जल्दी से ईश्वर के पास चलो, तुम छोटे हो, मैं तुम्हें अपनी पीठ पर लेकर उड़ चलती हूँ।" उसने उन्नू को पीठ पर बिठाया और उसे ईश्वर के पास ले गई। ईश्वर उन्नू को देखते ही बोले, "अरे, तुम कहाँ रह गए थे? अब तो आँखें खत्म हो गईं।" इस पर गोरू ने ईश्वर को सारी बात बताई कि उन्नू की तबीयत खराब है। ईश्वर ने कहा, "इस समय मेरे पास केवल दो बड़ी-बड़ी आँखें हैं, जो रात में ही देख सकती हैं।" उन्नू बोला, "कोई बात नहीं। मुझे वे आँखें ही दे दीजिए। आँखें न होने से तो वे आँखें ही अच्छी है।" ईश्वर ने उन्नू को आँखें लगा दीं। गोरू बोली, "हे ईश्वर, पर यह तो उन्नू के साथ अन्याय हुआ। यह बेहद बुद्धिमान है। हम सभी को आँखें लगवाने का सुझाव इसी ने दिया और यही आँखों से वंचित हो गया! दिन में यह अपना बचाव कैसे करेगा?" ईश्वर बोले, "गोरू, तुम चिंता मत करो। बेशक उन्नू अपनी बड़ी-बड़ी आँखों से रात में ही देख

पाएगा, पर मैं इसके कानों की ध्वनि की शक्ति बढ़ा दूँगा। इससे यह दिन में अपना बचाव कर पाएगा। बुद्धिमान तो यह है ही।'' बस, तभी से उल्लू रात में ही देख पाते हैं, पर हाँ, उनकी बुद्धिमत्ता और कर्णशक्ति की सब जगह मिसाल दी जाती है।

□

सच्चा झूठ

बहुत पुरानी बात है। एक राजा था। उसका नाम था अहोशो। अहोशो अपनी प्रजा के लिए अजीबोगरीब घोषणाएँ कराया करता था। जो उसके सवालों के जवाब दे देता था, उसे वह धन देता था और जो जवाब नहीं दे पाता था, उसे काल कोठरी में डलवा देता था। एक दिन अहोशो बैठा कुछ सोच रहा था। तभी उसका खुराफाती दिमाग इधर-उधर की बातों में घूमने लगा। अचानक उसके दिमाग में ऐसी ही एक खुराफाती योजना आई और वह राजगद्दी से उछल पड़ा। उसने तुरंत अपने महामंत्री को बुलाया और उससे कहा, "जाओ और पूरी प्रजा के सामने घोषणा करके आओ कि जो कोई भी मेरे सामने एक ऐसा झूठ बोलेगा, जिसे मैं पकड़ न पाऊँ और जवाब ही न दे पाऊँ तो उसे मैं एक हीरे-मोती से जड़ा कद्दू भेंट करूँगा।" राजा अहोशो की अजीबोगरीब बात सुनकर महामंत्री बोला, "महाराज, यह क्या बात हुई? झूठ तो हर कोई बोल देगा!" इस पर अहोशो मुसकराते हुए बोला, "मुझे मालूम है कि झूठ तो हर कोई बोल देगा, तभी तो मैंने यह बात बोली है कि यदि मैं उनके झूठ को नहीं पकड़ पाया तो उन्हें हीरे-मोती का कद्दू दूँगा।" राजा की बात सुनकर बेचारा महामंत्री उनकी हाँ में हाँ मिलाकर वहाँ से चला गया।

अगले दिन महामंत्री ने घोषणा की कि जो कोई व्यक्ति राजा के सामने ऐसा झूठ बोलेगा, जो सच जैसा प्रतीत होगा और राजा उस झूठ को साबित नहीं कर पाएँगे तो उसे हीरे-मोती का एक कद्दू इनाम में दिया जाएगा।

कई लोग इनाम के लालच में राजा अहोशो के पास पहुँचे और एक से

बढ़कर एक झूठ बोले। लेकिन अहोशो ने अपनी बुद्धिमत्ता से सबको पराजित कर दिया और उन्हें कारागार में डलवा दिया। कारागार में अनेक युवक भूख-प्यास से छटपटाकर दम तोड़ने लगे। यह देखकर महामंत्री के साथ ही प्रजा भी चिंतित हो गई। महामंत्री ने जब राजा अहोशो से निवेदन किया कि बंदियों को मुक्त कर दें तो राजा अहोशो ने महामंत्री को ही पद से हटा दिया।

आर्मेनिया के तवूश नामक शहर में ओरियो नामक एक युवक रहता था। ओरियो बेहद बुद्धिमान और ईमानदार नवयुवक था। उसने जब यह घोषणा सुनी तो वह बेहद परेशान हो गया। फिर वह एक दृढ़ संकल्प के साथ राजा अहोशो के पास पहुँच गया। राजा अहोशो बोले, "कहो युवक, यहाँ क्या करने आए हो?" ओरियो बोला, "महाराज, मैं एक ऐसा झूठ लाया हूँ, जिसे आपको सच्चा या झूठा साबित करना पड़ेगा और दोनों ही सूरतों में हार आपकी होगी।" यह सुनकर राजा अहोशो आगबबूला हो गया। लेकिन उसने स्वयं पर संयम रखा। राजा अहोशो बोला, "ओरियो, शायद तुम्हें पता नहीं कि मेरी बुद्धि से टकराना कोई हँसी खेल नहीं है!" इस पर ओरियो हाजिरजवाबी दरशाते हुए बोला, "महाराज, मैं कब आपकी बुद्धि से टकरा रहा हूँ, मैं तो आपके ही पूछे गए प्रश्न का जवाब देने आया हूँ।" उसकी बात सुनकर राजा अहोशो बोले, "कहो।" यह सुनते ही ओरियो बोला, "महाराज, आपने कुछ दिन पहले मुझसे सोने की हीरे-मोतियों से भरी एक मटकी ली थी और कुछ समय बाद लौटाने को कहा था। कृपया आप मुझे मेरी वह मटकी लौटा दीजिए।" ओरियो की बात सुनकर राजा अहोशो का चौंकना स्वाभाविक था। वह बोला, "अरे, तुमने मुझे कब हीरे-मोतियों से भरी मटकी दी थी, जो उसे वापस माँग रहे हो?" इस पर ओरियो बोला, "महाराज, अगर ऐसा है तो मैं झूठ बोल रहा हूँ। मेरे इस झूठ के लिए मुझे हीरे-मोती का कद्दू इनाम में मिलना चाहिए।"

अब राजा अहोशो को समझ आ गया कि वाकई वह बुरी तरह फँस गया है। यदि वह इस बात से इनकार करता है कि मटकी देने का कोई वादा ओरियो से नहीं किया था तो यह झूठी बात हो जाएगी और यदि यह स्वीकार

करता है कि हाँ, उसने हीरे-मोतियों से भरी मटकी ली थी, तो वह मटकी अभी लौटानी पड़ेगी। वह इसी उधेड़-बुन में लगा रहा कि कैसे ओरियो को फँसाए, लेकिन बुद्धिमान ओरियो उसके झाँसे में नहीं आया। इस तरह राजा ने उसके झूठ का जोखिम न लेते हुए उसे चुपचाप हीरे-मोती का एक कद्दू भेंट में दे दिया और साथ ही अपने खाली हुए महामंत्री पद पर ओरियो को नियुक्त कर दिया।

ओरियो ने महामंत्री बनकर बंदी हुए लोगों को मुक्त करा दिया। साथ ही राजा को बुद्धिमानी से हर सच्चाई से वाकिफ करा दिया। ओरियो ने राजा अहोशो से कहा, "महाराज, जब आप ऊटपटाँग सवाल प्रजा के सामने रखते हैं तो शत्रु राज्यों को हम पर हमला करने का वक्त मिल जाता है। इसलिए हमें अच्छे और सच्चे काम करने चाहिए तथा सबकी रक्षा भी करनी चाहिए। आप बहुत बुद्धिमान हैं। ऐसे में आपको अपनी बुद्धिमत्ता का प्रयोग अच्छे कार्यों में करना चाहिए।"

ओरियो की बातों में राजा को सच्चाई नजर आई। वह उसकी बातों से सहमत हो गया। इसके बाद राजा अहोशो ने ऐसी उलटी-सीधी प्रतियोगिताएँ करानी बंद कर दीं और सच्चे मन से प्रजा की सेवा करने लगा।

□

बुद्धिमान राजा

सातवीं शताब्दी की बात है। उन दिनों चीन के केंद्रीय भाग में थांग राजवंश का राज्य था और तिब्बत में थुबो राजवंश का शासन था। तिब्बत में थुबो राज्य के राजा सोंगजान गांबो गद्दी पर बैठे। सोंगजान बहुत बुद्धिमान था। वह अपने लिए एक बुद्धिमान राजकुमारी की तलाश में था। तभी उसे पता चला कि थांग राजवंश के सम्राट् की पुत्री वुनछड़ बहुत बुद्धिमान है। राजा सोंगजान गांबो ने अपने दूत गोलतुंगजान को थांग राजवंश के पास भेजा। गोलतुंगजान ने अपने राजा के लिए राजकुमारी के विवाह का प्रस्ताव रखा। थांग राजवंश के सम्राट् ने अपनी पुत्री का हाथ देने के लिए चार पहेलियों की परीक्षा की शर्त रखी। गोलतुंगजान भी बहुत बुद्धिमान था। वह बोला, "महाराज, आप पहेलियाँ बताइए। आपकी पहेलियाँ मैं ही हल कर दूँगा।"

यह सुनकर थांग सम्राट् बोले, "पहली पहेली यह है कि पतले महीन रेशमी धागे को एक नौ मोड़ों वाले मोती के अंदर से गुजारकर जोड़ दें। मोती के अंदर नौ मोड़ों का छेद था, नरम पतले धागे को उसके अंदर घुसाकर निकालना वाकई काँटे का काम था, अन्य सभी राज्यों के राजाओं को अभी तक हार माननी पड़ी थी। लेकिन तिब्बती दूत गोलतुंगजान असाधारण बुद्धिमान था। उसने एकांत में अपना दिमाग लगाया और उसे हल नजर आ गया। उसने एक चींटी को रेशम के महीने धागे से बाँधा और उसे मोती के छेद पर रख दिया। इसके बाद एक हल्की सी फूँक चींटी पर मार दी। चींटी

धीरे-धीरे मोती के अंदर घुसकर दूसरे छोर से बाहर निकली, इस तरह मोती से धागा जोड़ने की पहेली हल हो गई।

यह देखकर राजा थांग दंग रह गया। अब दूसरी पहेली बताने की बारी थी। राजा थांग बोला, "तुम्हें एक जैसी सौ मादा घोड़े और उनके बच्चे दिए जाएँगे, तुम्हें हर मादा घोड़े को उसके बच्चे समेत पहचानना होगा। यदि तुमने इस पहेली को सुलझा लिया तो तुम्हें तीसरी पहेली बताई जाएगी और यदि तुम हार गए तो तुम्हारे राजा का हमारी बुद्धिमान पुत्री से विवाह का स्वप्न अधूरा रह जाएगा।" गोलतुंगजान बोला, "महाराज, मैं तैयार हूँ। पर इस पहेली को सुलझाने के लिए मुझे दो दिन का समय दीजिएगा।" राजा थांग इस बात पर सहमत हो गया। गोलतुंगजान के पास एक जैसे मादा घोड़े और उनके बच्चे लाए गए। गोलतुंगजान ने मादा घोड़ों से बच्चों को अलग करके एक बाड़े में बंद कर दिया और उन्हें पूरा दिन खाने के लिए कुछ नहीं दिया। अगले दिन उसने सभी बछेड़ों को निकाला और उन्हें मादा घोड़ों के पास जाकर छोड़ दिया। हर बछेड़ा तेजी से अपनी माँ के पास भागा और उसका दूध पीने लगा। इस तरह मादा घोड़ों और बछेड़ों का रिश्ता साफ हो गया। दूसरी पहेली का हल भी ठीक देखकर राजा थांग समझ गया कि इस राजदूत का राजा होशियार अवश्य होगा। तीसरी पहेली के लिए राजा थांग गोलतुंगजान से बोला, "तुम चतुर तो हो, अब देखें कि तीसरी पहेली तुम सुलझा पाते हो अथवा नहीं?"

इसके बाद राजा थांग ने गोलतुंगजान को लकड़ी के सौ डंडे दिए। वे लकड़ी के डंडे बिल्कुल एक समान थे। राजा थांग बोले, "तुम्हें इन लकड़ी के अग्रभाग और पिछले भाग को पहचानना होगा।" गोलतुंगजान ने लकड़ी के डंडों को पानी में उड़ेलवा दिया। लकड़ी के डंडे का अग्रभाग भारी था और पीछे का भाग हल्का, पानी में भारी भाग पानी के नीचे डूब गया और हल्का भाग ऊपर तैरने लगा। आखिर गोलतुंगजान ने यह परीक्षा भी पास कर ली थी। अब चौथी और अंतिम परीक्षा बची हुई थी। राजा थांग बोला, "चौथी परीक्षा तुम्हारी जगह राजा को ही पास करनी पड़ेगी। यदि चौथी परीक्षा तुम्हारे

राजा ने पार कर ली तो मैं राजा सोंगजान गांबो के साथ अपनी पुत्री का विवाह कर दूँगा।"

गोलतुंगजान ने इस बात को स्वीकार कर लिया। उसने अपने राजा को जाकर सारी बात बता दी। राजा सोंगजान गांबो ने गोलतुंगजान की बुद्धिमत्ता की तारीफ की और उसके साथ राजा थांग के साम्राज्य में चौथी और अंतिम पहेली सुलझाने के लिए आ गया। राजा थांग बोले, "चौथी पहेली यह है कि तुम्हें राजकुमारी वुनछड़ को एक समान दिखनेवाली पाँच सौ सुंदरियों की भीड़ में से पहचानना होगा।" यह परीक्षा वाकई कठिन थी। राजा सोंगजान ने गोलतुंगजान के साथ इस पहेली का हल ढूँढ़ने की कोशिश की। आखिर राजा सोंगजान बोला, "राजकुमारी वुनछड़ को पहचानने का एक ही उपाय है कि उसकी माँ से संपर्क किया जाए और राजकुमारी की किसी पहचान के बारे में जान लिया जाए। आखिर राजा सोंगजान भविष्यवक्ता बनकर राजकुमारी की माँ के पास पहुँचने में कामयाब हो गया। वहाँ वह बोला, "राजकुमारी का विवाह शीघ्र ही एक बुद्धिमान और ईमानदार राजा से होने वाला है।" यह सुनकर राजकुमारी की माँ खुश हो गई। बातों-बातों में राजा ने राजकुमारी की निशानी पूछी तो वुनछड़ की माँ बोली, "मेरी बेटी की आँखों का रंग नीलापन लिये हुए है और उसके माथे पर एक कटा हुआ निशान है। बचपन में राजकुमारी के माथे पर हल्की सी तलवार लग गई थी। आज तक उस तलवार का निशान उसके माथे पर बना हुआ है।" यह पहचान सुनकर राजा सोंगजान वहाँ से चुपचाप निकल आया। अगले दिन राजा ने पाँच सौ सुंदरियों में से राजकुमारी वुनछड़ को ढूँढ़ लिया।

सभी पहेलियों के जवाबों के सही हल देखकर राजा थांग ने अपनी बुद्धिमती पुत्री वुनछड़ का विवाह राजा सोंगजान के साथ कर दिया। तिब्बत में राजकुमारी वुनछड़ ने वहाँ के विकास तथा बौद्ध धर्म के प्रसार के लिए अपना महत्त्वपूर्ण योगदान दिया था। आज तक तिब्बती जनता राजकुमारी वुनछड़ को याद करती है।

□

मलेशिया

चतुर पिसूरी

पिसूरी (माउस डियर) जंगल में रहनेवाला एक छोटा सा जानवर था। वह बहुत चतुर था। जंगल के बड़े-बड़े जानवर उसका शिकार करना चाहते थे, लेकिन वह हर बार अपनी चतुराई से बच निकलता था। एक दिन पिसूरी स्वादिष्ट भोजन की तलाश में जंगल में घूम रहा था। अचानक उसके सामने बाघ आ गया। पिसूरी को देखते ही बाघ की आँखें चमकने लगीं। वह कुटिल हँसी हँसते हुए बोला, "आखिर तुम काबू में आ ही गए पिसूरी! आज तो मैं तुम्हें अपना भोजन बनाऊँगा और खा जाऊँगा।" पिसूरी बाघ को सामने देखकर घबरा तो गया था, लेकिन उसने अपने डर को चेहरे पर नहीं आने दिया। वह बोला, "मुझे माफ करना बाघ भाई! मैं अभी आपका भोजन नहीं बन सकता। दरअसल जंगल के राजा ने बहुत ही स्वादिष्ट खीर बनवाई है। उस खीर में पचास तरह के मेवे पड़े हैं, खोया पड़ा है और मुझे उस खीर की रखवाली करनी है।" स्वादिष्ट खीर का नाम सुनते ही बाघ के मुँह में पानी आ गया। वह पिसूरी की चिरौरी करते हुए बोला, "मुझे थोड़ी सी खीर चखा दो। फिर मैं तुम्हें छोड़ दूँगा।" पिसूरी बोला, "नहीं भई नहीं, जंगल का राजा मुझे जिंदा गाड़ देगा।" बाघ बोला, "अरे, उसे कुछ पता नहीं चलेगा, बस थोड़ी सी खीर चखूँगा।" जब बाघ बहुत देर तक खीर के लिए उसके हाथ-पैर जोड़ता रहा तो पिसूरी बोला, "ठीक है, उस गड्ढे में खीर है, जाओ और थोड़ी सी चखकर जल्दी से वापस आ जाओ।" यह सुनते ही बाघ उछलकर गड्ढे की ओर भागा, इतनी देर में पिसूरी ये जा और वह जा…। उधर बाघ ने

जैसे ही गड्ढे में मुँह डाला, वैसे ही उसका पूरा मुँह कीचड़ में सन गया। यह देखकर बाघ आगबबूला हो गया। अब तो उसने पिसूरी की गरदन मरोड़ने का प्रण ले लिया। कुछ दिन बाद पिसूरी फिर उसके सामने पड़ गया। बाघ बोला, "उस दिन तो तुम मुझे चकमा देकर भाग गए थे, लेकिन आज कहाँ जाओगे?" पिसूरी ने जल्दी से दिमाग लगाया। उसने नजर उठाकर इधर-उधर देखा तो पाया कि वहाँ बर्र का खोंता था। पिसूरी बोला, "भाई, जंगल के राजा शेर ने मुझे अपने ढोल की रखवाली का काम सौंपा है। वह ढोल बहुत अच्छी आवाज में बजता है। कोई और उसे आकर न बजा जाए, इसलिए मैं रखवाली कर रहा हूँ। एक बार जंगल का राजा अपना ढोल ले जाए, फिर तुम मुझे अपना शिकार बना लेना।" यह सुनकर बाघ का मन डाँवाँडोल हो गया। वह ढोल बजाने को लालायित हो गया। एक बार फिर वह पिसूरी से विनती करते हुए बोला, "मैं तुझे नहीं खाऊँगा, बस एक बार मुझे ढोल बजाकर देखने दे कि वह कैसा बजता है?" पिसूरी बोला, "नहीं-नहीं, आज तो मैं बिल्कुल तुम्हें ढोल नहीं बजाने दूँगा। उस दिन खीर भी वहीं दूसरे गड्ढे में थी, लेकिन तुम कीचड़ सने गड्ढे में चले गए।" यह सुनकर बाघ बोला, "नहीं, बस इस बार गलती नहीं करूँगा और वही ढोल बजाऊँगा, जहाँ तुम इशारा करोगे।" पिसूरी ठंडी साँस लेकर बोला, "ठीक है, तुम नहीं मानते तो।" फिर उसने बर्र की खोंत की ओर इशारा करते हुए कहा, "ढोल वहाँ छिपा है, जाओ जल्दी से बजाकर आ जाओ, जंगल के राजा शेर ने देख लिया तो हम दोनों की खैर नहीं।" यह सुनकर बाघ जल्दी से बर्र की खोंत की ओर बढ़ चला। इधर पिसूरी ये जा और वो जा...। जैसे ही बाघ बर्र की खोंत के अंदर घुसने की कोशिश करने लगा, वैसे ही वह फूट गया और बर्रों का दस्ता निकलकर बाघ से चिपट गया। बाघ के लिए अपनी जान छुड़ाना मुश्किल हो गया। वह समझ गया कि इसके अंदर कोई ढोल नहीं, बल्कि बर्र का खोंता है। वह अपनी जान बचाने के लिए जल्दी से पास की नदी में घुस गया। बर्र ने उसे जगह-जगह काट लिया था। यह देखकर बाघ का गुस्सा सातवें आसमान पर था। इस बार उसने ठान लिया था कि हर हाल में पिसूरी को मसलकर रख

देगा। एक दिन पिसूरी उसे मिल ही गया। बाघ उसे पकड़कर बोला, "आखिर आ ही गए आज पकड़ में! आज बचकर कहाँ जाओगे?" पिसूरी ने एक बार फिर इधर-उधर देखा। उसने देखा कि एक नाग कुंडली मारकर सोया हुआ था। पिसूरी बोला, "मार देना बाघ भाई! लेकिन मैंने दोनों बार तुम्हारा भला करना चाहा, अब तुममें दिमाग नहीं तो मैं क्या करूँ? तुम हर बार गलत जगह जाकर फँस गए। अभी तो मैं जंगल के राजा शेर की बेल्ट की रखवाली कर रहा हूँ। वह बेल्ट बहुत ही अलग तरह की है, जो कोई भी उसे पहन लेता है, वह सर्वशक्तिमान बन जाता है।" बाघ बोला, "आज मैं तुम्हारे झाँसे में नहीं आने वाला।" पिसूरी बोला, "मैंने तुम्हें कभी झाँसा नहीं दिया। वैसे भी आज मैं बिल्कुल नहीं बताऊँगा कि महाराजा शेर की बेल्ट कहाँ है? क्योंकि अगर तुमने उस बेल्ट को पहन लिया तो तुम सबसे शक्तिशाली बन जाओगे।" यह सुनकर बाघ के मन में सर्वशक्तिमान बनने की आकांक्षा बलवती हो उठी। वह फिर पिसूरी की चिरौरी करते हुए बोला, "अच्छा आज के बाद कभी तुम्हारी तरफ आँख उठाकर भी नहीं देखूँगा। बस एक बार मुझे वह बेल्ट पहन लेने दो।" पिसूरी बोला, "ठीक है, वह रही बेल्ट।" उसने सोए हुए नाग की ओर इशारा करते हुए कहा। बाघ तेजी से नाग की ओर बढ़ा। जैसे ही उसने नाग को लपेटना चाहा, नाग अपनी नींद खुलते देख गुस्से में फुफकारने लगा। उसने बाघ को डस लिया और बाघ वहीं मर गया। अब पिसूरी सचमुच आजाद था, क्योंकि अब बाघ उसकी ओर आँख उठाने के लिए जीवित नहीं बचा था।

□

बुद्धिमान कछुआ

एक जंगल में शेर ने अपना सलाहकार कछुए को बनाया हुआ था। कछुआ बहुत बुद्धिमान और समझदार था। लेकिन जंगल के बड़े-बड़े पशुओं को यह बात पसंद नहीं थी कि उन्हें छोड़कर एक नन्हे से कछुए को सलाहकार बनाया जाए। वे हमेशा उसे चोट पहुँचाने की सोचते रहते थे। एक दिन जंगल के कुछ जानवरों ने मिलकर कछुए को मारने की योजना बनाई। उन्होंने कछुए के पास खबर भिजवाई कि हिरन का बच्चा बहुत बीमार है और उसे याद कर रहा है। कछुआ बुद्धिमान होने के साथ-साथ बीमारी के इलाज भी जानता था। यह सुनते ही कछुआ हिरन के बच्चे की बीमारी दूर करने के लिए उनके साथ चल पड़ा। सारे जानवर खुद बाहर रुक गए और उसे हिरन के बच्चे को देखने के लिए कहा। कछुआ यह देखते ही समझ गया कि दाल में कुछ काला है। उसने अंदर जाकर देखा तो पाया कि हिरन का बच्चा सामान्य था। उसे कुछ खास परेशानी नहीं थी। वह हिरन के पिता से बोला, "बच्चा तो ठीक ही लगता है। फिर भी मैं घर जाकर इसके लिए कुछ दवाइयाँ भिजवा दूँगा। हाँ, जरा अपने घर को अच्छी तरह साफ कर लीजिए। अभी महाराज भी बच्चे को देखने आते होंगे। मैं उन्हें बोल आया था कि महाराज, आपको अपनी प्रजा का ध्यान रखना चाहिए और बीमार पशु-पक्षियों को देखने जाते रहना चाहिए।" यह सुनते ही हिरन की घिग्घी बँध गई। उधर दरवाजे पर जानवरों ने कछुए को मारने के लिए तेंदुए को बिठा दिया था। यह खबर सुनते ही तेंदुआ डरकर वहाँ से हट गया। कछुआ बाहर आया

और अपने रास्ते चला गया। उधर हिरन और अन्य जानवर राजा के आने का इंतजार करते रहे, लेकिन कोई नहीं आया। अब वे समझ गए कि कछुए ने अपनी बुद्धिमानी से उन्हें मूर्ख बना दिया।

अब जानवर कछुए को मारने के लिए दूसरी योजनाएँ बनाने लगे। सभी जानवर महीने में एक दिन राजा के महल के चारों ओर साफ-सफाई करते थे, ताकि जंगल स्वच्छ रहे और हर किसी को स्वच्छता का पाठ पढ़ाया जाए। जानवरों ने निर्णय लिया कि उस दिन कछुए को मारा जा सकता है।

अगले दिन सफाई करते समय जानवरों ने बढ़ी हुई घास को काटा और उसे एक गट्ठर में डालते गए। दोपहर के समय कछुआ वहाँ काम देखने आया कि काम सही तरह से हो रहा है अथवा नहीं। जानवरों ने अपने भावों पर काबू रखकर कछुए का अभिवादन किया।

गधा बोला, "आप बहुत बुद्धिमान और चतुर सलाहकार हैं। हम सभी आपकी कभी खातिरदारी नहीं कर पाते। इसलिए आज हमने ताजी घास का गट्ठर बनाया है और यह हम सब मिलकर आपको भेंट देना चाहते हैं। ताजी घास को आप बिस्तर बनाकर बैठेंगे तो आपको अच्छा लगेगा।" यह सुनते ही कछुआ समझ गया कि जानवरों ने मिलकर फिर से कोई साजिश की है। वह बोला, "यह तो बहुत अच्छी बात है कि आप सभी ने मुझे भेंट देने की सोची। लेकिन मेरे पिता ने मुझे सिखाया है कि बिना जाँचे-परखे कोई वस्तु नहीं लेनी चाहिए। मैं पहले इस गट्ठर को देखूँगा।" यह बोलकर कछुए ने अपने हाथ में भाला लिया और बोला, "मैं इस भाले को इस घास के गट्ठर में डालकर देखना चाहता हूँ कि सब ठीक है न!" यह सुनते ही सभी जानवरों की आँखें भय से चौड़ी हो गईं। वे बोले, "नहीं-नहीं। इसमें आप भाला क्यों डालेंगे? आप तो हम पर शक कर रहे हैं। आप तो हमारे प्रिय हैं।" लेकिन कछुए ने उनकी एक न सुनी और उसने भाले को जैसे ही गट्ठर में मारा, वैसे ही गट्ठर में छिपा तेंदुआ तेजी से अपनी जान बचाकर वहाँ से भागा।

संयोगवश उसी समय जंगल के राजा शेर भी जानवरों का काम देखने के लिए वहाँ आ गए। उन्होंने घास के गट्ठर में से तेंदुए को भागते हुए देखा

तो वह बोले, "यह क्या है ? तेंदुआ घास के गट्ठर में क्यों घुसा हुआ था ?" कछुआ बोला, "महाराज, ये सभी जानवर मुझे मारना चाहते हैं। इन्हें इस बात से ईर्ष्या है कि आपने मेरे जैसे छोटे से प्राणी को अपना सलाहकार क्यों बनाया हुआ है ?" यह सुनकर शेर गुस्से से आगबबूला हो गया। वह बोला, "मैंने कछुए को अपना सलाहकार उसकी बुद्धिमानी और होशियारी के कारण बनाया हुआ है। तुमने देख लिया न कि कछुआ अपनी बुद्धिमानी से दो बार अपनी जान बचा चुका है। सलाहकार को समझदार और बुद्धिमान होना चाहिए, ईर्ष्यालु और कामचोर नहीं।" जंगल के राजा की बात सुनकर सभी जानवरों के सिर शर्म से झुक गए। इसके बाद किसी ने भी कछुए को मारने की नहीं सोची और सभी उसका सन्मान करने लगे।

□

साँप और नेवला

बहुत पुरानी बात है। उस समय मनुष्य और जानवर का उद्गम ही हुआ था। जानवरों में नेवला मनुष्य जाति के साथ-साथ पशुओं और सभी जीव-जंतुओं के लिए परेशानी का सबब बना हुआ था। दरअसल एक बार नेवले ने एक जादूगर की जान बचाई थी। जान बचाने की एवज में जादूगर ने नेवले की रक्षा के लिए उसे एक जादुई विष की पोटली देते हुए कहा था कि यदि वह इस पोटली को अपने पास रखेगा तो सभी नेवलों के पास विष की पोटली खुद-ब-खुद उनके अंदर आ जाएगी। लेकिन जैसे ही यह पोटली बाहर निकली तो वैसे ही अन्य नेवलों की विष की पोटली भी बाहर आ जाएगी और विष का प्रभाव खत्म हो जाएगा।

इसलिए नेवला उस विष की गठरी को हमेशा अपने पेट में रखता था। जब भी उसकी किसी मनुष्य या पशु-पक्षी से अनबन होती, तो वह तुरंत उनमें अपने दाँत गड़ा देता था। विष के प्रभाव से जानवरों व मनुष्यों की तत्काल मृत्यु हो जाती थी। धीरे-धीरे नेवले को अपनी विष की पोटली के कारण अभिमान हो गया और वह स्वयं को सर्वशक्तिमान समझने लगा। इतना ही नहीं, अब तो वह बेवजह भी पशु-पक्षियों को नुकसान पहुँचाने लगा था। यह देखकर एक दिन सभी जानवरों की आपातकालीन सभा हुई। सभा में सभी पशु-पक्षियों के चेहरे मुरझाए हुए थे। नेवले के विष के प्रभाव से मनुष्य और जीव-जंतुओं की संख्या दिन-प्रतिदिन कम होती जा रही थी।

सभा में सभी पशु-पक्षी उपस्थित थे। लोमड़ी बोली, "नेवला दिन-

प्रतिदिन खूँखार होता जा रहा है। वह हमारे साथ-साथ मनुष्यों को भी बेवजह नुकसान पहुँचा रहा है। कल जब मैं रास्ते से आ रही थी तो नेवला एक मनुष्य को बेवजह काटने की कोशिश कर रहा था। बड़ी मुश्किल से मैं छिपते-छिपाते उस मनुष्य की जान बचा पाई।" यह सुनकर कंगारू बोला, "मनुष्य हमारा मित्र है। हमें उसे बचाना चाहिए।" वहीं गाय खड़ी थी। वह बोली, "मनुष्य जाति के हम पर बहुत सारे उपकार हैं, हमें उन्हें बचाना ही होगा।" उनकी इन बातों को सुनकर खरगोश बोला, "अरे, तुम सब तो यहाँ मनुष्यों की पैरवी ऐसे कर रहे हो, जैसे कि तुम खुद तो बहुत सुरक्षित हो! पहले अपनी सुरक्षा के उपाय तो सोच लो। जब हम अपनी सुरक्षा के उपाय सोचेंगे तो मनुष्य की सुरक्षा तो खुद-ब-खुद हो जाएगी।" मोर बोला, "यह तो तुमने बिल्कुल सही बात कही है। हमें ऐसे उपाय सोचने चाहिए, जिससे कि हम भी बच जाएँ और मनुष्य जाति भी।" इस पर घोड़ा बोला, "यदि हम सब मिलकर नेवले के पास जाएँ और उसे मार दें तो फिर यह संकट हमेशा के लिए मिट जाएगा।" इस पर बुद्धिमान हाथी बोला, "अरे, विष की पोटली तो सभी नेवलों के पास है, ऐसे में केवल उसे मारने से काम नहीं चलेगा, क्योंकि मारने के बाद भी विष की पोटली तो उसके अंदर ही रहेगी।" इस पर बुद्धिमान खरगोश बोला, "विष की पोटली की जड़ इसी नेवले के अंदर है। इसलिए यदि किसी तरह उसे नष्ट कर दिया जाए, तब सभी नेवले विषरहित हो जाएँगे।" खरगोश की बात सुनकर सभी पशु-पक्षी बोले, "हाँ, तुम्हारा कहना बिल्कुल ठीक है। लेकिन इतने जोखिम भरे काम को कौन करेगा? किसी को अपनी मौत बुलानी है क्या?" वहीं पर एक युवा साँप बैठा हुआ था। साँप बोला, "मैं इस काम को अंजाम दूँगा।" यह देखकर सभी पशु-पक्षी बोले, "तुम्हारा खून अभी गरम है। पर यह इतना सरल काम नहीं है, जितना तुम सोच रहे हो।" साँप बोला, "यह इतना कठिन काम भी नहीं है, जितना तुम सब सोच रहे हो।" मैं नेवले की विष की पोटली बाहर निकलवा दूँगा। तुम मुझे कुछ दिन का समय दो।"

इसके बाद वह नेवले से बात करने की कोशिश करने लगा। साँप

बोला, "नेवले भाई! मुझे तुमसे एक बहुत जरूरी बात कहनी है।" नेवला मुँह बिचकाते हुए बोला, "कहो, क्या कहना है?" साँप बोला, "ऐसे नहीं, बात जीवन-मृत्यु की है। तुम उसे सुनते ही आगबबूला हो जाओगे।" नेवला बोला, "नहीं होऊँगा, अब बताओ।" साँप बोला, "जंगल के सभी पशु-पक्षी तुम्हारे खिलाफ एक षड्यंत्र रच रहे हैं, लेकिन मैं वह तुम्हें तभी बताऊँगा, जब तुम विष की पोटली बाहर निकाल दोगे।" नेवला षड्यंत्र की बात सुनकर थोड़ा घबरा गया। उसने अपनी विष की पोटली बाहर निकाल दी और बोला, "अब कहो, क्या षड्यंत्र रच रहे हैं?" जैसे ही नेवले ने अपनी जादुई विष की पोटली बाहर निकाली, वैसे ही साँप ने लपककर उस पोटली को निगल लिया और तेजी से वहाँ से जाते हुए बोला, "यही षड्यंत्र कि अब तुम बेवजह लोगों को नुकसान नहीं पहुँचा पाओगे, क्योंकि तुम्हारे विष का प्रभाव अब मेरे पास आ चुका है।" यह सुनते ही नेवला साँप के पीछे-पीछे अपनी विष की पोटली लेने के लिए दौड़ने लगा और साँप तेजी से वहाँ से सरसराहट··· के साथ चलता हुआ एक बिल में छिप गया। बस तभी से सभी साँप विषैले होने लगे और नेवला साँप का शत्रु बन गया। लेकिन साँप ने विष की पोटली निगलने के बाद सभी मनुष्यों और पशु-पक्षियों से यह वादा किया कि वह अपने विष का शिकार उन्हीं लोगों और पशु-पक्षियों को बनाएगा, जो उसे परेशान करेंगे। नेवले पर साँप के विष का प्रभाव नहीं होता, क्योंकि विष की पोटली पहले उसके पास थी। पुराने झगड़े के कारण आज भी नेवले और साँप में लड़ाई चली आ रही है।

□

कंबोडिया

चींटियों का संघर्ष

प्राचीन काल में चींटियाँ बहुत बड़ी-बड़ी हुआ करती थीं। लंबी-चौड़ी। इसके साथ ही वे आलसी भी थीं। हाथ-पर-हाथ रखकर बैठी रहती थीं और मुफ्त का भोजन खाती थीं। घने जंगल में कुछ चोर चोरी का माल और खाने-पीने का सामान वहाँ छिपाकर रखते थे। बस चींटियों की तो मौज आ गई थी। जब चोर चोरी करने चले जाते, तो चींटियों की फौज वहाँ रखे भोजन पर टूट पड़ती थी। मुफ्त का भोजन खा-खाकर वे और मोटी व बड़ी होती जा रही थीं। एक दिन चोरों की झोंपड़ी में आग लग गई। सारा सामान जलकर राख हो गया। चींटियाँ किसी तरह वहाँ से अपनी जान बचाकर भागीं।

काम करना तो उन्होंने सीखा नहीं था। अब क्या करें? चींटियाँ दिन भर से भूखी थीं। चलते-चलते उन्हें झाड़ियों में एक नन्हा-सा खरगोश सोता हुआ मिला, बस चींटियाँ टूट पड़ीं उस पर। जब खरगोश को अपने शरीर पर चुभन सी महसूस हुई तो वह जागा। बड़ी-बड़ी चींटियों को अपना मांस नोचते देखकर वह दर्द से कराहने लगा। उसकी दर्द भरी चीख जंगल में गूँजने लगी। जब खरगोश को अहसास हो गया कि कोई उसको बचाने नहीं आएगा, तो वह अपनी बुद्धि का प्रयोग करते हुए बोला, "अरे चींटियो, तुम भी कितनी मूर्ख हो? जो मुझे कँटीली झाड़ियों में खा रही हो। यहाँ तो तुम्हें भी चोट लगने का डर है। पहले मुझे बाहर निकल जाने दो, फिर आराम से खाना। खुली हवा में मुझे खाने में तुम्हें भी आनंद आएगा और मुझे भी।" चींटियाँ आलसी होने के कारण दिमाग का भी प्रयोग करना नहीं सीख पाई

थीं। उन्होंने तुरंत खरगोश को मुक्त कर दिया। जैसे ही चींटियाँ खरगोश की पीठ पर से उतरीं, वैसे ही वह तेजी से भागकर एक चट्टान पर चढ़ गया। यह देखकर चींटियाँ बोलीं, "तुमने हमें धोखा दिया। तुम तो भाग गए। यह अच्छी बात नहीं।" इस पर बुद्धिमान खरगोश बोला, "अभी मैं कुछ और मोटा हो जाऊँ, तब तुम मुझे आराम से खा लेना। तब तक इंतजार करो।" इस पर एक चींटी बोली, "लेकिन तुम मोटे कब होओगे?" खरगोश बोला, "जब मेरे सिर पर सींग निकल आएँगे, तब मैं मोटा हो जाऊँगा।" इसके बाद वह वहाँ से रवाना हो गया। दिन बीतते रहे। चींटियाँ खरगोश का इंतजार करती रहीं। इंतजार करते-करते वे दुबली हो गईं। अब वे इतनी दुबली हो गई थीं कि ज्यादा दूर होने पर नजर भी नहीं आती थीं। एक दिन उन्हें वही खरगोश नजर आया। चींटियाँ चिल्लाने लगीं, "आ गया, आ गया, हमारा भोजन आ गया।" खरगोश उन्हें देखकर मुसकराते हुए बोला, "अरे, तुम सबकी ये क्या हालत हो गई है?" चींटियाँ बोलीं, "हमारा ये हाल तुम्हारे कारण हुआ है। हम तुम्हारा इंतजार करते-करते दुबली हो गईं। पर तुम्हारे सिर पर सींग तो नहीं उगे?" उनकी बात सुनकर खरगोश जोर का ठहाका लगाते हुए बोला, "अरे, वह तो मैं तुम्हें पागल बना रहा था। मेरे सिर पर सींग कभी नहीं उगेंगे। तुम चींटियाँ अजीब हो, भूख से दुबली तो हो गईं, पर तुमने मेहनत करनी नहीं सीखी।" इस पर चींटियाँ हैरानी से खरगोश को देखते हुए बोलीं, "ये मेहनत क्या होती है? कैसे की जाती है?" इस पर खरगोश हैरानी से बोला, "अरे, तुम्हें मेहनत नहीं पता? फिर तुम अभी तक अपना पेट कैसे भरती रहीं?" इस पर चींटियाँ उदासीन स्वर में बोलीं, "जंगल में एक चोर रहता था। उसकी झोंपड़ी में खाने-पीने का ढेर सारा सामान रहता था। जब वह चोरी करने चला जाता था तो हम भोजन पर टूट पड़ती थीं। बस इसी तरह हमारे दिन मजे में बीत रहे थे।" यह सुनकर खरगोश बोला, "तभी तो तुम इतनी मूर्ख हो। तुम आकार में घटकर चीनी जितनी छोटी हो गईं, पर तुममें अक्ल नहीं आई।" यह सुनकर चींटियाँ बोलीं, "हम मूर्ख कैसे हैं?" खरगोश बोला, "क्योंकि जो लोग मूर्ख होते हैं, वे लोगों के दुर्गुण अपनाते हैं। तुमने भी वैसा ही किया है।

अरे, तुमने मनुष्यों के दुर्गुणों को अपनाया, तुमने उनकी अच्छाइयों को क्यों नहीं अपनाया? क्या तुम नहीं जानतीं कि धरती पर अनेक मनुष्य ऐसे हैं, जो दिन-रात काम में लगे रहते हैं और तब कहीं जाकर दो वक्त का भोजन पाते हैं? तुम्हें भी मनुष्य के अच्छे गुणों को अपनाना चाहिए और दुर्गुणों को छोड़ देना चाहिए।" एक चींटी बोली, "मनुष्य के कुछ गुण तो बताइए।" खरगोश बोला, "मनुष्य घर बनाकर रहते हैं। वे मिल-बाँटकर काम करते हैं और मिल-बाँटकर ही खाना खाते हैं। तुम्हें भी उनके ये गुण अपनाने चाहिए। जिस दिन तुम इन अच्छे गुणों को अपना लोगी, उस दिन तुम्हें मुझे अपना भोजन बनाने की इच्छा नहीं होगी।" इसके बाद खरगोश वहाँ से चला गया।

खरगोश के वहाँ से जाने के बाद चींटियों ने आपस में निर्णय किया कि आज के बाद वे भी अपने अंदर गुणों का विकास करेंगी और नियम से काम करेंगी। बस तभी से चींटियाँ मिलकर रहती हैं, एक लाइन बनाकर चलती हैं और दिन-रात मेहनत करती हैं। वे एक चीनी के टुकड़े को मिलकर उठाती हैं और फिर मिल-बाँटकर खाती हैं। खरगोश की बात मानकर चींटियों ने अपने अंदर इतने अधिक गुणों का विकास कर लिया कि आज तक मेहनत के मामले में सबसे पहले नन्ही चींटी का ही नाम लिया जाता है।

□

अनगढ़ ज्योतिषी

बहुत पुरानी बात है। अरब में कासिम नाम का एक व्यक्ति रहता था। वह बहुत आलसी था। उसकी पत्नी जारदा कासिम के आलस से बहुत परेशान थी। पुरानी भाषा में 'जारदा' नाम का मतलब 'टिड्डा' होता है। जारदा बहुत समझदार और जहीन महिला थी। वह चाहती थी कि कासिम कुछ तो काम करे, जिससे परिवार का भरण-पोषण हो सके। जब भी जारदा कासिम से काम करने के लिए कहती तो वह कहता, "अजी छोड़ो। तुम्हें पता तो है कि काम मेरे बस की बात नहीं है।" घर में रखी जमा-पूँजी धीरे-धीरे खत्म होती गई और एक दिन ऐसा भी आया जब कासिम के घर फाके पड़ने की नौबत आ गई। यह देखकर जारदा बोली, "अब तो होश में आओ और कुछ काम करो। जिस तरह तुम्हारे आलस के कारण घर में फाके पड़ गए हैं, उसी तरह एक दिन हम भूख से तड़पकर मर भी जाएँगे।" अब कासिम के चेहरे पर भी चिंता की रेखाएँ नजर आईं। वह बोला, "मैं क्या करूँ? पढ़ना-लिखना मुझे आता नहीं। अरबी के काले अक्षर मेरे लिए भैंस बराबर हैं।" जारदा गुस्से से बोली, "अब ऐसा कहने से काम नहीं चलेगा, आपको कुछ-न-कुछ करना पड़ेगा। अरे, तुमसे अच्छे तो सड़क पर खेल दिखानेवाले लोग हैं, जो मेहनत करके अपना दो वक्त का पेट भरते हैं।" कासिम इस पर मुसकराकर बोला, "मुझे खेलना भी कहाँ आता है?" फिर सहसा वह कुछ सोचते हुए उछल पड़ा और बोला, "हाँ, मैं ज्योतिषी

जरूर बन सकता हूँ। इस काम में न ही कोई मेहनत चाहिए और न ही अनुभव। जो भी मुझसे अपना भविष्य पूछने आएगा, मैं उन्हें उलटा-पुलटा बता दूँगा।" जारदा यह सुनकर अपने माथे पर हाथ मारते हुए बोली, "हाय अल्लाह! कैसे समझाऊँ तुम्हें? उलटा-सीधा बोलने से फँस गए तो लेने के देने पड़ जाएँगे।" कासिम बोला, "इस समय तो कोई-न-कोई धंधा शुरू करना पड़ेगा न! आगे की आगे देखी जाएगी।"

उसी समय वह मुख्य सड़क पर एक बड़े से पेड़ के पास अपनी चादर बिछाकर बैठ गया और एक कागज पर आड़ी-टेढ़ी रेखाएँ बनाने लगा। राहगीर एक व्यक्ति को कागज पर आड़ी-टेढ़ी रेखाएँ खींचते देख जिज्ञासा से बोले, "भाई, यह क्या लिख रहे हो?" कासिम उनकी ओर देखते हुए बोला, "अभी मेरे कार्य में बाधा उत्पन्न मत करो। मैं सितारों से बातें कर रहा हूँ। कल रात अल्लाह ने मुझे स्वप्न में आकर कहा कि उन्होंने मुझे लोगों की समस्याओं के समाधान और भविष्य बताने की शक्ति प्रदान की है।" उसका यह जवाब सुनकर जो लोग उसे जानते थे, पागल कहकर आगे बढ़ गए, लेकिन उनमें से दो-तीन ऐसे भी थे, जो समस्या में थे और उनका समाधान चाहते थे। उन्हें ऐसे समय में कासिम में डूबते को तिनके का सहारा नजर आया और उन्होंने उसे अपनी-अपनी परेशानियाँ बताईं। कासिम ने उनकी परेशानी को समझकर आड़ी-टेढ़ी रेखाएँ खींचकर आँखें बंद करते हुए उन्हें उनकी समस्याएँ दूर करने के लिए कुछ काम बताए। संयोगवश उनमें से दो लोगों की समस्याएँ कासिम के अनुसार काम करने से समाप्त हो गईं। अब तो कासिम के बताए उपायों से प्रभावित होकर उन्होंने कासिम की तारीफों के पुल बाँधने शुरू कर दिए। वे लोग जहाँ-जहाँ भी गए, वहाँ कासिम की तारीफ के पुल बाँधते गए। इससे अब कासिम के पास भीड़ रहने लगी और कासिम की कमाई भी होने लगी। जारदा भी अब कासिम से खुश रहने लगी थी।

एक दिन एक महिला रोते हुए कासिम के पास आई और हाथ जोड़ते

हुए बोली, "अब आप ही मुझे बचा सकते हैं। मुझे बचा लीजिए, नहीं तो महाराज मुझे फाँसी पर चढ़ा देंगे।" कासिम बोला, "बहन, क्या बात है? मुझे बताओ।" महिला बोली, "कैसे बताऊँ? यदि मैंने आपको वह बात बता दी तो आप और लोगों को बता देंगे। इस तरह वह बात अन्य लोगों से होते हुए महाराज तक पहुँच जाएगी और फिर मुझे पक्का फाँसी हो जाएगी।" कासिम बोला, "तुम मुझ पर भरोसा रखो। अब तो मेरे पास न जाने कहाँ-कहाँ से लोग अपनी निजी बातें लेकर आते हैं। मैं उनकी समस्याओं का समाधान करता हूँ और उनकी निजी बातों के रहस्य केवल मेरे पास ही रहते हैं।" यह सुनकर महिला बोली, "मैं बादशाह के महल में दासी हूँ। एक दिन मैंने फर्श पर बादशाह की सोने की अँगूठी पड़ी हुई देखी। न जाने मुझ पर कैसा लालच सवार हुआ कि मैंने उस अँगूठी को उठाकर छिपा लिया। मुझे लगा कि बादशाह के पास तो ढेर सारी सोने की अँगूठियाँ हैं, उन्हें कुछ पता नहीं चलेगा। लेकिन बादशाह को अपनी वह अँगूठी बहुत प्रिय थी। उन्होंने तुरंत उस अँगूठी को ढूँढ़ने के लिए जासूस तैनात कर दिए और उन्हें कह दिया कि चोर को सीधा फाँसी दे दी जाए। अब तो मेरी मौत निश्चित है।" कासिम उसे दिलासा देते हुए बोले, "चिंता न करो, तुम्हारी यह बात केवल मुझ तक रहेगी। चोरी के इल्जाम से बचने के लिए तुम आज उस अँगूठी को चुपके से स्नानघर के बड़े मटके में डाल देना। तुम्हारी जान बच जाएगी।" इसके बाद दासी ने ऐसा ही किया। उसने सबकी नजरें बचाकर अँगूठी मटके में डाल दी और अपने स्थान पर आ गई। उधर जासूस अँगूठी चोर को नहीं ढूँढ़ पाए, तो एक जासूस ने महाराज को कासिम के बारे में बताया। बादशाह ने तुरंत कासिम को अपने दरबार में बुलाया और अँगूठी चोर का पता लगाने के लिए कहा। कासिम ने अपनी दरी बिछाई और कागज पर आड़ी-टेढ़ी रेखाएँ खींचने लगा। इसके बाद वह एकाएक उठकर बोला, "अँगूठी स्नानघर के बड़े मटके में है।" सचमुच अँगूठी वहीं निकल आई। अब तो बादशाह सलामत की प्रसन्नता का ठिकाना न रहा। बादशाह बोले,

"आगे से जब भी हम किसी समस्या का सामना करेंगे तो तुम्हें बुलाएँगे।" कासिम वहाँ से वापस आ गया।

एक दिन फिर राजमहल में अनेक सैनिकों और जासूसों की मौजूदगी में चोरी हो गई। बादशाह ने तुरंत कासिम को बुलवाया और उससे बोले, "कासिम, झटपट बताइए, चोरी किसने की है? चोरी का माल कहाँ है?" यह सुनकर अनगढ़ ज्योतिषी कासिम के पैरों तले जमीन खिसक गई। लेकिन वह अपने चेहरे पर परेशानी के भावों को लाए बिना सहजता से बोला, "हुजूर, चोरी बहुत बड़ी है, इसलिए इसके लिए मुझे कई दिनों तक सितारों से बातें करनी होगी।" बादशाह बोले, "ठीक है, मैं तुम्हें 7 दिन का समय देता हूँ।" यह सुनकर कासिम चिंतित सा घर लौटा और सारी बात जारदा को बता दी। जारदा भी यह सुनकर परेशान हो गई। संयोगवश बादशाह के खजाने से चोरी करनेवाले चोर भी सात ही थे। चोरों का सरदार बोला, "कासिम, सितारों से बातें करके चोरों का पता लगा लेता है। वह हमें भी पकड़वा देगा। हमें देखना चाहिए कि वह हमें पकड़ने के लिए सितारों से क्या बातें कर रहा है?" यह सुनकर एक चोर रात को कासिम के घर के पास से गुजरा। संयोगवश उसी समय कासिम जारदा से बोला, "लो रात हो गई, सात में से एक गुजर रहा है।" कासिम का मतलब सात में से एक दिन गुजरने से था। पर यह सुनकर चोर को लगा कि शायद कासिम ने सितारों से उसके बारे में पता कर लिया है। वह डरते-डरते सरदार के पास पहुँचा और सारी बात बता दी। सरदार को इस बात पर विश्वास नहीं आया। अगले दिन दूसरा चोर रात को वहाँ से गुजरा। संयोगवश उस दिन भी कासिम जारदा से बोला, "लो, कल सात में एक गुजरा। अब दूसरा भी गुजर रहा है।" दूसरा चोर यह सुनकर बचते-बचाते सरदार के पास पहुँचा और उसे सारी बात बता दी। अब तो सरदार भी घबरा गया। वे सातों तुरंत कासिम के पास पहुँचे और उसके पैरों में गिरकर बोले, "हम राजमहल का सारा धन लौटा देंगे, पर महाराज से हमारी जान बख्शवा दो। हम फाँसी के तख्ते पर नहीं चढ़ता

चाहते।" कासिम बोला, "इसका तो एक ही उपाय है कि आप लोग सारे धन को किसी दूसरी जगह छिपा दीजिए और उसका पता मुझे दे दीजिए। मैं सैनिक भिजवाकर धन राजमहल में भिजवा दूँगा और तुम्हारा बाल भी बाँका नहीं होगा।" चोरों ने यही किया। अब तो बादशाह ने कासिम को अपना राज-ज्योतिषी नियुक्त कर दिया और उसे रहने के लिए एक आलीशान भवन भी दे दिया। अब कासिम की गरीबी विदा हो चुकी थी। समझदार जारदा को अहसास था कि इस तरह से कासिम एक-न-एक दिन फँस जाएगा। वह कासिम से बोली, "कासिम बकरे की माँ कब तक खैर मनाएगी? अब तुम्हें अपना यह काम छोड़ देना चाहिए।" कासिम हँसकर उसकी बात टाल गया और राजमहल में चला गया। बादशाह राजमहल में अपने मेहमान के साथ हँसी-मजाक कर रहे थे। अचानक उनकी नजर कासिम पर पड़ी तो वे मेहमान से बोले, "हमारा राज-ज्योतिषी बड़ा चमत्कारी है। यह अभी बता देगा कि हमारी मुट्ठी में क्या है?" यह सुनकर कासिम का चेहरा पीला पड़ गया। उसे जारदा की बात याद आ गई कि बकरे की माँ कब तक खैर मनाएगी? परेशानी में जारदा को याद करते हुए उसके मुँह से निकला जारदा, "जारदा, आज पकड़ा गया।"

पुरानी अरबी में जारदा को टिड्डा कहते थे। जैसे ही बादशाह ने अपना हाथ खोला, वैसे ही उनके हाथ से टिड्डा निकलकर उड़ गया। इसके बाद तो कासिम की इतनी तारीफ हुई, जितनी कि पहले कभी न हुई थी। लेकिन अब कासिम को जारदा की बात में दम नजर आने लगा था। वह जारदा से बोला, "तुम सही कहती हो, अब मैं ज्योतिषी के पद से मुक्ति लेना चाहता हूँ, वरना किसी दिन सचमुच मुसीबत में फँस जाऊँगा।" जारदा अपना दिमाग लगाते हुए बोली, "आप बादशाह को कहिएगा कि रात में अल्लाह ने आपसे ज्योतिष बताने की शक्ति वापस ले ली है। अब हमारे पास इतनी दौलत है कि हम कोई नया धंधा शुरू कर सकते हैं।"

जारदा की बात मानकर कासिम ने अगले ही दिन यह खबर बादशाह

को भिजवाई। बादशाह यह जानकर बहुत दुःखी हुआ। वह स्वयं कासिम के घर आया और वहाँ जारदा से भी यह बात पूछी तो जारदा बोली, "बादशाह, सचमुच भविष्य बताने की ताकत अल्लाह ने कल रात इनसे वापस ले ली है।" कासिम और जारदा की ईमानदारी से बादशाह बहुत प्रसन्न हुआ। उसने वह महल कासिम को दे दिया और वहाँ से चला आया। इसके बाद कासिम जारदा के साथ नया काम-धंधा करते हुए आराम से रहने लगा।

□

चेकोस्लोवाकिया

महीनों ने की मदद

एक जंगल में एक बुढ़िया अपनी दो बेटियों के साथ रहती थी। उसकी पुत्रियों के नाम कतिंका और डोरबंका थे। कतिंका बुढ़िया की अपनी बेटी थी और डोरबंका सौतेली। बुढ़िया घर के सारे काम डोरबंका से कराती थी। कतिंका और बुढ़िया दोनों उसे बहुत सताती थीं। डोरबंका नेक स्वभाव की थी। वह कभी भी शिकायत नहीं करती थी और खुशी-खुशी सभी काम करती थी। बुढ़िया और कतिंका डोरबंका की हर बात में कमी निकालती थीं और उसे कठिन से कठिन काम करने के लिए देती थीं।

एक दिन कड़ाके की सर्दी पड़ रही थी। डोरबंका दुबकी सी लिहाफ में घुसी बैठी थी कि कतिंका वहाँ आई और उसके लिहाफ को एक ओर फेंककर बोली, "महारानी को आराम सूझ रहा है! जाओ, मेरे लिए बाहर से बनफ्शा के फूलों को तोड़कर लाओ। मेरा मन बहुत बेचैन हो रहा है और बनफ्शा के फूल पाकर ही यह शांत होगा।" यह सुनकर डोरबंका महीन स्वर में बोली, "इस भयानक जाड़े में मुझे बनफ्शा के फूल कहाँ मिलेंगे बहन? जंगल बिल्कुल उजाड़ पड़ा हुआ है। हर ओर बर्फ-ही-बर्फ दिखाई दे रही है। ऐसे में फूल मिलने तो बहुत मुश्किल हैं।" कतिंका यह सुनकर चिल्लाकर बोली, "मुझे कुछ नहीं पता। तुम कहीं से भी मेरे लिए ये फूल चुनकर लाओ।" फिर उसने डोरबंका को घसीटते हुए धक्का देकर बाहर निकाल दिया। बाहर निकलते ही ठंडी हवाएँ डोरबंका के शरीर में चुभने लगीं। वह स्वयं से बोली, 'ओह, इतनी ठंड में मैं बनफ्शा के फूल कहाँ से लाऊँ?' थोड़ा सा चलने पर

ठंड से वह काँपने लगी। तभी उसे कुछ दूरी पर आग जलती हुई नजर आई। वह आग के पास पहुँची तो देखा कि वहाँ पर 12 व्यक्ति आग सेंक रहे थे। वह किटकिटाते दाँतों से बोली, "मुझे ठंड लग रही है। अगर आप कहें तो मैं भी थोड़ी देर आग सेंक लूँ।" उसकी बात सुनकर एक बूढ़ा सा व्यक्ति, जिसकी दाढ़ी बिल्कुल सफेद थी, अपनी चादर छोड़ता हुआ बोला, "आओ बेटी, इधर आओ। मेरे पास बैठ जाओ। मैं जनवरी हूँ। तुम इतनी ठंड में यहाँ कैसे आ गई ?" जनवरी की बात सुनकर डोरबंका रुआँसी होकर बोली, "मेरी बहन ने मुझसे बनफ्शा के फूल लाने को कहा है। मैं वही लाने घर से निकली हूँ।" यह सुनकर जनवरी की नीली आँखों में चमक उठी। वह मार्च की ओर देखते हुए बोला, "मार्च भाई, मैं समझता हूँ कि यह काम तुम कर सकते हो।" डोरबंका ने देखा कि मार्च ने हरी चादर ओढ़ी हुई थी और उसका मुख भी बहुत सुंदर था। बूढ़े जनवरी का आदेश सुनकर मार्च अपनी जगह से उठा। उसने अपना हाथ ऊपर उठाया और पलक झपकते ही उसके हाथों में बनफ्शा के फूलों का गुच्छा आ गया। डोरबंका तो फूलों का गुच्छा देखकर खुशी से उछल पड़ी। वह बोली, "जनवरी बाबा, आप बहुत अच्छे हो। अब मुझे आगे नहीं जाना पड़ेगा।" उसने मार्च से बनफ्शा के फूल लिए और वापस अपने घर लौट आई। डोरबंका को इतनी जल्दी वह बनफ्शा फूलों के साथ लौटते देख माँ-बेटी दोनों हैरान रह गईं। यह देखकर कतिंका धीमे स्वर में बोली, "माँ, यह तो फूल ले आई। हमें अब इसे और अधिक कठिन काम बताना होगा।" कुछ दिन बीतने पर एक दिन कतिंका डोरबंका से बोली, "मेरा बेर खाने का बहुत मन कर रहा है। तुम जाओ और जंगल से मेरे लिए ढेर सारे बेर लेकर आओ।" यह सुनकर डोरबंका का मुँह बर्फ की तरह सफेद हो गया। वह बोली, "इस समय इतनी ठंड में भला बेर मुझे कहाँ मिलेंगे ?" लेकिन कतिंका ने उसकी एक न सुनी और उसे धक्के देकर वहाँ से निकाल दिया। डोरबंका उदास सी काँपती हुई आगे बढ़ चली। कुछ दूर जाने पर उसे वही बारह व्यक्ति आग तापते दिखाई दिए। उन्हें आग तापते देखकर डोरबंका फिर से उदास शक्ल लिये वहाँ जा पहुँची। उसका उदास चेहरा देखकर

जनवरी बोला, "क्या हुआ नन्ही दोस्त? तुम फिर उदास हो! क्या इस बार भी तुम्हारी सौतेली बहन ने कुछ माँगा है?" डोरबंका बोली, "हाँ बाबा, इस बार उसने बेरों से भरी टोकरी मँगाई है। भला इस ठंड में बेर कहाँ मिलेंगे?" यह बोलकर उसकी आँखों में आँसू आ गए। बूढ़े जनवरी बाबा बोले, "बहादुर बच्चे रोया नहीं करते।" फिर उन्होंने जून की ओर देखा। वह सुनहरे भूरे बालों के रंग की चादर ओढ़े हुआ बैठा था। जनवरी बाबा बोले, "जून, अब तुम ही डोरबंका की सहायता कर सकते हो।" जनवरी बाबा का आदेश सुनकर जून ने अपना हाथ फैलाया तो हर ओर बेरों की झड़ी लग गई। डोरबंका ने अपने आँसू पोंछते हुए अपनी टोकरी बेरों से भर ली और उसे लेकर घर पहुँच गई। इतनी ठंड में ताजे बेरों को देखकर माँ-बेटी फिर चकित रह गईं। कतिंका तो गुस्से से बोली, "डोरबंका, तुम अभी जाओ और मेरे लिए सेब भी लेकर आओ।" यह कहकर उसने धक्के मारकर डोरबंका को बाहर निकाल दिया। अब डोरबंका बहुत थक चुकी थी। वह बिल्कुल थककर निढाल सी हो गई थी। तभी जनवरी बाबा अन्य महीनों के साथ उसके पास आ गए और बोले, "क्या हुआ नन्ही दोस्त? अब तुम्हारी बहन ने सेब मँगाए हैं न! वह भी मिल जाएँगे।" जनवरी ने इस बार सितंबर की ओर देखा। सितंबर ने अपना हाथ ऊपर उठाया तो ढेर सारे लाल-लाल सेब वहाँ नजर आने लगे। यह देखकर उत्साहित होकर डोरबंका ने सेबों को अपनी टोकरी में भरा और लौट चली। इस बार डोरबंका की टोकरी में लाल सेब देखकर माँ-बेटी और भी आश्चर्य से भर उठीं। कतिंका ने एक सेब खाया तो उसे वह बहुत अद्भुत लगा। उसने जल्दी से टोकरी उठाई और बुढ़िया से बोली, "माँ, मैं और सेब लेने जा रही हूँ।" यह सुनकर बुढ़िया उसे रोकती रह गई, लेकिन कतिंका घर से निकलकर आगे बढ़ गई। थोड़ी दूर जाने पर उसे आग सेंकते हुए बारह महीने मिले। आग को देखकर कतिंका ने जनवरी बाबा को धक्का दिया और स्वयं आग सेंकने लगी। यह देखकर जनवरी बाबा उससे बोले, "बेटी, इतनी ठंड में कहाँ जा रही हो?" इस पर कतिंका मुँह बनाते हुए बोली, "तुम्हें इससे क्या मतलब?" उस बेचारी को यह कहाँ पता था कि सेब देनेवाले यही जनवरी बाबा और

अन्य महीने हैं। उसने जनवरी के साथ अन्य महीनों को भी धक्का दिया और स्वयं आग के पास बैठ गई। यह देखकर जनवरी को क्रोध आया। उसने फूँक मारी और बर्फ की आँधी ने कतिंका को उड़ा दिया। कुछ देर में उसकी माँ उसे ढूँढ़ते हुए आई तो वह भी बर्फ की आँधी में बह गई।

अब डोरबंका अकेली रह गई। वह आराम से अपने घर के कामकाज करती और शांति से अपना जीवन जीती। एक दिन एक राजकुमार वहाँ से गुजरा। वह डोरबंका के सीधे, सरल स्वभाव और सुंदरता पर मोहित हो गया। उसने उससे विवाह कर लिया। इसके बाद दोनों आराम से रहने लगे।

□

विचित्र कौवा

एक गाँव में एक गरीब स्त्री रहती थी। एक लड़की पिन सू को छोड़कर उसका और कोई नहीं थी। लड़की बहुत ईमानदार और नेक थी। एक दिन स्त्री ने एक थाली में थोड़े से चावल सुखाने के लिए धूप में डाल दिए और पिन सू से उनकी रखवाली करने को कहा। पिन सू को चावलों की रखवाली करते हुए कुछ ही देर हुई थी कि उसकी आँख लग गई। इतनी ही देर में एक विचित्र कौवा वहाँ आया और पिन सू के चावलों को खा गया। जब चावल थोड़े से बचे हुए थे तो पिन सू की आँखें खुल गईं। कौवे को चावलों को खाता देखकर पिन सू का हृदय धक रह गया। वह उस कौवे को देखती रही। वह विचित्र कौवा अद्भुत था। उसके सोने के पंख थे और चाँदी की चोंच। उसके पाँवों में हीरे लगे हुए थे। लड़की उस विचित्र कौऐ का देखकर नरम होकर बोली, "यह क्या किया तुमने ? मैं और मेरी माँ तो पहले ही गरीब हैं। ऊपर से तुमने इन चावलों को भी खा लिया ! मेरी माँ बहुत गरीब हैं। हमारे लिए तो यह चावल बहुत कीनती थे।" यह बोलकर पिन सू की आँखों में आँसू आ गए। विचित्र कौवा पिन सू को रोता देखकर बोला, "तुम रोओ मत ! मैं तुम्हें तुम्हारे चावलों की कीमत दे दूँगा। तुम कल सुबह गाँव के बाहर बड़े पीपल के पास आना। वहाँ मैं तुम्हें तुम्हारे चावलों की कीमत दे दूँगा।" इसके बाद वह विचित्र कौवा वहाँ से चला गया।

अगले दिन सुबह-सुबह पिन सू पीपल के पेड़ के पास पहुँच गई। विचित्र कौवा उसका इंतजार कर रहा था। उसने पिन सू से कहा, "मैं तुम्हारा

ही इंतजार कर रहा था। मैं तुम्हारे लिए सीढ़ी लटका देता हूँ, बताओ, तुम्हें सोने की सीढ़ी चाहिए, चाँदी की या लोहे की?" पिन सू बोली, "मैं गरीब माँ की बेटी हूँ। मुझे तो लोहे की सीढ़ी ही चाहिए।" विचित्र कौवे ने उसके लिए सोने की सीढ़ी लटका दी। पिन सू उस पर चढ़कर ऊपर गई तो दंग रह गई। वहाँ पीपल के पेड़ की घनी पत्तियों में एक छोटा सा सोने का महल बना हुआ था। वह महल जगमग-जगमग कर रहा था। महल की जगमग से पिन सू की आँखें चौंधिया गईं। उस छोटे से सोने के महल के अंदर तरह-तरह की विचित्र सोने-चाँदी और हीरे की वस्तुएँ थीं। विचित्र कौवा बोला, "तुम्हें भूख लगी होगी, पहले कुछ खा लो, फिर अपने चावलों की कीमत लेकर चली जाना।" विचित्र कौवा पुनः बोला, "तुम्हें सोने की थाली में भोजन चाहिए या ताँबे की थाली में?" पिन सू बोली, "ताँबे की थाली में ही ठीक रहेगा।" लेकिन विचित्र कौवे ने सोने की थाली में उसके लिए तरह-तरह के व्यंजन परोस दिए। लड़की ने खूब छककर भोजन किया और अपनी माँ के लिए भी ले लिया। इसके बाद विचित्र कौवा लड़की को एक कमरे में ले गया। वहाँ तरह-तरह के छोटे-बड़े डिब्बे रखे हुए थे। कौवा पिन सू से बोला, "इनमें से कोई भी एक डिब्बा उठा लो, इनमें ही तुम्हारे चावलों की कीमत है।" पिन सू ने कोने में रखा सबसे छोटा डिब्बा उठाया और वापस अपने घर आ गई। घर आकर उसने अपनी गरीब माँ को सारी बात बताई। उन्होंने उस छोटे से डिब्बे को खोलकर देखा तो पाया कि उसमें तरह-तरह के हीरे-मोती जगमग कर रहे थे। इसके बाद लड़की और गरीब स्त्री की गरीबी दूर हो गई।

उनसे कुछ ही दूरी पर एक अमीर स्त्री अपनी बेटी तिंगी के साथ रहती थी। तिंगी अपनी माँ का बिल्कुल भी कहना नहीं मानती थी। वे दोनों माँ-बेटी लालची भी थीं। पिन सू के एकाएक अमीर होने पर तिंगी ने उससे सारी बात पूछी तो भोली-भाली पिन सू ने विचित्र कौवे की सारी बात बता दी। अब तो तिंगी को उसकी माँ प्रतिदिन ढेर सारे चावलों के साथ छत पर बिठा देती। कई दिन हो गए, लेकिन विचित्र कौवा नहीं आया। एक दिन विचित्र कौवा वहाँ आया और तिंगी के चावलों को खाने लगा। अभी कौवे ने एक दाना उठाया

ही था कि तिंगी उसे पत्थर मारते हुए बोली, "तुमने मेरे सारे चावल खा लिए, मुझे मेरे चावलों की कीमत चाहिए।" उसकी बात सुनकर कौवा उसकी चालाकी और धूर्तता को समझ गया। वह उससे बोला, "ठीक है, कल सुबह गाँव के पीपल के पेड़ के पास आकर अपने चावलों की कीमत ले जाना।" अगले दिन सुबह-सुबह तिंगी अपने चावलों की कीमत वसूलने के लिए वहाँ खड़ी हो गई। विचित्र कौवा उसे देखकर बोला, "तिंगी, ऊपर आने के लिए तुम्हें सोने की सीढ़ी चाहिए, चाँदी की या ताँबे की?" तिंगी जल्दी से बोली, "मुझे तो सोने की सीढ़ी चाहिए, दूसरी कोई नहीं।" लेकिन कौवे ने उसके लिए ताँबे की सीढ़ी लटकाई। तिंगी बुरा सा मुँह बनाकर गिरते-पड़ते ताँबे की सीढ़ी पर चढ़कर उसके महल में पहुँची। महल में कौवा उससे बोला, "आओ, पहले कुछ खा लो। बताओ, तुम सोने की थाली में खाओगी, चाँदी की या ताँबे की?" तिंगी बोली, "अरे, मैंने तो आज तक सोने की थाली में खाया है, उसी में खाऊँगी।" उसकी बात सुनकर कौवे ने उसे ताँबे की थाली में रूखा-सूखा भोजन परोसा। भोजन को उसने नाक-भौंह सिकोड़ते हुए छोड़ दिया। अब विचित्र कौवा उसे अपने साथ एक कमरे में ले गया। वहाँ तिंगी ने सबसे बड़ा डिब्बा उठाया। वह डिब्बा उससे उठाया भी नहीं जा रहा था। उस डिब्बे को लेकर वह किसी तरह अपने घर पहुँची। घर पहुँचते ही उसने अपनी माँ के साथ उस डिब्बे को खोला तो उसमें से साँप-बिच्छू निकलकर इधर-उधर भागने लगे। यह देखकर तिंगी और उसकी माँ वहाँ से भाग खड़ी हुईं। उन्हें अपने लालच का फल मिल गया था। इसके बाद तिंगी और उसकी माँ ने कभी लालच नहीं किया और सबके साथ विनम्रता के साथ रहने लगीं।

□

फीजी

नारियल की खेती

एक दिन भगवान् शंकर को समुद्र यात्रा पर जाने की धुन सवार हुई। वह माता पार्वती को लेकर सिंगापुर, जकार्ता, सिडनी, ऑकलैंड होते हुए फीजी के द्वीप के लोमोलोमो टापू पर जा पहुँचे। टापू के सुनहरे तट पर भगवान् शंकर और माँ पार्वती टहलने लगे।

लोमोलोमो टापू पर एक गरीब युवक तिमोदी रहता था। उसे कभी भी भरपेट खाना नसीब नहीं होता था। वह समुद्र तट से मछलियाँ पकड़ता और पहाड़ से कंदमूल खोदकर उन्हें ही खाता था। तिमोदी को गहरे समुद्र में नाव चलाना बहुत अच्छा लगता था। वह गहरे समुद्र में नाव चलाने में इतना कुशल था कि फीजी का कोई भी नाविक उसके मुकाबले का नहीं था। एक दिन तिमोदी की भेंट एक अमीर नाविक से हुई। वह अमीर नाविक भी नाव चलाने में बहुत कुशल था। तिमोदी उसके आगे आकर बोला, "मैं नाव चलाने में बहुत माहिर हूँ।" तिमोदी की यह बात अमीर नाविक को पसंद नहीं आई। वह उससे बोला, "अगर तुम नाव चलाने में इतने ही माहिर हो तो मेरे साथ शर्त लगाओ। शर्त यह है कि जो कोई भी अपनी-अपनी नाव को लोमोलोमो के तट से वीतीलेबू के तट तक दौड़ाएगा और जिसकी नाव वीतीलेबू के तट को सबसे पहले छू लेगी, वह बाजी जीत लेगा। शर्त हारनेवाला जीतनेवाले को दस नाव लाकर देगा और नाव न देने पर स्वयं को तब तक गिरवी रखना होगा, जब तक कि वह दस नावों के बराबर की कीमत का काम न कर ले।" निश्चित दिन दोनों अपनी-अपनी नावों के साथ लोमोलोमो के तट पर

पहुँच गए। दोनों ने अपनी-अपनी नावें खेनी शुरू कर दीं। अचानक उसी समय समुद्र में एक तेज लहर आई और तिमोदी की नाव उलट गई। जब तक तिमोदी अपनी नाव को सीधा कर चलने के लिए तैयार हुआ, तब तक अमीर नाविक बहुत दूर निकल गया था। इस तरह तिमोदी शर्त हार गया। उसके पास तो केवल एक नाव थी, दस नाव वह कहाँ से लाता? शर्त के मुताबिक उसे स्वयं को अमीर नाविक के पास गिरवी रखना पड़ा।

अब वह दिन-रात अमीर नाविक के यहाँ काम करता। अमीर नाविक उससे दिन भर काम कराता और खाने को कुछ भी न देता। एक दिन भूख से व्याकुल तिमोदी जंगलों की ओर निकल गया। वहाँ भूख से व्याकुल अपनी दशा पर उसे रोना आ गया। संयोगवश उसी समय शिव-पार्वती उस जंगल से गुजर रहे थे। तिमोदी की आवाज सुनकर माँ पार्वती बोलीं, "भोलेनाथ, कोई गरीब रो रहा है, हमें उसकी मदद करनी चाहिए।" भोलेनाथ बोले, "पार्वती, हमें इसे मोह-माया में नहीं फँसना चाहिए, हम सीधे कैलास पर्वत चलते हैं।" लेकिन माँ पार्वती भोलेनाथ का हाथ पकड़कर उन्हें तिमोदी की ओर ले गईं। वहाँ तिमोदी को रोता देखकर माँ पार्वती बोलीं, "क्या हुआ? तुम क्यों रो रहे हो?" तिमोदी बोला, "मैंने अपनी मूर्खता में एक अमीर नाविक से नाव खेने की बाजी लगाई और हार गया। अब उसने मुझे अपने यहाँ तब तक गिरवी रखा है, जब तक कि मैं उसकी नावें नहीं लौटा देता या दस नावों के मूल्य का काम नहीं कर लेता। वह दिन भर मुझसे खूब काम करवाता है और खाने-पीने के लिए कुछ नहीं देता। इसलिए मुझे जंगल में कंदमूल तलाशने आना पड़ता है।" उसकी दशा देखकर माँ पार्वती व्याकुल हो गईं। वे भोलेशंकर की ओर देखते हुए बोलीं, "इसकी मदद कीजिए।" भगवान् शंकर को भी तिमोदी पर दया आ गई। उन्होंने उसके आगे फलों और व्यंजनों का ढेर लगा दिया। इसके बाद उन्होंने धरती पर जोर से अपना पाँव मारा तो वहाँ पानी की एक धारा फूट निकली। लहलहाते जल और व्यंजनों व फलों के ढेर को देखकर तिमोदी के चेहरे पर प्रसन्नता उभर आई। शिवजी ने अपने चमत्कार से उसे दस नावें देकर अमीर नाविक से स्वयं को मुक्त कराने के लिए कहा और वहाँ से चले

गए। तिमोदी ने अमीर नाविक को उसकी दस नावें दीं। अब वह स्वतंत्र था। तिमोदी को समझ नहीं आया कि अब वह कहाँ जाए? इसलिए वह वापस उसी जगह पर आया, जहाँ शिवजी ने उसे दर्शन दिए थे। वह वहीं पर भगवान् शंकर और माँ पार्वती की आराधना करने लगा। एक दिन फिर भगवान् शंकर और माँ पार्वती उस ओर आए तो उन्होंने तिमोदी को भक्ति में लीन पाया।

भगवान् शंकर ने तिमोदी से कहा, "उठो तिमोदी, साधना बहुत हुई। अब कोई काम-धंधा शुरू करके अपना नया जीवन शुरू करो और पेड़ों की खेती करो। यह बहुत अच्छा व्यत्रसाय है। तुम ऐसे पेड़ों की खेती करो, जिनसे पीने को पानी भी मिले और खाने को गिरी भी।" यह सुनकर तिमोदी बोला, "भगवन्, ऐसा कौन सा पेड़ है, जिसमें अमृत सा जल और खाने की गिरी दोनों हैं।"

भगवान् शंकर बोले, "ऐसा पेड़ नारियल का होता है।" इस पर तिमोदी बोला, "पर खेती करने के लिए न मेरे पास हल है, न बैल, मैं खेती कैसे करूँगा?" भगवान् शंकर बोले, "चिंता मत करो, सब हो जाएगा। यह खेती बिना बैल के होगी।" फिर भगवान् शंकर अपने पुत्र गणेश के पास गए और उससे बोले, "गणपति, तुम इसी वक्त एक नारियल लेकर फीजी द्वीप पहुँचो। वहाँ लोमोलोमो टापू पर तिमोदी नाम का मेरा एक भक्त है, उसे तुम्हारी मदद की जरूरत है।" शिवजी की बात सुनकर गणेश बोले, "जैसी आज्ञा पिताजी!" इसके बाद गणेश भगवान् एक नारियल लेकर केकड़े पर सवार होकर सातों समुद्र पार कर फीजी पहुँचे। वहाँ तिमोदी उन्हीं का इंतजार कर रहा था। गणेशजी ने तिमोदी को नारियल दिया और उसे बोने की तरकीब बताकर वापस लौट आए।

तिमोदी ने उस एक नारियल को बो दिया और उससे अनेक नारियल पैदा किए। धीरे-धीरे नारियल प्रशांत महासागर के सभी द्वीपों में फैल गया। तिमोदी ने इन्हें बेचकर बहुत सारा धन इकट्ठा कर लिया। इसके बाद उसने विवाह कर लिया और सुख से अपनी पत्नी के साथ रहने लगा।

कहते हैं कि भगवान् शंकर के तीन नेत्र इसलिए हैं, क्योंकि नारियल की

खोपड़ी में भी तीन आँखें अथवा आँखों जैसे तीन छिद्र होते हैं और सिर पर शिवजी की जटा के समान जटा भी होती है। और चूँकि गणेशजी केकड़े पर सवार होकर नारियल पहुँचाने के लिए फीजी द्वीप गए थे, इसलिए आज भी केकड़ों की पीठ पर गणेशजी की मूर्ति बनी होती है।

□

सिसली

सच्चा मित्र

बहुत पुरानी बात है। सिसली द्वीप के सरोक्यूज नामक नगर में दो गहरे मित्र थे। एक का नाम डामन और दूसरे का पेथियस था। दोनों की मित्रता की मिसाल दूर-दूर तक दी जाती थी।

उन दिनों सिसली पर एक अत्यंत क्रूर तथा धूर्त राजा का शासन था। धूर्त राजा का नाम डायनोसस था। क्रूर डायनोसस से पूरी प्रजा घृणा करती थी, लेकिन डर के कारण कुछ नहीं बोलती थी। एक दिन डामन से उसका अत्याचार नहीं देखा गया और उसने उसकी कड़े शब्दों में निंदा कर दी। बस फिर क्या था ? डामन को राजद्रोह के अपराध में बंदी बना लिया गया और उसे मृत्युदंड की सजा सुना दी गई।

जब यह बात पेथियस को पता चली तो वह दौड़ा-दौड़ा डायनोसस के राजदरबार में गया। उस समय डामन डायनोसस से बात कर रहा था और कह रहा था, "राजन्! आपने मुझे मृत्युदंड की सजा दी है। मैं मरने को तैयार हूँ, लेकिन मैं आखिरी बार अपनी पत्नी और बच्चों से मिलना चाहता हूँ। वे दूर समुद्र पार रहते हैं। कृपया मुझे उनसे मिलने की मोहलत दे दी जाए।"

डामन की बात सुनकर क्रूर डायनोसस बोला, "क्या तुम मुझे मूर्ख समझते हो ? तुम मुझे अपने बीवी-बच्चों से मिलने के लिए जाने की कहोगे और मैं तुम्हें छोड़ दूँगा ? यह कभी नहीं हो सकता।" डामन बोला, "महाराज! उन्हें तो यह भी ज्ञात नहीं है कि मैं किस हाल में हूँ ? कम-से-कम अंतिम बार मुझे उनसे मिल लेने दीजिए।" पर डायनोसस किसी भी हाल में नहीं माना।

आखिर कुछ सोचकर वह बोला, "मैं तुम्हें ऐसे जाने की इजाजत तो कभी नहीं दूँगा, लेकिन हाँ, अगर तुम्हारे वापस आने तक तुम्हारे बदले कोई दूसरा व्यक्ति जेल में रहने के लिए तैयार हो जाए तो मैं तुम्हें पंद्रह दिन की मोहलत दे दूँगा। पर हाँ, इसके साथ ही यदि तुम पंद्रह दिन में नहीं लौटे तो सोलहवें दिन उस व्यक्ति को तुम्हारी जगह मृत्युदंड दे दिया जाएगा।" डायनोसस ने यह बात बहुत सोच-समझकर बोली थी। उसे मालूम था कि कोई भी अपनी जान का इतना बड़ा जोखिम लेने के लिए कभी तैयार न होगा और इस तरह उस पर यह बात भी नहीं आएगी कि उसने अंतिम समय में डामन को अपने परिवार से मिलने नहीं दिया।

पर डायनोसस को बहुत अचरज हुआ, जब डामन का प्रिय मित्र पेथियस वहाँ उसके सामने प्रकट होकर बोला, "राजन्, मैं अपने मित्र की जगह पंद्रह दिन जेल में बिताने के लिए तैयार हूँ। मुझे आपकी शर्त मंजूर है। यदि डामन पंद्रहवें दिन नहीं लौटा तो आप मुझे मृत्युदंड दे दीजिएगा।"

पेथियस की बात सुनकर डायनोसस दंग रह गया। वह सोचने लगा कि क्या दुनिया में ऐसे भी लोग हैं, जो अपने मित्र के लिए इस प्रकार अपनी जान की बाजी लगाने को तैयार है? डायनोसस यह बात बोल चुका था, इसलिए अब वह अपनी बात से पीछे नहीं हट सकता था।

पेथियस को मित्र की मदद के लिए आगे आते देखकर डामन की बेड़ियाँ खोल दी गईं और पेथियस को पहना दी गईं। पेथियस जेल में मन-ही-मन यह दुआ करता रहता कि डामन को लौटने में देर हो जाए और उसे मृत्युदंड दे दिया जाए। इससे दुनिया को पता चले कि दोस्ती क्या होती है?

उधर डामन जहाज में यह सोच-सोचकर बेचैन हो रहा था कि यदि मैं समय पर नहीं पहुँच पाया तो मेरे प्रिय निर्दोष मित्र को फाँसी हो जाएगी। मुझे हर हाल में समय से पहले वहाँ लौटना होगा। लेकिन वही हुआ, जो पेथियस सोच रहा था। हवा विरुद्ध होने के कारण डामन समय पर नहीं लौट पाया। जब पंद्रह दिन बीत गए तो राजा डायनोसस उसके पास आया और व्यंग्य से बोला, "तेरा दोस्त बहुत बड़ा धोखेबाज निकला। तुझे फँसाकर खुद

चैन की जिंदगी जी रहा है। अब तुझे उसकी जगह फाँसी पर चढ़ना होगा।" यह बोलकर वह क्रूरता से हँसता हुआ बोला, "हा⋯हा⋯हा⋯धोखेबाज डामन!" अपने मित्र पर लांछन लगाते देख पेथियस गुस्से से बोला, "मेरा दोस्त धोखेबाज नहीं है। हवा का रुख तेज है। इसलिए वह तूफान में फँस गया और समय पर नहीं लौट सका। मेरे दोस्त पर इल्जाम मत लगाओ।" इतने कठिन क्षणों में भी अपनी जान की परवाह न करते हुए मित्र की परवाह करते देख डायनोसस एक बार फिर हैरान हो गया।

आखिर इंतजार देखकर पेथियस को फाँसी के तख्ते की ओर ले जाया जाने लगा। जल्लाद ने फाँसी की डोरी तैयार की और उसे पेथियस के मुँह पर कपड़ा चढ़ाकर चढ़ा दिया। जल्लाद रस्सी खींचने जा ही रहा था कि तभी जोर की आवाज सुनाई दी—"ठहरो⋯रुको⋯रुको⋯मैं आ गया।" जल्लाद के हाथ वहीं रुक गए। सब लोगों ने आवाज की दिशा में देखा तो पाया कि डामन धूल-मिट्टी से सना घोड़े पर सवार तेजी से वहाँ आ गया था। वह उतरकर तुरंत अपने मित्र पेथियस से जा लिपटा और उसके गले से उसने फाँसी का फंदा उतार दिया।

इसके बाद वह राजा डायनोसस से बोला, "महाराज, मैं आ गया। अब मैं फाँसी के तख्ते पर चढ़ने के लिए तैयार हूँ।" डामन को मौत के मुँह में जाते देख पेथियस आँखों में आँसू भरकर बोला, "हे ईश्वर, मैं दिन-रात यह कहता था कि मेरा मित्र समय पर न लौट पाए, तूफान में अटक जाए, लेकिन आपने मेरी प्रार्थना नहीं सुनी।" इस पर डामन बोला, "पेथियस, ईश्वर ने तुम्हारी प्रार्थना सुन ली थी, लेकिन मुझे अपनी दोस्ती की लाज भी रखनी थी, नहीं तो आज के बाद दुनिया में कोई किसी को सच्चा मित्र न बनाता।" उनकी बातें सुनकर और गहरी सच्ची मित्रता देखकर डायनोसस की भी आँखें खुल गईं। उसे अपने दुर्व्यवहार पर बहुत पछतावा हुआ। इसके बाद वह फाँसी के तख्ते तक स्वयं उठकर आया और डामन का हाथ पकड़कर उसे पेथियस के पास ले जाकर बोला, "तुम दोनों दोस्तों की सच्ची दोस्ती की मिसाल आज के बाद विश्व के कोने-कोने में दी जाती रहेगी। आज तुमने मुझे भी बदल दिया

है।" इसके बाद राजा डायनोसस बिल्कुल बदल गया। वह अपनी प्रजा का ध्यान रखने लगा।

आज भी डामन और पेथियस की सच्ची मित्रता लोगों को मित्रता का पाठ पढ़ाती है।

□

कोरिया

मेढक का पछतावा

बहुत पुरानी बात है। एक तालाब में मेढकी रहती थी। उसका एक ही बेटा था। वह बहुत शरारती था। वह मेढकी का बिल्कुल भी कहना नहीं मानता था। उसकी जिद के आगे मेढकी बेचारी आँसू बहाती रह जाती थी, लेकिन हरे मेढक पर कोई असर नहीं पड़ता था। वह हमेशा हर काम को अपनी माँ के विपरीत करता था। यदि माँ कहती थी कि दाएँ हाथ से काम करो तो वह बाएँ हाथ से काम करता था। यदि उसकी माँ उसे पूरब में किसी कार्य के लिए भेजती तो वह पश्चिम दिशा में चला जाता था।

दिन इसी तरह बीतते रहे। अब हरा मेढक बड़ा हो गया था और उसकी मेढकी माँ बूढ़ी। बूढ़ी मेढकी चिंता में अपने बेटे को देखकर बहुत दुःखी होती रहती थी। वह सोचती थी कि कुछ ही समय बाद मैं मर जाऊँगी, फिर मेरे बेटे का क्या होगा? अपनी जिद के आगे इसने न ही कोई काम करना सीखा और न ही किसी के साथ मिलकर चलना। अब आगे मेरे बाद यह अपना जीवन कैसे गुजारेगा? एक दिन मेढकी की तबीयत बहुत खराब हो गई। उसने हरे मेढक को तुरंत अपने पास बुलवाया। लेकिन ढीठ मेढक बहुत देर में माँ के पास पहुँचा। तब तक उसकी माँ अपने जीवन की अंतिम घड़ियाँ गिन रही थी। आज पहली बार अपनी माँ की दयनीय हालत देखकर हरे मेढक के पैरों तले जमीन खिसक गई।

बूढ़ी मेढकी बोली, "बेटा, मेरा अंतिम समय पास है। तुमने आज तक मेरी किसी भी बात को नहीं माना, लेकिन आज मरते समय तो तुम मेरी बात की लाज रख लेना। मुझे मरने के बाद तुम पहाड़ पर बिल्कुल भी मत दफनाना। मैं चाहती हूँ कि तुम मुझे नदी के किनारे दफनाओ।" दरअसल

बूढ़ी मेढकी हरे मेढक के स्वभाव से भलीभाँति परिचित थी। वह जानती थी कि इसके बाद हरा मेढक इसके विपरीत ही करेगा और वह उसे नदी किनारे न दफनाकर पहाड़ के पास ही दफनाएगा। दरअसल वह स्वयं भी यही चाहती थी। इसलिए उसने यह बात बोली धी। यह कहने के कुछ ही क्षणों बाद बूढ़ी मेढकी के प्राण निकल गए। अपनी माँ को मृत देखकर हरा मेढक पागल-सा हो गया। कुछ देर तक तो उसे कुछ भी न सूझा। जब उसे कुछ देर बाद समझ आया कि उसकी माँ हमेशा के लिए उसे छोड़ गई है तो वह फूट-फूटकर रोया। उस दिन उसे माँ के साथ की गई सारी बदतमीजियों का भी पछतावा हुआ, लेकिन अब क्या हो सकता था?

आखिर जी भर रोने के बाद उसने ठान लिया कि उसने जीते-जी तो माँ की बात कभी मानी नहीं, लेकिन माँ की अंतिम इच्छा वह अवश्य पूरी करेगा और वह अपनी माँ को नदी के किनारे ही दफनाएगा।

इसके बाद उसने अपनी माँ के मृत शरीर को नदी के किनारे ही दफना दिया। मरने के बाद उसे अपनी माँ से बेहद प्रेम हो गया था। माँ को दफनाने के बाद वह वर्षा में उसके सिरहाने बैठा रहता था, ताकि माँ की कब्र बह न जाए और वह अपनी माँ की छाया से वंचित हो जाए! वह कब्र के किनारे घंटों बैठकर रोता रहता और मन-ही-मन प्रार्थना करता कि वर्षा में उसकी माँ की कब्र न बहे।

इस बात को बरसों बीत गए हैं, लेकिन आज भी हरा मेढक बारिश आने पर टर्र-टर्र कर नम रहता है और यही बोलता है कि हे ईश्वर, वर्षा के बहाव में मेरी माँ की कब्र को सुरक्षित रखना। बारिश में मेढक टर्र-टर्र कहकर यह भी कहता है कि मैंने अपनी माँ की जीवन भर बात नहीं मानी, इसलिए इधर-उधर घूमता रहता हूँ, लेकिन हर प्राणी को अपनी माँ की बात माननी चाहिए, क्योंकि माँ अपनी संतान के लिए कभी गलत नहीं होती।

□

बहादुर बा खो

वियतनाम के एक गाँव में एक गरीब महिला अपने बेटे बा खो के साथ रहती थी। बा खो बहुत ही शांत स्वभाव का था। वह सभी से प्रेम से बात करता था। वह अपनी माँ के साथ दिन भर खेतों में काम करता और रात को रूखा-सूखा खाकर सो जाता। उस गाँव में एक राक्षस का आतंक छाया हुआ था। वह राक्षस बहुत विशाल था। व्यक्तियों को वह गाजर-मूली की तरह खा जाता था। उसके डर से सब लोग भयभीत थे। वह राक्षस प्रतिदिन एक व्यक्ति को जिंदा खा जाता था। इस डर से सभी लोग गाँव को छोड़कर भाग गए। केवल बा खो और उसकी माँ बचे हुए थे। आज बा खो की माँ की बारी थी राक्षस के पास जाने की। माँ बोली, "बेटा, बा खो, आज मुझे राक्षस के पास जाना है। अगर मैं नहीं गई तो वह हम दोनों को ही जिंदा खा जाएगा। जब मैं राक्षस के पास जाऊँगी तो तुम भी यह गाँव छोड़कर कहीं दूर चले जाना।" अपनी माँ के मुख से यह बातें सुनकर बहादुर बा खो बोला, "माँ, आज राक्षस के पास मैं जाऊँगा और उसका काम तमाम करके आऊँगा।" बेटे के मुँह से यह सुनकर माँ हैरानी से बोली, "बेटा, मैं तुम्हें किसी भी कीमत पर राक्षस के पास नहीं जाने दूँगी।" दोनों में इसी तरह की बहस होती रही। आखिर में बा खो बोला, "माँ, आपको पता है कि मैं जिद्दी हूँ और इस बार मैंने यह जिद पकड़ी है कि इस राक्षस का काम तमाम करना है और चैन से यहाँ रहना है।" माँ बोली, "बेटा, तुम जानते हो यह बहुत मुश्किल काम है।" बा खो बोला, "माँ, मुश्किल कुछ नहीं होता, जिसे हम करने से डरने लगते

हैं, वही मुश्किल लगने लगता है। इसलिए हमें इस काम को करने के लिए आगे बढ़ना चाहिए। तुम मेरी चिंता बिल्कुल मत करो, मुझे कुछ नहीं होगा। तुम ही सोचो कि क्या हम सब मिलकर एक राक्षस को मौत के घाट नहीं उतार सकते? अरे, एकता में तो इतनी शक्ति है कि वह इतिहास बदल सकती है।" इस पर माँ बोली, "बेटा, पर इस समय तो यहाँ एक भी मनुष्य नहीं है, तुम अपने साथ किनको लेकर चलोगे?" बा खो बोला, "बस माँ, तुम देखती जाओ, मैं क्या करता हूँ?"

अपने बेटे की बहादुरी से भरी बातें सुनकर माँ की आँखों में आँसू आ गए। वह उसे सीने से लगाकर विदा करते हुए बोली, "बेटा, मैं भी तुम्हारे साथ चलती हूँ। मेरा साथ रहेगा तो तुम्हारा हौसला बना रहेगा।" बा खो माँ की यह बात मानना तो नहीं चाहता था, लेकिन वह जानता था कि माँ उसे अकेले नहीं जाने देगी। इसलिए उसने माँ को अपने साथ ले लिया। रास्ते में उन्हें नागराज मिला। बा खो ने सारी कहानी उसे कह सुनाई। वह बोला, "नागराज, क्या आप हमारी मदद करेंगे?" जहरीला नाग बा खो और उसकी माँ को देखकर द्रवित हो गया। वह बोला, "हाँ, मैं अवश्य तुम्हारी मदद करूँगा।" वह उनके साथ हो लिया और उसने अन्य नागों को भी वहाँ बुला लिया। आगे बढ़ने पर उसे विषैला बिच्छू मिला। बा खो ने उसे भी अपनी कहानी सुनाई। बिच्छू भी अपने साथियों के साथ उसके साथ हो लिया। कुछ दूर जाने पर उन्हें बर्रों का राजा मिला। फिर चींटियों की रानी, लोमड़ी की नानी, सियारों का सरदार, शेर, सभी अपनी सेनाएँ लेकर बा खो के साथ हो लिये। अब बा खो के साथ जंगल के सारे जीव-जंतुओं की फौज थी। यह देखकर बा खो की माँ बा खो को दुलारते हुए बोली, "बेटा, तू सही कहता था। देख, आज तेरी बुद्धि से सभी जीव-जंतु उस राक्षस को मारने के लिए हमारे साथ हो लिये हैं।" जैसे ही राक्षस का निवास नजदीक आता गया, वैसे ही बा खो सबसे आगे चलने लगा। उसके पीछे बर्रों की सेनाएँ सजने लगीं, फिर फन हिलाते हुए लपलपाते सर्पों की पलटन, जमीन पर रेंगते हुए बिच्छू, सभी जोश के साथ आगे बढ़ने लगे।

आखिर सभी कठिनाइयों को पार कर वे सब राक्षस के किले के समीप पहुँच गए। राक्षस के किले के दरवाजे बहुत मजबूत थे। उन मजबूत दरवाजों को तोड़ने के लिए हाथी, दरियाई घोड़ा और बड़े-बड़े जानवर आगे आ गए। सबकी शक्ति मिल जाने से कुछ ही देर में मजबूत दरवाजा एक ओर गिर गया। दरवाजा गिरने से राक्षस नींद से जागा। वह जानवरों की पूरी फौज के साथ ही नन्हे बा खो और एक महिला को देखकर आगबबूला होकर उनकी ओर झपटा। लेकिन इससे पहले ही मधुमक्खी, टिड्डे, ततैये, चींटियाँ तैयार थीं। उन्होंने राक्षस के ऊपर धावा बोल दिया। ढेर सारी मधुमक्खियाँ राक्षस से चिपट गईं। ततैयों के डंक से राक्षस तिलमिला उठा। शेर, चीता, हाथी सभी राक्षस पर वार करने लगे। इतने वारों को एक साथ झेलने की ताकत राक्षस में न थी। कुछ देर तक तो उसने उनका मुकाबला किया। लेकिन मधुमक्खियों के काटने से, ततैये के डंक से, सर्प के विष से राक्षस अचेत हो गया। अचेत राक्षस को नरभक्षी जानवरों ने अपना शिकार बना लिया। इस तरह नन्हे बा खो की समझदारी और बुद्धिमत्ता से एक भयानक राक्षस का अंत हो गया।

राक्षस का अंत होने के बाद बा खो की माँ बोली, "बेटा, सच है, इस दुनिया में हर ताकतवर वस्तु व व्यक्ति को पराजित किया जा सकता है, यदि व्यक्ति ईमानदारी और बुद्धि से अपने पग पर बढ़ता रहे। तुमने आज इस इस बात को साबित कर दिया है।"

इसके बाद बा खो अपनी माँ के साथ अपने घर लौट आया। राक्षस के अंत की बात सुनकर गाँववासी भी वापस लौट आए और आपस में मिल-जुलकर एकता के साथ रहने लगे।

□

अद्भुत शहजादी

बहुत पुरानी बात है। तुर्की में एक बादशाह रहता था। उसकी फूल से भी कोमल तीन बेटियाँ थीं। वह अपनी बेटियों को बहुत प्यार करता था। जब वे तीनों विवाह योग्य हो गईं तो उसने उन्हें अपने पास बुलाया। उन दिनों राजकुमारियों का विवाह उनके द्वारा फेंके गए तीर से तय होता था। बादशाह ने तीनों राजकुमारियों से अपने अपने हाथ में लिये गए धनुष का तीर छोड़ने को कहा। तीनों राजकुमारियों ने अपने-अपने तीर छोड़ दिए। सबसे बड़ी राजकुमारी का तीर वजीर के महल पर गिरा, मँझली राजकुमारी का तीर बड़े व्यापारी के महल पर गिरा और सबसे छोटी राजकुमारी का तीर एक लकड़हारे की झोंपड़ी पर आकर गिरा। राजा ने अपनी दोनों राजकुमारियों के विवाह वजीर के लड़के और व्यापारी के पुत्र के साथ कर दिए, लेकिन तीसरी राजकुमारी का विवाह वे एक गरीब लकड़हारे से करने के लिए तैयार नहीं थे। उन्होंने राजकुमारी से कहा, "बेटी, तुम एक बार और प्रयास करो।" इस पर छोटी राजकुमारी बोली, "नहीं पिताजी, मैं लकड़हारे के साथ ही विवाह करूँगी। ऐसा करने से नियम टूट जाएगा।" यह सुनकर दुःखी मन से बादशाह को अपनी छोटी पुत्री का विवाह लकड़हारे के साथ करना पड़ा।

लकड़हारा बहुत ईमानदार और नेक था। वह अपनी राजकुमारी पत्नी के साथ प्रेम से रहता। जंगल से लकड़ियाँ काटकर लाता और दोनों दो वक्त की रोटी खाते। कुछ समय बाद राजकुमारी ने एक कन्या को जन्म दिया। कड़कड़ाते जाड़े में बच्ची ठंड से काँप रही थी। झोंपड़ी में सर्दी से बचने का

कोई उपाय न था। राजकुमारी बार-बार नन्ही कन्या को ठंड से बचाने का प्रयास करती। अपनी कन्या की बुरी हालत देखकर राजकुमारी रोने लगी। तभी झोंपड़ी में एक अद्भुत चमत्कार हुआ। झोंपड़ी में तेज रोशनी फैल गई। उस तेज रोशनी से तीन कन्याएँ निकलीं। वे तीनों झोंपड़ी के द्वार पर आकर खड़ी हो गईं। उन्होंने हाथ से संकेत किया। देखते-ही-देखते झोंपड़ी एक सुंदर महल में बदल गई। टूटी चारपाइयाँ गद्देदार पलंगों में बदल गईं। राजकुमारी हैरानी से यह सब देखती रही। तभी तीनों कन्याएँ नन्ही बच्ची के पास आईं। उन तीनों ने उसे एक-एक वरदान दिया। पहली कन्या बच्ची के माथे पर हाथ रखते हुए बोली, "इसकी आँखों से आँसू की जगह मोती निकलेंगे।" दूसरी बोली, "जब यह हँसेगी तो चारों ओर अद्भुत गुलाब के फूल खिल जाएँगे।" तीसरी बोली, "जब यह चलेगी तो घास हरी हो उठेगी।" ये वरदान देकर वे तीनों वहाँ से ओझल हो गईं। यह देखकर राजकुमारी ने अपनी कन्या का नाम 'वरदानी' रख दिया। शाम को जब लकड़हारा लकड़ियाँ लेकर लौटा तो अपनी झोंपड़ी के स्थान पर महल देखकर चकित रह गया। राजकुमारी महल से बाहर निकलकर आई और सारी बात बताई। यह देखकर लकड़हारा और राजकुमारी सुख से रहने लगे। वरदानी समय के साथ-साथ बड़ी होने लगी। उसके बड़े होते-होते उसके अद्भुत गुणों की बात एक बादशाह तक भी पहुँच गई। उसने उसी समय वरदानी के घर विवाह का प्रस्ताव भिजवा दिया। यह प्रस्ताव एक बुढ़िया लेकर वहाँ पहुँची। राजकुमारी वरदानी की सुंदरता और गुणों को देखकर वह दंग रह गई। वह नेक और ईमानदार बादशाह से अपनी बेटी का विवाह करना चाहती थी। वरदानी के कारण ऐसा संभव न था। इसलिए उसने उसे मौत के घाट उतारने की ठान ली।

बुढ़िया बादशाह के पास लौटी और उनसे विवाह की तैयारियाँ करने के लिए कहने लगी। बादशाह खुशी-खुशी विवाह की तैयारियों में लग गया। विवाह वाले दिन बुढ़िया ने दो पालकियाँ मँगवाईं। उसने एक पालकी में अपनी लड़की को दुलहन बनाकर बैठा दिया और दूसरी पालकी में एक बड़े संदूक के साथ वह स्वयं बैठ गई। बुढ़िया ने पालकी उठानेवाले कहारों को

लालच देकर अपने साथ मिला लिया। वे वरदानी के घर पहुँच गए।

पालकियों को देखकर वरदानी के माँ-बाप बहुत खुश हुए। उन्होंने खुशी-खुशी वरदानी को विदा कर दिया। अब बुढ़िया अपनी चाल चलने के लिए तैयार हो गई। जब पालकी घने जंगल में पहुँच गई तो उसने वरदानी को कहारों की मदद से पालकी से जबरदस्ती निकाला और उसके हाथ-पैर बाँधकर उसे संदूक में बंद कर जंगल में फेंक दिया। बुढ़िया की बेटी दुलहन बनकर महल में चली आई। बादशाह ने दुलहन का स्वागत किया।

दूसरे दिन शहजादा अपनी दुलहन से मिलने के लिए बेताबी से उसकी ओर चला। शहजादा सोच रहा था कि राजकुमारी वरदानी अपने माता-पिता को याद कर रोई होगी और पूरा कमरा मोतियों से भर गया होगा। लेकिन यह क्या, जैसे ही वह वहाँ गया, वहाँ उसे कुछ नजर न आया।

यह देखकर वह बुढ़िया से बोला, "अम्माँ, क्या यही राजकुमारी वरदानी है? यह तो साधारण सी लड़की प्रतीत होती है।" इस पर बुढ़िया बोली, "बेटा, दरअसल जंगल से पालकी लाते समय राजकुमारी वरदानी ने वन लताओं को प्रणाम नहीं किया। इसलिए उन्होंने इसे शाप दे दिया है कि एक साल तक यह साधारण लड़कियों जैसी ही रहेगी।" बादशाह बुढ़िया की बात को सच मानकर वहाँ से चला गया। उधर संदूक में बंद वरदानी का दम घुटने लगा था। वह संदूक के अंदर से चिल्ला रही थी। संयोगवश एक वृद्ध वहाँ से गुजर रहा था। उसने संदूक को उत्सुकतावश खोलकर देखा तो पाया कि संदूक में मोती चमक रहे थे। इतने सारे कीमती मोती देखकर वृद्ध की आँखें फटी रह गईं। वृद्ध ने वरदानी को पानी पिलाया और उसे अपने साथ लेकर चला आया। अब वह वृद्ध अमीर हो गया था। एक दिन राजकुमारी वरदानी जोर-जोर से हँसने लगी तो वहाँ विभिन्न तरह के अद्‌भुत गुलाब के फूल खिल गए। यह देखकर वृद्ध दंग होकर राजकुमारी से बोला, "बेटी, यह क्या चमत्कार है?" राजकुमारी वरदानी बोली, "बाबा, आप इन फूलों को बादशाह को देकर आइए। यदि वह इन फूलों को देखकर आपसे कुछ पूछें तो उन्हें सच बता दीजिएगा।" वृद्ध शहजादे के पास गुलाब के अद्‌भुत फूल लेकर गया

तो शहजादा बोला, "बाबा, ये फूल साधारण नहीं हैं। आप मुझे बताइए कि ये फूल आपको कहाँ से मिले ?" वृद्ध बोले, "बेटा, मेरे साथ चलो और खुद देख लो कि ये फूल मुझे कैसे मिले ?" शहजादा वृद्ध के साथ चल पड़ा। राजकुमारी वरदानी ने जब वृद्ध के साथ शहजादे को देखा तो उसकी आँखों से खुशी के आँसू निकल पड़े और चहुँओर मोती जगमग-जगमग करने लगे।" शहजादा राजकुमारी वरदानी को पाकर बहुत खुश हुआ। इसके बाद उसने बुढ़िया और उसकी बेटी को महल से बाहर कर दिया और राजकुमारी वरदानी के साथ प्रेम से रहने लगा।

□

मित्र बन गए शत्रु

यह बात उस समय की है, जब सभी पशु-पक्षियों में आपस में मित्रता थी। सब एक-दूसरे की बात मानते थे और सबका सम्मान करते थे। एक बार कुत्तों को दूसरे राज्य के कुत्तों ने आमंत्रित किया। रिश्तेदारी का मामला था। सभी कुत्तों को उस आमंत्रण को स्वीकार करके वहाँ जाना था, लेकिन उनके सामने एक बहुत बड़ी विकट समस्या उत्पन्न हो गई। कुत्तों के पास अत्यंत महत्त्वपूर्ण दस्तावेज थे। उन दस्तावेजों को साथ नहीं ले जाया जा सकता था, साथ ही लापरवाही से छोड़कर भी नहीं जाया जा सकता था। अब कुत्तों के समक्ष समस्या यह उत्पन्न हुई कि उन महत्त्वपूर्ण दस्तावेजों को कहाँ छोड़ा जाए?

इस संदर्भ में चर्चा करने के लिए कुत्तों की सभा एक स्थान पर आयोजित हुई। एक कुत्ता बोला, "हम पुराने मंदिर में उन कागजों को छिपा देते हैं।" दूसरा बोला, "पर अगर हमें पुराने मंदिर में किसी ने दस्तावेज छिपाते देख लिया तो लेने के देने पड़ जाएँगे।" इस पर तीसरा बोला, "फिर ऐसा करते हैं कि इन दस्तावेजों को साहूकार के पास छोड़ जाते हैं, मुझे तो उससे विश्वसनीय कोई नहीं लगता।" चौथा बोला, "साहूकार अपनी बेईमानी के लिए प्रसिद्ध है। कुछ और तरीका ढूँढ़ना होगा।" पाँचवाँ बोला, "मुझे तो लगता है कि हमें इन दस्तावेजों को अपने साथ ही ले जाना चाहिए। इससे हमें थोड़ी मुश्किल अवश्य होगी, लेकिन दस्तावेज सुरक्षित रहेंगे।" यह सुनकर छठा बोला, "रास्ते में हमें डाकू मिल गए या आँधी-तूफान

आया तो फिर···फिर क्या करेंगे? ऐसे में तो हमारी सुरक्षा का ही भरोसा नहीं है, फिर दस्तावेज कहाँ सुरक्षित रहेंगे?" उन सबकी बात सुनकर एक बूढ़ा कुत्ता बोला, "मुझे एक बहुत बढ़िया उपाय सूझा है। दस्तावेज रखने के लिए हमें किसी-न-किसी पर तो विश्वास करना ही होगा। इसके लिए मुझे सबसे ज्यादा बिल्लियों पर भरोसा है। वे अपने कार्य और सुरक्षा दोनों के प्रति बहुत सतर्क रहती हैं।" यह सुनकर सभी कुत्तों ने सहमति में गरदन हिलाई। इस तरह सभा में निर्णय लिया गया कि जाने से एक दिन पहले इन महत्त्वपूर्ण दस्तावेजों को बिल्लियों की रानी को सौंप दिया जाएगा।

दूसरे राज्य में रवाना होने से पहले कुत्तों का सरदार बिल्लियों के पास गया और अपने महत्त्वपूर्ण दस्तावेज उनके पास रखने का निवेदन किया। बिल्लियों की रानी प्रसन्न होकर बोली, "हम सभी एक-दूसरे के काम आते हैं। ऐसे ही दुनिया चलती है। आप बेफिक्र होकर वहाँ पर मौज-मस्ती कीजिएगा, आपके दस्तावेज यहाँ बिल्कुल सुरक्षित रहेंगे।" यह आश्वासन पाकर कुत्तों का सरदार खुशी से झूमता हुआ वहाँ से चला गया।

इसके बाद सभी कुत्ते अन्य राज्य की ओर रवाना हो गए। बिल्लियों ने दस्तावेज रख तो लिये, लेकिन उनकी सुरक्षा करना कोई आसान काम भी न था। चोरी होने का डर, आग लग जाने का डर, पानी में भीग जाने का डर। बहुत सारे झंझट थे, लेकिन अब जब जिम्मेदारी ले ली थी तो उसे पूरा भी करना था। इसलिए प्रत्येक बिल्ली रात को उन दस्तावेजों की निगरानी करती थी। गरमियों में तो फिर भी ठीक था, लेकिन रात के समय बिल्लियों के लिए कड़ी ठंड में दस्तावेजों की निगरानी करना बहुत टेढ़ी खीर था।

एक दिन कई बिल्लियाँ दस्तावेजों की निगरानी करते-करते थक गईं। बहुत समय हो गया था और कुत्तों के लौटने की अभी तक कोई खबर न थी। बिल्लियाँ अपनी रानी से बोलीं, "रानी माँ, अब दस्तावेजों की देखभाल हमसे नहीं की जाती। हम बहुत थक जाती हैं। पूरा दिन काम करो और रात में दस्तावेजों की निगरानी!"

बिल्लियों की रानी यह सुनकर चिंतित होकर बोली, "पर हमने कुत्तों के सरदार को वचन दिया है कि उनके दस्तावेज यहाँ बिल्कुल सुरक्षित हैं। ऐसे में हम अपने वचन से मुकर नहीं सकते।" इस पर एक बुद्धिमान बिल्ली बोली, "रानी माँ, आप अपने वचन की लाज रखिए, लेकिन ऐसा करते हैं कि हम ये जिम्मेदारी चूहों को दे देते हैं। चूहे नीचे बिल में रहते हैं। वहाँ पर आँधी, पानी और आग का डर कम है। इससे हम भी शांति से रहेंगे और चूहों के पास दस्तावेज भी सलामत रहेंगे।"

रानी बिल्ली का मन इस बात को मानने का तो नहीं था, लेकिन उसने ध्यानपूर्वक सोचा तो इसे उसमें कुछ बुराई भी नजर नहीं आई। वह चूहों के बिल के पास पहुँची और चूहों के सरदार को वे महत्त्वपूर्ण दस्तावेज देते हुए कहा, "इनकी देखभाल करना। यह हमारे पास कुत्तों की अमानत है।" चूहों के सरदार ने उन दस्तावेजों को अपने बिल में सँभालकर रख दिया।

लेकिन सर्दी में चूहे बिल में ठंड से परेशान हो गए। ऐसे में कागज के दस्तावेजों के बीच में बैठकर उन्हें थोड़ी राहत महसूस होती थी। सर्दी के कारण बाहर निकलने का मन नहीं करता था, इसलिए भोजन की समस्या भी उत्पन्न हो गई थी। एक दिन एक चूहे ने उत्सुकतावश कागज को कुतरा। कागज कुतरने में उसे बहुत आनंद आया। बस फिर क्या था, अब तो सभी चूहों ने उन कागजों को कुतरना प्रारंभ कर दिया और कुछ ही देर में वहाँ पर ढेर सारे कुतरे हुए कागज इकट्ठे हो गए।

इसके कुछ ही समय बाद कुत्ते वापस लौट आए। कुत्तों का सरदार अपने महत्त्वपूर्ण दस्तावेज लेने के लिए बिल्ली के पास गया। बिल्ली की रानी उसे साथ लेकर चूहों के पास गई। उसने कुत्ते को प्रतीक्षा करने के लिए कहा और चूहों के सरदार से बोली, "लाओ, वे महत्त्वपूर्ण कागज दे दो। कुत्ते अपने दस्तावेज लेने के लिए आ गए हैं।" तभी बिल्ली की नजर कागज की कुतरनों पर पड़ी तो उसका दिल धक से रह गया। यह देखकर वह तेजी से चूहे के सरदार के पीछे दौड़ी। उसे दौड़ता देखकर कुत्ते की नजर चूहे के बिल पर गई तो उसे वहाँ पर अपने महत्त्वपूर्ण दस्तावेजों के

टुकड़े नजर आए। अपने महत्त्वपूर्ण दस्तावेजों की यह हालत देखकर कुत्ता आगबबूला हो गया। वह बिल्ली के पीछे दौड़ा। बिल्ली चूहे के पीछे दौड़ रही थी। बस, तब से लेकर आज तक तीनों एक-दूसरे के शत्रु बनकर उनका पीछा करते घूम रहे हैं।

□

भुट्टा चोर

एक गाँव में एक किसान रहता था। उसके पास खेती-बाड़ी के अलावा एक भुट्टों का खेत भी था। उसकी सभी फसलों में भुट्टों की फसल बहुत अच्छी होती थी। जब उसके खेत में भुटटों में लगे सफेद और पीले दाने जगमग करते थे तो ऐसा लगता था कि मानो हवा के झोंकों के साथ सोना और चाँदी लहरा रहे हों! जो भी कोई उसके भुट्टे के खेत को देख लेता, वह उन भुट्टों का दीवाना बन जाता था।

कुछ दिनों से किसान ने देखा कि उसके खेत में भुट्टे कम होते जा रहे हैं। धीरे-धीरे उसके खेत से भुट्टों की चोरी बढ़ती गई। उस किसान के तीन बेटे थे। उसने अपने तीनों बेटों को अपने पास बुलाया और भुट्टे चोरी होने की बात बताई। किसान के दो बेटे बहुत घमंडी थे, जबकि सबसे छोटा बेटा बहुत सभ्य एवं विनम्र था। किसान अपने तीनों बेटों से बोला, "कोई हमारे भुट्टे चोरी करके ले जाता है। तुम सबको पता है कि हमारे खेत के भुट्टे सब जगह प्रसिद्ध हैं। ऐसे में भुट्टा चोर का जल्दी-से-जल्दी पकड़ा जाना जरूरी है। तुम तीनों में से जो भी जल्दी-से-जल्दी भुट्टा चोर को मेरे पास लाएगा, मैं उसे अपना उत्तराधिकारी बना दूँगा।" किसान की बात सुनकर सबसे पहले बड़ा बेटा भुट्टा चोर की तलाश में चला। रात के अँधेरे में वह अपनी चारपाई से उठा और कंधे पर बंदूक रख, सिर पर गोल टोप पहनकर अपने भुट्टे के खेतों की ओर चल पड़ा। कुछ देर तो वह खेत पर खड़ा इधर-उधर देखता रहा, लेकिन फिर उसको नींद आ गई और वह खेत के पास रखी चारपाई पर

लेट गया। कुछ देर बाद एक मेढक के टर्राने की आवाज सुनकर वह उठा। उसने देखा कि एक मेढक उसके सिरहाने था। मेढक बोला, "तुम मुझे अपने साथ ले चलो, मैं भुट्टा चोर को ढूँढ़ने में तुम्हारी मदद करूँगा?" मेढक को कीचड़ में सना देखकर बड़े बेटे ने घृणा से मुँह फेरते हुए कहा, "जा-जा! तू इतना सा मेढक मेरी क्या मदद करेगा!" फिर उसने मेढक को उठाकर उसे एक कुएँ में फेंक दिया। इसके बाद वह खेतों की निगरानी करने लगा। उसने बहुत कोशिश की कि उसे नींद न आए, लेकिन जल्दी ही वह नींद के आगोश में सो गया। सुबह होने पर उसने देखा कि उसके खेत के ढेर सारे भुट्टे कोई तोड़कर ले गया था। बड़ा बेटा अपना-सा मुँह लेकर घर चला गया। अब मँझले की बारी थी।

मँझले को खेत की ओर जाते समय वही मेढक मिला। मेढक बोला, "तुम मुझे अपने साथ लेकर चलो, मैं तुम्हारी भुट्टा चोर को ढूँढ़ने में मदद करूँगा।" मँझले ने भी उसे देखकर घृणा से मुँह फेर लिया और बोला, "अरे, तू मेरी क्या मदद करेगा, चल एक ओर हट और मुझे अपना काम करने दे!" मँझला भाई खेत पर पहुँचकर जागने की कोशिश करता रहा, लेकिन उसे भी नींद आ गई। सुबह चिड़ियों की चहचहाट से उसकी नींद खुली तो उसने देखा कि खेत के ढेर सारे भुट्टे गायब थे। बेचारा मँझला बेटा भी मुँह लटकाकर वापस घर लौट गया।

अब सबसे छोटे बेटे की बारी थी। वह भी अपने भाइयों की तरह खेत की ओर चला। उसे भी वही मेढक टर्राता हुआ मिला। छोटे बेटे ने मेढक को प्यार से अपने हाथ पर उठाया और बोला, "कहो दोस्त, कुछ खाओगे?" इसके बाद छोटे बेटे ने मेढक को अपने साथ लाए गए खाने में से थोड़ा खाने को दिया। खाने के बाद छोटा बेटा बोला, "अब बताओ, तुम टर्रा क्यों रहे थे? कुछ कहना चाहते हो क्या?" मेढक उछलते हुए बोला, "तुम मुझे अपने साथ अपने खेतों में ले चलो। मैं तुम्हारी भुट्टा चोर ढूँढ़ने में मदद करूँगा। छोटा बेटा खुश होकर बोला, "वाह दोस्त! यह तो तुमने बहुत खूब कहा! अब मुझे खेत में रात अकेले नहीं बितानी पड़ेगी।' वह मेढक को लेकर खेत में पहुँच

गया। मेढक और छोटा लड़का हँसी-मजाक करते हुए बातें करते रहे। तभी आधी रात को एक सुंदर सी चिड़िया खेत की ओर बढ़ी। उस चिड़िया के पंख सोने की तरह चमक रहे थे। जैसे ही वह भुट्टों की ओर लपकी, वैसे ही छोटे लड़के ने उसे मारने के लिए अपनी बंदूक उठाई। तभी मेढक बोला, "यह क्या कर रहे हो, दोस्त! इस चिड़िया को नुकसान मत पहुँचाना। यह तुम्हारी होने वाली पत्नी है।" मेढक की यह बात सुनकर लड़का हैरानी से मेढक की ओर देखते हुए बोला, "यह तुम क्या कह रहे हो? भला यह चिड़िया मेरी पत्नी कैसे हो सकती है?" इस पर मेढक बोला, "यह एक राजकुमारी है और शाप के कारण चिड़िया बन गई है। तुम इसके पंखों को पकड़ लो, इससे यह शापमुक्त हो जाएगी।" छोटे बेटे ने ऐसा ही किया। जैसे ही उसने चिड़िया के सुनहरे पंखों को हाथ लगाया, वैसे ही वे पंख झड़ गए और चिड़िया एक सुंदर राजकुमारी में बदल गई। राजकुमारी बोली, "आज तुमने मुझे शापमुक्त कर दिया है। मैं ही तुम्हारे भुट्टों को ले जाती थी। तुम्हारे खेत के भुट्टों का स्वाद बहुत अद्‌भुत था।" राजकुमारी की बात सुनकर लड़का बोला, "तुम इन भुट्टों का स्वाद जीवन भर ले सकती हो, यदि तुम मेरी जीवनसाथी बन जाओ!" राजकुमारी ने मुसकराकर उसका हाथ थाम लिया।

अगले दिन सुबह छोटे बेटे ने अपने पिता से राजकुमारी को मिलवाया और सारी बात बताई। पिता ने बेटे को आशीर्वाद दिया और उन दोनों का विवाह कर दिया। कुछ समय बाद किसान ने उसे अपना उत्तराधिकारी भी बना दिया। इस तरह वे सुखपूर्वक जीवन जीने लगे।

□

यूक्रेन

लोमड़ी की चालाकी

चटपट लोमड़ी बहुत चटोरी थी। उसे शहद बहुत पसंद था। एक दिन उसका शहद खाने का बहुत मन कर रहा था। यह सोचकर वह मधुमक्खियों के छत्ते की ओर बढ़ चली। वह चुपचाप वहाँ से शहद लेने की योजना बनाने लगी। जब उसे लगा कि मधुमक्खियाँ शांत हैं तो उसने शहद खुरचने के लिए अपने पंजे छत्ते में डाल दिए। लेकिन यह क्या? पंजों का छत्ते में डालना था कि अनेक मधुमक्खियाँ भिनभिनाती हुई आईं और चटपट लोमड़ी से चिपट गईं। बेचारी चटपट लोमड़ी ने बड़ी मुश्किल से अपनी जान बचाई।

वह नाक सिकोड़ते हुए बोली, "उफ्फ! शहद तो बहुत मीठा है, लेकिन मधुमक्खियाँ बहुत तीखी हैं।" वह बेचारी अपनी झोंपड़ी में आकर धम्म से गिर गई। मधुमक्खियों के काटने से उसकी नाक सूज गई थी और मुँह भी सूज गया था। कुछ दिनों बाद जब वह ठीक हुई तो उसके मन में फिर से शहद खाने की इच्छा बलवती हो उठी। लेकिन अब वह स्वयं मधुमक्खियों के छत्ते में हाथ डालकर शहद निकालने का जोखिम नहीं ले सकती थी। इसलिए उसने झबरू रीछ के पास जाकर उससे शहद मँगवाने की सोची। वैसे भी झबरू का प्रसिद्ध भोजन शहद ही था। वह ढेर सारा शहद जमा करके अपनी गुफा में रखता था। चटपट झबरू के पास पहुँची। झबरू उसे देखते ही बोला, "अरे चटपट, कैसी हो? बहुत दिनों से दिखाई नहीं दी। सब ठीक है न?" चटपट बोली, "कुछ न पूछो झबरू! कई दिनों से बीमार थी। डॉक्टर ने मुझे

शहद खाने की सलाह दी है। अब तुम ही बताओ, बीमारी में मैं शहद कहाँ से लेकर आऊँ?" झबरू बोला, "ऐसा करो, जब तक तुम ठीक नहीं हो जाती, मेरी गुफा में ही रहो। मैं तुम्हारे लिए ताजा शहद ले आऊँगा।" यह सुनकर चटपट के मुँह में तो पानी आ गया। वह अपनी खुशी जाहिर न करते हुए उदासीन सी होकर बोली, "ठीक है, मैं ऐसा ही करती हूँ। कुछ दिन तुम्हारे यहाँ रह जाती हूँ। हो सकता है, मेरी बीमारी शहद खाकर ठीक हो जाए।"

अगले ही दिन झबरू शहद के दो बड़े-बड़े छत्ते ले आया। वह चटपट से बोला, "एक छत्ता तो हम अभी के लिए रख लेते हैं और दूसरा सर्दियों के लिए। सर्दियों में गुनगुनी धूप में शहद खाने का अपना ही आनंद है।" चटपट तो शहद से भरे दो छत्ते देखकर खुशी से उछल पड़ी।

उस दिन चटपट और झबरू ने जी भर के शहद खाया। अब तो चटपट दिन-रात शहद का आनंद उठाती। उसका स्वास्थ्य ताजा शहद खाकर और निखर गया था। एक दिन छत्ते का शहद खत्म हो गया, लेकिन अब चटपट को शहद खाए बिना भोजन बेस्वाद लगता था। इसलिए उसने सर्दियों वाले छत्ते को भी खाने की सोची। झबरू ने दूसरे छत्ते को छत पर रखा हुआ था। उस दिन चटपट को शहद की बहुत याद आ रही थी। वह झबरू से बोली, "मुझे छत पर कुछ काम है। मैं अभी आई।" इसके बाद छत पर पहुँचते ही उसने दूसरे छत्ते में रखे शहद पर हाथ साफ करना शुरू कर दिया। रोज-रोज छत पर जाने से झबरू को उस पर शक हो सकता था। इसलिए चतुर चटपट दूसरे दिन छत पर जाने के लिए छिपकर अपनी पूँछ को जोर-जोर से दीवार पर मारने लगी। झबरू बोला, "यह कैसी आवाज है?" चटपट बोली, "पड़ोसी मुझे छत पर बुला रहे हैं। उनके यहाँ बच्चों का जन्म हुआ है। मैं उन्हें देखकर आती हूँ।" इसके बाद वह झबरू के जवाब को सुने बिना ही छत पर भाग गई। वहाँ जाकर उसने जी भर के शहद खाया। जब वह वापस लौटी तो झबरू बोला, "पड़ोसियों ने अपने बच्चों का क्या नाम रखा है?" चटपट बोली, "उन्होंने अपने बच्चों का नाम कम-कम खुरचा रखा है!" "भला यह भी कोई नाम है!" झबरू बोला। इसके बाद अगले दिन फिर वह अपनी

पूँछ को इसी तरह दीवार पर मारने लगी। झबरू बोला, "अब यह आवाज कहाँ से आ रही है?" चटपट बोली, "दूसरे पड़ोसी के यहाँ लड़की हुई है। वह भी मुझे बुला रहे हैं।" इसके बाद वह तेजी से छत पर भाग गई। उसने फिर जी भर शहद खाया। नीचे आने पर झबरू बोला, "लड़की का क्या नाम रखा है पड़ोसियों ने?" "कम बचा।" चटपट बोली। "यह तो बड़ा अजीब सा नाम है। लेकिन खैर हमें क्या!" तीसरे दिन फिर चटपट ने अपनी पूँछ दीवार पर मारी। अब फिर झबरू बोला, "अब कौन बुला रहा है?" फिर वह हँसकर बोला, "इस पूरे जंगल में सब पड़ोसी तुम्हें ही क्यों बुलाते हैं?'' यह सुनकर चटपट बोली, "यह मुझे क्या पता? यह तुम उनसे ही पूछो।" इसके बाद वह फिर छत पर भाग गई। जब वह नीचे उतरकर आई तो झबरू बोला, "किसने बुलाया था तुम्हें?" चटपट मुसकराते हुए बोली, "सफाचट ने।" "'सफाचट', भला यह कौन हैं?" इस पर चटपट बोली, "जाओ, ऊपर छत पर सफाचट तुम्हारा इंतजार कर रहा है।" यह सुनकर झबरू उत्सुकतावश छत पर गया। वहाँ उसे कोई नजर न आया। उसने सब जगह देखा। आखिर हारकर वह नीचे आ ही रहा कि तभी उसकी नजर दूसरे छत्ते पर पड़ गई। उसका मन शहद खाने को हुआ। जैसे ही उसने छत्ते में हाथ डाला तो वहाँ शहद तो क्या, शहद का नाम भी न था। यह देखकर वह धक से रह गया। अब वह चटपट की सारी चालाकी समझ गया। वह तेजी से नीचे आया। चटपट तो उसे देखकर भागने की फिराक में थी ही। वह बोली, "क्यों झबरू, मिल आए न सफाचट से? अब मैं पूरी तरह स्वस्थ हो गई हूँ। मैं चलती हूँ, आज से तुम सफाचट के साथ आराम से रहना।" इसके बाद वह मस्ती में गीत गाती वहाँ से चल पड़ी और झबरू बेचारा अपना सिर धुनकर रह गया।

बस उसी दिन से लोमड़ी को चालाक माना जाता है। अपनी चालाकी के लिए लोमड़ी पूरे विश्व में प्रसिद्ध है।

□

छोटा भाई

चार भाई थे। वे बहुत गरीब थे। हर भाई की इच्छा थी कि उनका जीवन भी सुखमय और सुंदर हो। एक दिन वे चारों अपनी किस्मत आजमाने के लिए बाहर निकल पड़े। रास्ते में उन्हें एक बूढ़ा व्यक्ति मिला। उसने एक पोटली को अपनी लाठी में बाँधकर लटका रखा था। वह शक्ल-सूरत से जादूगर सा प्रतीत होता था। उन चारों को देखकर वह बोला, "भई वाह! तुम चारों खूब मिले! वैसे तुम जा कहाँ रहे हो?" पहला भाई बोला, "हम अपना भाग्य आजमाने के लिए यहाँ से दूर जा रहे हैं।" बूढ़ा जादूगर बोला, "अगर तुम नीचे के गाँवों की ओर जा रहे हो तो मुझे भी अपने साथ ले चलो।" चारों ने उसे अपने साथ ले लिया। वे चलते ही गए। आगे जाने पर उन्हें एक सुंदर झरना मिला। उन्होंने वहीं रुककर अपने साथ लाई गई रोटियों को खाने का फैसला किया। चारों भाइयों ने अपनी-अपनी रोटियाँ निकालीं। उन्होंने जादूगर को भी अपनी रोटियों का हिस्सा दिया। चारों भाइयों ने रोटियाँ खाईं और झरने का ठंडा पानी पिया। बड़ा भाई झरने के बहते पानी को देखकर बोला, "कितना अच्छा होता, अगर इस झरने की टोंटियों में से पानी के स्थान पर मदिरा निकलती। मैं यहाँ ठहरकर मकान बना लेता और फिर मेरी गरीबी खत्म हो जाती।" उसकी बात सुनकर बूढ़े जादूगर ने ऊपर हाथ उठाया और कहा, "ऐसा ही हो, जैसा तुम चाहते हो।" बूढ़े जादूगर का इतना बोलना था कि वहाँ पर वास्तव में झरने से मदिरा बहने लगी। यह देखकर बड़ा भाई हैरानी और खुशी के भावों से बूढ़े जादूगर से बोला, "अब

मैं दुनिया का सबसे अमीर आदमी बन जाऊँगा।" बूढ़ा जादूगर बोला, "पर बेटा, गरीबों की हमेशा मदद करना।'

इसके बाद वह तीन भाइयों के साथ आगे बढ़ चला। आगे बढ़ने पर वे एक चौरस जमीन के पास पहुँचे। उस जमीन पर तीन बड़ी चट्टानें थीं और दो बड़े सफेद पत्थर उनके बीच पड़े हुए थे। दूसरा भाई यह देखकर बोला, "अगर ये चट्टान गेहूँ के रूप में और पत्थर बैल के रूप में बदल जाएँ तो मैं अपने खलिहान से इतना अनाज पैदा करके दिखाऊँगा कि किसी ने देखा न होगा। फिर मैं अमीर बन जाऊँगा और मेरा विश्वास करो भाइयो, मेरे यहाँ से कभी कोई भूखा नहीं जाएगा।" उसकी बात सुनकर बूढ़े जादूगर ने हाथ हिलाकर कहा, "ऐसा ही हो।" बस फिर क्या था, दूसरे भाई ने जैसा चाहा था, वैसा ही हो गया। दूसरा भाई खुशी से वहाँ काम करने लग गया।

अब जादूगर दो भाइयों के साथ आगे बढ़ गया। कुछ और आगे चलने पर वे एक पहाड़ी के निकट पहुँचे। वहाँ पर काली चिड़ियाँ के झुंड बैठे थे। तीसरा भाई यह देखकर बोला, "वहाँ कितनी सारी काली चिड़ियाँ बैठी हैं। यदि वे सब भैसों के झुंड में बदल जाएँ तो मैं यहाँ एक पनीर घर स्थापित कर लूँगा और फिर मेरे घर से कभी कोई भूखा नहीं लौटेगा।" तीसरे भाई की यह इच्छा जानकर बूढ़ा जादूगर ऊपर हाथ लहराता हुआ बोला, "ऐसा ही हो।" इसके बाद तीसरे भाई की इच्छा भी पूरी हो गई।

अब केवल छोटा भाई रह गया था। वे चलते-चलते एक गाँव में पहुँचे। वहाँ पर एक विवाह हो रहा था। विवाह में ढोल-नगाड़े बज रहे थे। बूढ़ा जादूगर उससे बोला, "तुम मेरे साथ इस शादी में दावत खाने चलो।" जब वे विवाह स्थल पर पहुँचे तो बूढ़ा आदमी लड़की के पिता और ससुर के पास जाकर बोला, "यह लड़की आज से इस लड़के की वधू है।" यह सुनकर पिता और लड़की का होने वाला पति, ससुर सभी आगबबूला हो गए। तब जादूगर बोला, "यह लड़की इस लड़के के भाग्य में ही है। यदि यकीन न हो तो आजमाकर देख लो। दो अंगूर की बेलें लेकर आओ। उन्हें मैं और लड़की का होने वाला ससुर दोनों जमीन में दबा देंगे। जिस किसी की भी अंगूर की

बेल में पत्ती और फल निकल आएँ, लड़की उसी को मिलेगी।" इसके बाद बूढ़े जादूगर और लड़की के ससुर दोनों ने दो अंगूर की बेलों को जमीन में दबा दिया।

कुछ ही देर में बूढ़े जादूगर की बेल में से पत्तियाँ और फल फूट निकले, जबकि ससुर की बेल सूख गई। यह देखकर निर्णय हो गया कि वधू छोटे भाई को ही मिलेगी। इस तरह उस चौथे भाई की किस्मत में गुणवान व सुशील लड़की आई। अब बूढ़ा जादूगर उसे भी आशीर्वाद देकर अपने रास्ते आगे बढ़ गया। छोटा भाई वधू के साथ प्रेम से रहने लगा।

इस बात को दस साल बीत गए। एक दिन बूढ़े जादूगर के मन में उन चारों भाइयों की परीक्षा लेने की बात आई। वह सबसे पहले बड़े भाई के पास पहुँचा। वह उससे बोला, "मैं बहुत लंबा सफर करके आया हूँ। बूढ़ा भी हूँ और थका भी हुआ हूँ, क्या आज रात तुम मुझे अपने यहाँ ठहरा सकते हो और यदि पीने को मदिरा मिल जाती तो बहुत अच्छा होता!" यह सुनकर बड़े भाई ने उसे धक्का देते हुए कहा, "तुम जैसे भिखारियों के लिए मेरे यहाँ कोई जगह नहीं है। निकलो बाहर। पता नहीं कहाँ-कहाँ से चले आते हैं?" बूढ़ा जादूगर बड़ी मुश्किल से उठा। उसने ऊपर की ओर हाथ उठाया और बोला, "यहाँ जैसा पहले था, वैसा ही अब हो जाए।" पलक झपकते ही वहाँ से बड़े भाई का सारा व्यापार गायब हो गया और पहले की तरह झरने से पानी बहने लगा। यह देखकर बड़ा भाई होश में आया, पर अब क्या हो सकता था? उसने बूढ़े जादूगर का न सिर्फ अपमान किया था, अपितु इस बात का भी लिहाज नहीं किया था कि उसने गरीबों की मदद का आश्वासन दिया था।

दूसरे भाई के पास पहुँचकर उसने वहाँ भी रहने और खाने के लिए याचना की। दूसरा भाई भी अब बहुत अमीर हो गया था। उसने भी बूढ़े जादूगर की बात को अनसुना कर दिया और बोला, "यहाँ तुम्हारे लिए जगह नहीं है।" उसकी बात सुनकर बूढ़े जादूगर ने अपना हाथ ऊपर उठाकर कहा, "यहाँ पहले की तरह ही सब बदल जाए।" तुरंत वहाँ पर पहले की तरह चट्टानें और पत्थर नजर आने लगे। यह देखकर दूसरा भाई भी अपना सिर धुनता रह गया।

अब बूढ़ा जादूगर तीसरे भाई के पास पहुँचा। उससे भी उसने खाने के लिए भोजन और रात गुजारने के लिए जगह माँगी। तीसरा भाई बोला, "जाते हो या अपने नौकरों से तुम्हें धक्का देकर निकलवाऊँ!" यह सुनकर बूढ़ा जादूगर ऊपर हाथ करते हुए बोला, "सब बदल जाए, पहले जैसा सब हो जाए।" बस फिर क्या था, तुरंत वहाँ पर पहाड़ी और काली चिड़ियाँ नजर आने लगीं। तीसरा भाई तो यह देखकर बेहोश होने को हो गया। लेकिन अब क्या हो सकता था?

अंत में बूढ़ा जादूगर चौथे भाई के पास पहुँचा। छोटे भाई की पत्नी अपने दो छोटे-छोटे बच्चों के साथ सर्दी में बैठी थी और बच्चों को सर्दी से बचाने की कोशिश कर रही थी। बूढ़ा जादूगर बोला, "बेटी, मैं बहुत भूखा हूँ। रात भी बहुत हो गई है।" पत्नी बोली, "बाबा, अंदर आ जाइए। बाहर बहुत ठंड है।" बूढ़े ने अंदर जाकर देखा तो पाया कि चौथे भाई की हालत बहुत खस्ता थी। गरीबी उसके घर में से झाँक रही थी। चौथे भाई की पत्नी ने बच्चों के हिस्से का दूध गरम करके बूढ़े को पीने को दिया और जो भोजन अपने पति के लिए रखा था, वह अतिथि बूढ़े जादूगर को खाने के लिए दे दिया। खा-पीकर बूढ़ा अपने हाथ ऊपर की ओर करते हुए बोला, "यहाँ सब बदल जाए, झोंपड़ी महल बन जाए।" बस फिर क्या था, झोंपड़ी की जगह वहाँ आलीशान महल बन गया। कुछ देर में छोटा भाई अपनी झोंपड़ी के स्थान पर आया तो महल देखकर वह चकरा गया। पत्नी बाहर खड़ी उसको महल में अंदर ले गई और बूढ़े जादूगर से मिलवाया। बूढ़े जादूगर को देखते ही छोटे भाई ने उसके पैर छुए और बोला, "आपकी कृपा से मुझे बेहद सुशील व संस्कारी पत्नी मिली है।" उसकी बात सुनकर बूढ़ा जादूगर बोला, "बेटा, तुमने और तुम्हारी पत्नी ने गरीबों का ध्यान रखा। अब तुम अपना आगे का जीवन सुख से गुजारना और हमेशा गरीबों की मदद करते रहना।" बूढ़ा जादूगर आशीर्वाद देकर वहाँ से ओझल हो गया।

□

होशियार गुलाम

यह उन दिनों की बात है जब इराक में गुलाम प्रथा प्रचलित थी। इस प्रथा के अनुसार गरीब व्यक्ति अकसर अमीर के पास गुलाम बन जाते थे और गुलामों का व्यापार भी किया जाता था। एक बार जब गुलाम अमीर व्यक्ति के पास पहुँच जाता था तो वह तब तक उसकी गुलामी की जंजीरों से मुक्त नहीं हो पाता था, जब तक कि वह मर न जाए। अगर किसी कारणवश अमीर गुलाम व्यक्ति को नहीं रख पाता था तो फिर वह उसे गुलामों की मंडी में ले जाकर बेच आता था।

अली भी ऐसा ही एक गुलाम था। वह बहुत मेहनती और हृष्ट-पुष्ट युवक था। वह कई बार बिक चुका था। इस बार उसे एक बार फिर से बेचने के लिए गुलामों की मंडी में लाया गया था। एक धनी शेख इब्न-बिन-सऊद मंडी में अच्छे गुलाम की तलाश में था। उसकी नजर हट्टे-कट्टे अली पर पड़ी। उसे अपने घर के लिए एक ऐसे ही स्वस्थ व मजबूत गुलाम की तलाश थी। उसने अली को वाजिब दाम देकर खरीद लिया और उसे अपने घर ले आया।

रास्ते में अली से उसका नया मालिक शेख-इब्न-बिन सऊद बोला, “क्या तू अपने मालिक के यहाँ पहली बार गुलामी कर रहा था।” अली शेख से बोला, “नहीं, मुझे सातवीं बार बेचा गया है।” इस पर शेख उसे हैरानी से देखता हुआ बोला, “तू क्या कामचोर है, जो तुझे इतनी बार खरीदा-बेचा गया है ?” अली बोला, “नहीं, ऐसी कोई बात नहीं है। मैं कामचोर बिल्कुल

नहीं हूँ। मेरे काम से अभी तक किसी को कोई शिकायत नहीं हुई।" यह सुनकर शेख झल्लाकर बोला, "अगर ऐसा है तो फिर तुझे बार-बार क्यों बेचा गया?" इस पर अली कुछ सोचते हुए बोला, "कुछ खास बात नहीं, मालिक, बस मेरे अंदर एक ही कमी है कि मैं साल में एक बार झूठ बोलता हूँ।" यह सुनकर शेख और भी हैरान हो गया। वह बोला, "यह कौन सी बड़ी बात है! लोग तो दिन में न जाने कितनी बार झूठ बोलते हैं और तुम तो साल में बस एक ही बार झूठ बोलते हो। मेरे यहाँ तो लगभग सभी गुलाम ऐसे हैं, पर मैंने उन्हें इस बात पर नहीं बेचा।" अली बोला, "शेख साहब, दरअसल साल में बोला गया मेरा एक ही झूठ सब झूठ पर भारी पड़ जाता है। आप भी मेरा एक साल बाद बोला गया झूठ बरदाश्त नहीं कर पाएँगे।" यह सुनकर शेख बोला, "मैं तुम्हारा झूठ बरदाश्त कर पाऊँगा और यदि नहीं कर पाया तो मैं तुम्हें आजाद कर दूँगा।" यह सुनकर अली की बाछें खिल गईं। दिन बीतते रहे। आखिर एक साल भी होने को आया। अब अली के झूठ बोलने की बारी थी।

एक दिन शेख अली को लेकर अपने गोदाम पर गया। वहाँ जाकर उसे याद आया कि वह घर की तिजोरी खुली छोड़ आया है। अब अली उसका स्वामिभक्त गुलाम था। वह अली से बोला, "जा, घर जाकर देखकर आ कि कहीं तिजोरी खुली तो नहीं रह गई!" मालिक के हुक्म के अनुसार अली तुरंत ही घर के लिए रवाना हो गया। अब उसके मन में मुक्ति की भावना ने जन्म ले लिया था। उसने अपने झूठ को अमली जामा पहनाने की सोची। अली ने रास्ते में अपने कपड़े फाड़ लिये और अपना सीना पीट-पीटकर रोने लगा। उसे बुरी तरह रोता हुआ देखकर लोग उसके पास आकर कारण पूछने लगे। वह बोला, "अभी-अभी मेरे शेख-इब्न-बिन सऊद अल्लाह को प्यारे हो गए हैं। वे बड़े ही नेक बंदे थे।" शेख की उस नगर में बहुत साख थी। लगभग सभी लोग उससे परिचित थे। अचानक से यह समाचार सुनकर वे भी हैरान रह गए। अच्छी-खासी भीड़ में जल्दी ही यह खबर आग की तरह फैल गई।

अली भीड़ में यह खबर फैलाकर वहाँ से आँख बचाकर निकला और

मालकिन के पास आकर अपना सिर पीट-पीटकर रोने लगा। मालकिन बोली, "क्या हुआ? इतनी बुरी तरह क्यों रो रहे हो?" अली रोते हुए बोला, "मालकिन, मालिक गोदाम में चौकी पर बैठकर बोरियों का हिसाब लगा रहे थे कि अचानक कई बोरियाँ उन पर धड़ाम से आ गिरीं और उन्होंने वहीं दम तोड़ दिया।" यह खबर सुनकर मालकिन का दिल धक से रह गया। वह भी बुरी तरह रोने-चिल्लाने लगी। काफी देर रोने-पीटने के बाद मालकिन अली से बोली, "चल, अब उन्हें दफनाने की तैयारी करनी है। तू उनका शव लेकर कब्रिस्तान पहुँच।" अली रोता-पीटता वापस गोदाम की ओर लौट पड़ा।

उधर शेख ने अली की ऐसी हालत देखी तो वह बोला, "क्या हो गया तुझे? सब ठीक तो है न! यहाँ से तू तो अच्छी तरह गया था।" अली रोते हुए बोला, "मालिक क्या बताऊँ? घर में आग लगी हुई थी और मालकिन उस आग में जलकर अल्लाह को प्यारी हो गईं। डाकू तिजोरी का माल लूटकर ले गए और घर में आग लगाकर चले गए।" यह सुनकर मालिक भी दहाड़ मारकर रोने लगा। फिर कुछ देर बाद वह बोला, "चल, घर चलें।" यह सुनकर अली बोला, "शेख साहब, मालकिन को कब्रिस्तान पहुँचा दिया गया है। वहाँ सब आपका इंतजार कर रहे हैं।" यह सुनकर शेख रोता-पीटता कब्रिस्तान की ओर पहुँचा। वहाँ उसने मालकिन को खड़ा पाया तो वह उसे भूत समझकर भागने लगा। मालकिन भी शेख को जिंदा देखकर डर गईं और दोनों ही एक-दूसरे को देखकर भयभीत हो गए।

तब मालकिन बोली, "अली ने तो बताया था कि आप बोरियों के नीचे दबकर मर गए हैं?" शेख बोला, "इसने मुझे भी यही कहा था कि मालकिन जलकर मर गई हैं?" यह बोलकर शेख अली की ओर घूमा और गुस्से से बोला, "यह क्या किया तूने? मैं तुझे आज जिंदा नहीं छोड़ूँगा।" यह सुनकर अली मुसकराते हुए बोला, "मालिक, आप अपने वादे से मुकर रहे हैं। आपने कहा था कि यदि आप मेरे झूठ को हजम कर गए तो मुझे आजाद कर देंगे। अब या तो आप मेरे झूठ को हजम करिए या फिर मुझे आजाद करिए! हाँ, पर इतना याद रखिएगा कि यदि आपने मेरे इस झूठ को हजम कर लिया

तो फिर अगले साल मैं ऐसा ही एक और झूठ बोलूँगा।" यह सुनकर शेख बौखलाकर बोला, "ओ जा···यहाँ से दफा हो···मैंने तूझे आजाद कर दिया।" इस तरह अली अपनी बुद्धिमानी से गुलामी के जीवन से मुक्त होकर आजादी का जीवन जीने लगा।

□□□